드라마
쓰는 남자
드라마
찍는 여자

드 라 마 쓰 는 남 자
드 라 마 찍 는 여 자

초판 1쇄 찍은 날 ㅣ 2014년 05월 30일
초판 1쇄 펴낸 날 ㅣ 2014년 06월 05일

지은이 ㅣ 변정완
펴낸이 ㅣ 서경석

편 집 장 ㅣ 권태완
편집책임 ㅣ 손수화
편　　집 ㅣ 장미연
디 자 인 ㅣ 이혜정

펴낸곳 ㅣ 도서출판 청어람
등록번호 ㅣ 제387-1999-000006호
등록일자 ㅣ 1999. 5. 31
어람번호 ㅣ 제5-0375호

주소 ㅣ 경기도 부천시 원미구 부일로 483번길 40 서경B/D 3F (우) 420-822
전화 ㅣ 032-656-4452 팩스 ㅣ 032-656-4453
http://www.chungeoram.com
E-mail ㅣ chungeorambook@daum.net

ⓒ 변정완, 2014

ISBN 979-11-316-9042-0 03810

드라마
쓰는 남자

변정완
장편 소설

드라마
찍는 여자

Chungeoram
romance novel

청어람

Contents

　남자가 여자에게서 시선을 떼지 못하는 데에는, 보통 다음과 같은 이유가 있다.

　1. 예쁜 여자라서.
　2. 사랑하는 여자라서.

　M호텔 스위트룸은 드라마에 나올 법한 거대한 이벤트 룸과도 같았다. 아름답게 반짝이는 수백 개의 LED 촛불들과 북극곰만 한 테디베어, 각종 꽃 장식들과 케이크, 샴페인, 크림색 리본이 달린 선물상자⋯⋯. 헬륨가스가 가득 든 빨강, 하양 풍선들은 천장에 가지런히 매달려 있었고 바닥에는 핑크 빛깔 풍선들이 즐

비했다. 메인테이블 위에 놓인 서른 송이의 붉은 장미는 오늘의 히로인, 수현의 나이에 맞게 준비된 것이었다.

한마디로, 여자들의 판타지를 완벽하게 구현한 이벤트였다. 이런 이벤트에 마음이 녹아내리지 않는다면 그녀는 아마 불감증 환자이거나 여자로 위장한 외계인일 것이다!

오늘 이 이벤트를 준비한 류민은 방송가에서 섭외 0순위인 드라마 작가로, 그를 만나고 싶어 하는 예쁜 여배우들을 줄 세우면 여의도역에서 디엠씨역까지는 족히 될 터였다. 그만큼 그는 예쁜 여자들을 쉽게 만날 수 있는 대한민국 최고의 운 좋은 남자였다. 하지만 민은 그 어떤 여자에게도 지금 같은 시선을 준 적이 없었다. 머리털 나고 현재까지, 삼십 년이 넘는 시간 동안.

민은 자신의 여자친구, 수현만을 바라보고 있었다. 드라마 PD인 그녀는 딱히 미인이라고 할 만한 외모는 아니었다. 동그란 눈에 어린아이 같은 뺨, 화장기 없는 수수한 얼굴. 남자들이 싫어할 법한 캐주얼한 패션. 하지만 민을 안달하게 하는 여자는 그녀뿐이었다.

수현이 우측으로 움직이면, 그의 눈도 오른쪽을 향했다. 수현이 조금이라도 왼쪽으로 움직이면, 그 역시 왼쪽으로 시선이 갔다. 벌써 30분째 지극정성으로 바라보고 있건만! 야속하게도 수현은 이 모든 상황을 외면한 채, 한 켠에 놓인 작은 테이블 앞에 앉아 자신의 업무를 보고 있었다. 애타는 민의 심정 따윈 아랑곳하지 않고 말이다! 그런 그녀를 바라보던 민은 50부작 드라마를 쓸 때보다 더 깊은 한숨을 내쉬어야만 했다.

얼마 전 민은 수현과 사귄 후 처음으로 다퉜다. 오늘 이벤트는 그가 사과의 의미로 준비한 것이었다. 호텔 직원 여럿을 고용해 촛불과 풍선을 세팅하고, 명품관 VIP 서비스를 이용해 그녀를 위한 예쁜 선물도 사두었다. 만연필로 정성스레 쓴 편지 두 장은 비장의 무기였다. 스위트룸 문이 열리면 수현이 호사스런 이벤트에 감격하고, 그의 선물에 함박웃음을 지은 다음, 편지를 읽으며 감동의 눈물을 흘릴 것이다. 민의 시나리오에 의하면 그녀는 그래야만 했다.

그러나 30분 전. 문이 열리고 민이 수현을 맞이했을 때, 그녀는 예상과는 전혀 다른 반응을 보였다. 감탄사도 감동하는 눈빛도 찾아볼 수 없었다. 게다가 이게 웬걸, 그녀는 아예 민을 제대로 쳐다보지도 않았다!!

민은 순간 난처함을 금할 수 없었지만, 이내 마음을 가다듬고 그녀에게 정식으로 사과했다. 나머지 사과는 준비한 이벤트로 하면 될 것이라고 그는 가벼이 생각했다.

"정말 저한테 미안해요?"

수현이 눈을 동그랗게 뜨고 물었다.

"으응."

민은 그녀의 질문이 끝나기가 무섭게 대답했다.

"뭘 잘못했는데요?"

"다."

"다 뭐요?"

"……."

"대답해 보세요. 구체적으로 뭘 어떻게 잘못했는데요?"

그녀의 목소리가 높아졌다.

"대체 뭘 잘못했는지도 모르고 사과만 하면 다예요? 저는 이런 이벤트보다 진심 어린 말 한마디가 듣고 싶었다고요."

민은 식은땀이 났다.

'근데 내가 뭘 그렇게 잘못한 거지?'

곰곰이 생각해 보았지만 뭘 얼마나 잘못한 건지도, 어떻게 사과를 해야 그녀의 기분이 풀릴지도 알 수 없었다. 민의 마음을 읽은 수현은 다시 한 번 날이 선 말투로 질문했다.

"오늘의 계획은 뭐였어요?"

"당신이 좋아하는 와인을 시킨 다음에 한 잔 마시고 달콤한 시간을 보내는 거였지."

"누구 마음대로요?"

"……!"

민은 할 말이 없었다. 그녀는 민이 자신의 잘못을 깨달을 때까지 그를 투명인간 취급하겠다며 작은 테이블로 갔다. 그리고는 의자 위에 양반다리를 하고 앉아, 촬영 준비 중인 4부작 드라마 회의록을 정리하는 데 여념이 없었다. 그러한 연유로 민은 테디베어 옆에 사람 인형마냥 앉아 그녀를 하염없이 바라볼 수밖에 없었던 것이다.

한참을 그러고 앉아 있던 민은 어떻게 화해를 청해야 할까 생각해 보았다. 눈 딱 감고 저자세로 나가며 그녀를 안는다면? 아니면, 개콘의 한 장면을 흉내 내며 경직된 분위기를 풀어볼까? 으으…… 그건 자신이 없었다.

이윽고 수현은 홀로 생각에 빠진 민을 두고, 넓고 넓은 스위트룸을 가로질러 욕실로 들어갔다. 민은 나직이 한숨을 내쉰 뒤 자리에서 일어나 수현이 앉아 있던 테이블 쪽으로 갔다. 그녀의 회의록을 힐끔 보던 민은 스위트룸 안을 서성이며 준비한 이벤트를 언제쯤 활용할지에 대해 고민해 보았다. 그때였다. 정적을 깨는 우렁찬 경보음이 연이어 울린 것은. 순간 불안한 느낌이 든 민은 저벅저벅 걸어 문을 열고 복도로 나갔다.

복도는 아수라장이었다! 매캐한 냄새와 뿌연 연기가 떠도는 복도는 객실에서 나온 투숙객들과 그들을 안내하는 호텔 관계자들로 발 디딜 틈이 없었다. 호텔 어디엔가 불이 난 모양이었다. 민은 아찔했다. 순식간에 다시 스위트룸 안으로 들어가 수현이 있는 욕실 문을 열었다. 그녀는 위아래로 속옷만 입고 있는 상태였다.

"얼른 나와."

"네?"

"화재 경보음이야."

"……!!"

민은 던지듯 말한 뒤 욕실 한 켠에 비치되어 있던 바디 타월로 수현의 몸을 신속하게 감쌌다. 그는 그녀를 이끌고 번개처럼 스위트룸을 나섰다. 복도는 아까보다 훨씬 더 붐볐다. 민과 수현은 호텔 매니저의 안내에 따라 비상계단으로 향했다. 민은 수현을 보았다. 그녀의 어깨는 가늘게 떨리고 있었다. 그는 수현의 보호자처럼 그녀의 손을 꼬옥 잡았다. 사람들 틈에 섞인 민과 수현은 그렇게 갑작스레 찾아온 초조한 시간과 맞닥뜨리고 있었다.

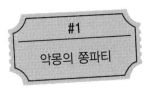

#1

악몽의 쫑파티

드라마가 끝나면 하는 쫑파티를 '종방연' 이라고 한다. 출연배우들과 PD(감독), 작가, 스탭들이 모여 그간의 수고를 자축하는 것이다.

대박 드라마와 망한 드라마는 이 종방연부터가 다르다. 대박드라마의 종방연은 방송국 로비나 호텔 연회장에서 열린다. 크리스마스 트리마냥 탐스러운 화환들이 늘어서 있고, 취재 기자들이 장사진을 이룬다. 주연 배우들은 사뿐사뿐 등장해 종영 소감에 대해 인터뷰한다. 작가와 PD는 에베레스트를 정복한 산악인처럼, 뿌듯한 얼굴들이다.

방송국 사장님이 직접 등장해 금일봉을 선물하기도 한다. 종방연이 끝나면 배우들과 PD, 작가, 스탭들은 방송국에서 나온 티켓으로 해외여행을 간다지.

밧뜨, 망한 드라마!! 일명 '망드'의 경우 사정이 많이 다르다. 주로 삼겹살집에서 이뤄지는 이 망드의 쫑파티는 분위기부터 착잡하다. 화환도, 취재 기자들도 찾아볼 수 없거니와 주연 배우들조차 불참하는 경우가 많다.

'촬영으로 피로가 누적돼서', '차기작 스케줄 때문에' 보통 이와 같은 이유를 대곤 하지만 사실 오기 싫어서 안 오는 거다. 시청률 안 나와서 열받으니까, PD랑 작가 얼굴 보며 삼겹살 굽기 싫어서 말이다.

명수현. 30세. 어제 종영한 드라마 [수상한 연인] PD. 161㎝의 키에 뽀송뽀송 슈퍼 동안. 한 번 웃으면 주위가 환해지는 미소의 소유자.

그.러.나.

오늘 수현의 얼굴에는 먹구름이 끼어 있다. 삼겹살 굽는 연기가 마치 먹구름인 양 수현의 얼굴을 감싸고 있었다. 작가는 연락 두절이요, 주연 배우들은 '촬영으로 피로가 누적돼서', '해외 스케줄 때문에' 기타 등등의 이유로 종방연에 오지 않았다. 드라마 국장과 담당 CP* 역시 불참.

스탭들과 조연 배우 몇몇 그리고 [수상한 연인]의 제작사인 명 프로덕션의 대표이자, 수현의 삼촌인 명태호만이 자리를 지키고 있었다.

---

* 드라마에 대한 전반적인 책임을 지는 프로듀서. 연출에는 관여하지 않는다.

"삼겹살 좀 더 시킬까요?"

조연출 경호가 조심스레 물었다.

"응, 경호 씨 먹고 싶은 만큼 시켜."

수현이 말했다.

다시금 정적. 지글지글. 삼겹살 익는 소리만이 들렸다. 배우들은 거울을 꺼내 화장을 고치거나, 핸드폰을 들고 카톡을 보내고 있었다. 태호는 청문회에 나온 결백한 국회의원처럼 배우들의 맞은편에 앉아 시선을 떨구고 있었다.

에라, 모르겠다. 이미 엎어진 물이고 어제 끝난 드라마다! 수현은 삼겹살을 집어 사람들의 접시에 골고루 나눠주었다. 기름장을 푹 찍은 삼겹살을 입안에 넣으며 수현은 이대로 물러서지 않겠노라고 다짐했다.

열여덟 살부터 꿈꿔온 드라마 PD였다. 비록 첫 작품은 3.5%라는 치욕적인 시청률로 막을 내리고 말았지만 다음 작품은 철저히 준비해서, 반드시 대박을 칠 테다!! 수현은 전투적으로 삼겹살을 먹어치웠다. 그때였다.

"아유, 명 프로덕션 이름으로 예약한 팀이지? 드라마 쫑파티하나 보네."

삼겹살집 주인아주머니가 말을 걸어왔다. 이곳은 여의도에서 방송국 종방연 장소로 유명한 삼겹살집이었다. 아주머니는 익숙한 얼굴로 배우들과 스탭진을 보았다. 수현은 대답 대신 미소를 지어보였다.

"이거 어제 끝난 그 드라마지? 나 이 드라마 너~무 잘 봤어!"

"감사합니다."

수현이 답했다.

"아가씨는 못 본 것 같은데?"

"네?"

"탤런트 아니야? 생긴 게 딱 탤런트구만!?"

수현의 입꼬리가 올라갔다.

'어머낫, 이 아주머니가 보는 눈이 있으셔.'

비록 애국가 시청률로 종영하고 말았지만, 뭐, 반겨주는 팬이 있어 수현의 마음은 흡족했다.

"저희 드라마 PD님이세요."

경호가 장단을 맞췄다. 아주머니의 얼굴에 화색이 돌았다.

"옴마야. 이렇게 젊고 이쁜 아가씨가 PD야? 아무리 봐도 탤런트구만. 아무튼 간에 두 달 반 동안 이 드라마 한 회도 안 빼놓고 챙겨봤어. 내가 45년 살면서 봤던 드라마 중에 제일로 재밌었어! 아가씨 아주 능력 있어."

수현은 단 한 명의 관객을 앞두고 공연을 마친 연극배우처럼 묘한 기분이 들었다.

'그래, 내 드라마를 이렇게 재미있게 봐준 시청자가 있다니. 첫술에 배부르랴? 감사하게 생각해야지.'

수현은 머릿속에서 떠다니던 후회와 반성을 지웠다.

"감사합니다. 삼겹살 정말 맛있어요."

"응. 많이들 드셔. 근데 김수헌이는 안 왔나 봐?"

"네?!"

"이거 김수헌이 나온 그 드라마 아녀? 우주인인 김수헌이하고, 톱 탤런트 전지연하고 연애하는 그 드라마!?"

'헐! 그건 우리 드라마랑 동시에 방영했던 타 방송사 드라마라구욧!'

스탭 및 배우들의 눈이 일제히 아주머니에게로 향했다.

"별에서 온 사내, 그 드라마 아녀? 난 이제까지 그 드라마만 줄 알았는데. 어머나, 그럼 무슨 드라마 종파티였던 겨?"

"[수상한 연인]…… 이요. 별에서 온 사내랑 같은 시간대에 방송된 드라마거든요."

"수상한, 연인? 그런 드라마가 있었어?"

아주머니는 수상한 눈초리로 수현을 보더니 시선을 거뒀다.

"난, 또. 김수헌이 나온 드라마라구……."

자신의 실수를 깨달았는지, 아주머니는 빠른 걸음으로 수현의 테이블을 떠났다.

"괜찮으세요, 감독님?"

경호가 물었다.

"으응……."

수현은 애써 미소를 지어 보였다. 하지만 입꼬리만 올라갔을 뿐 눈은 그대로 있었다. 천성이 거짓말은 못하는 수현이었다.

수현은 구석 자리에 망부석처럼 앉아 있는 자신의 삼촌, 태호를 바라보았다. 드라마를 제작하는 동안 흰머리도, 담배도 부쩍 느는 삼촌. 삼촌은 구겨진 양복을 입은 채 한마디도 하지 않고 착잡한 얼굴로 자리를 지키고 있었다.

삼촌을 보던 수현은 이내 자리에서 일어났다. 눈물이 날 것 같았다. 모든 게 자신의 책임인 것만 같았다.

"경호 씨, 다른 것도 좀 더 시켜서 먹어. 계산은 이걸로 하구."

밖으로 나온 수현은 여의도공원 벤치에 앉아 지난 두 달 반 동안의 나날을 떠올렸다. 아! 생각만 해도 정신이 없었다. 어떻게 지나갔는지 알 수 없는 시간들이었다.

수현은 원래 [수상한 연인] B팀 감독*을 맡아더랬다. 드라마의 총연출을 맡은 A팀 감독은 독하기로 소문난 강영철 PD였다. 긴 머리를 가지런히 묶은 그는 길쭉하고 새까만 얼굴 탓에 '흑마'라는 별명을 가지고 있었다.

"야, 명 감독. 너 드라마가 뭔 줄 알아?"

드라마 스케줄표를 보고 있던 수현에게 강 PD가 물었다.

"그야…… 인간탐구죠."

"녀석, 제대로 배웠구만."

"근데 그건 왜요, 선배?"

"솔직히 이 대본 이거이거, 이게 인간에 대한 탐구가 담긴 드라마냐? 내 PD 생활 15년 만에 이렇게 인간이 없는 드라마는 처

---

* 메인 A팀 PD를 돕는 서브 PD.

음이라고."

강 PD는 자살골을 넣은 축구 선수처럼 다시금 말을 이었다.

"에이준인가 뭔가 하는 그놈 뮤직비디오를 찍겠어, 차라리."

"선배……."

"작가도 그래. 에이준 매니저한테 뒷돈이라도 받았대? 대본을 이렇게 써놓고 찍으라 하면 어쩌자는 거야. 순 에이준 위주잖아. 대본 고치라 그랬더니 연출을 바꾸겠대. 에이준이랑 작가랑 짜고 치는 판에서 찍새 된 기분이야."

강 PD는 담배를 꺼내 불을 붙였다. 수현은 할 말이 없었다.

신문방송학과를 졸업하고 5년 동안 간절히 기다려 온 기회였다. 비록 메인은 아니지만, B팀 연출로 첫발을 내딛으며 하루하루를 드라마 생각만 하고 살았는데…….

강 PD는 작가와 싸우더니 이윽고 에이준과 싸우고, 태호와 싸웠다. 그러더니 돌연 하차를 선언했다! 드라마 첫 방송이 나간 뒤에 말이다.

"명 감독, 드라마를 부탁해."

"선, 선배!!"

"인간탐구? 아이돌 탐구라고 해보지 어? 내, 몇 년 작품 못하는 한이 있어도 이 드라마는 못한다고."

그리하야, 수현은 졸지에 A팀 감독으로 [수상한 연인] 총대를 메게 된 것이다. 기회를 바라고 또 바랐지만 이런 식으로는 아니 있는데…….

한마디로 시체 치우기였다. 콧대 높기로 소문난 작가는 대본을 제때 주지 않았고, 주연을 맡은 아이돌 스타 에이준의 매니저는 숙제 검사하는 선생님처럼 대본을 체크했다. 방송국 간부들은 수현을 못 미더워했고, 에이준이 소속된 그룹 A2—PLUS 팬들은 감독 교체 서명운동을 벌였다.

　'제발 꿈이라고 말해줘!!'

　그러나 현실이었다.

　두 달 동안 반 꼴찌의 성적표 받아 들듯, 시청률표를 받아 들고 스트레스를 받던 수현. 4.0%, 3.8%, 3.5%…… 시청자들은 냉정했고, 상대편 드라마는 막강했다.

　"삼촌, 죄송해요. 저 때문에……."

　"……."

　무리한 대출을 받아 '명 프로덕션'을 차렸던 태호는 드라마 제작비와 배우들 출연료를 지급하느라 몸살을 앓았다.

　입우감담. 난공불락. 사면초가. 진퇴양난.

　어쨌든 드라마는 끝이 났고, 긴 전쟁을 치른 수현은 지금 여의도공원에 앉아 있다. 수현의 마음과는 별개로, 햇살은 더없이 좋았고 하늘은 맑았다. 수현은 하늘을 바라보았다. 초록빛 나무 이파리 사이로 솜사탕 같은 구름이 보였다.

　저 멀리 까르르 웃으며 지나가는 여학생 한 무리가 눈에 들어왔다.

'그래, 하늘이 무너져도 솟아날 구멍이 있다고. 난 아직 서른이고, 인생을 팔십까지 산다면 아직 반도 안 왔는걸. 설마 계속 힘들기만 하면 그게 인생이겠어? 이 경험을 연료로 대박작을 만들고 말 테다. 머지않아 꼭 웃을 날이 올 거야!'

수현은 벤치에서 일어나 종파티가 열리는 건물 화장실로 들어갔다. 아까 공원에서 봤던 여학생들이 한 켠에서 수다를 떨고 있었다.

'나도 저렇게 한없이 맑고 순수하던 때가 있었는데.'

개인 칸 안에서 볼일을 보고 있는데 밖에서 아이들 떠드는 소리가 들렸다.

"시망. 내가 에이준 안 온다고 했지?"

"공홈 스케줄표에 떠 있었다니까, 레알."

"짱 나, 나 구라치고 학원까지 빼먹었다고!!"

"나도 짱 나. 드라마도 졸라 재미없더니 끝까지 구려구려."

수현은 예상치 못한 펀치를 맞은 기분이었다. 볼일을 보고 나와 세면대에서 손을 씻고 있는데, 한 아이가 또다시 신경 거슬리는 말을 해댔다.

"에이준도 짜증 나서 안 온 거 아닐까? 레알 애국가 시청률이었잖아."

"작가랑 PD가 에이준 필모에 흠집 냈어. 히밤. 아, 면상 한 대치고 싶네."

"……."

수현은 뚜껑이 열릴 뻔했지만 애써 외면했다. 세상에서 제일 무서운 세 가지가 있다면 그것은 빚, 시청률, 그리고 몰려다니는 미성년자들이니까.

'일 분만 참자.'

그녀는 세면대 거울에 비친 살벌한 아이들을 슬쩍 보았다. 그때였다. 그중 가장 험상궂게 생긴 아이의 눈과 수현의 눈이 거울 속에서 마주친 것은.

"아이 씨X, 왜 꼴아보심?"

수현은 아이에게 한 소리 할까 싶었지만, 벌집을 건드리는 꼴이 될까 꾹꾹 성질을 눌렀다. 그녀는 조용히 시선을 아래로 두고 재빠르게 화장실을 나와 삼겹살집으로 돌아왔다.

"감독님 어디 갔다 오셨어요? 표정이 왜 그래요?"

"응? 어어……."

경호는 다시 TV로 시선을 돌렸다. 삼겹살집 안은 음소거라도 한 듯 조용했다. 다들 드라마를 보느라 혼이 반쯤 나가 있었다.

'류민 작가 신작이구나. 게다가 마지막 방송.'

류민 작가. 드라마계의 마이더스의 손. 드라마의 제왕. 그의 이름을 달고 방송된 드라마 중 '망드'는 한 작품도 없었다. 지금 방송 중인 드라마 [연기의 신]은 발연기 배우를 주인공으로 한 풍자 코미디인데, 한 장면 한 장면이 예술이었다.

유명한 드라마 작가들의 경우, 톱스타급 이상의 대우를 받으며 회당 수천만 원의 고료를 받는다. 류민 작가는 드라마 작가

중에서도 톱 오브 더 톱이었다. 삼십대 남자 작가라는 것 외에는 신상 정보가 잘 알려져 있지 않아, 그에 관한 온갖 소문들이 떠돌았다.

네이버에 등록된 공식 정보라고는 그가 집필한 장편 드라마 목록뿐이었다. 그 외에는 남 얘기 좋아하는 사람들이 블로그 등에 풀어놓은 '썰'들이 대부분이었다.

—본명이 류민'춘'이라더라. 대본 연습장에도 안 나오고, PD랑도 이메일로만 대본을 주고받는다더라.

—회당 고료가 8천만 원인데, 이제까지 방송했던 드라마 고료가 수백억이라더라. 강남역 '망고세븐' 건물이랑 그 옆에 옆에 건물들이 다 류민 작가 거라더라.

—완전 작가처럼 생겼는데 여자를 그렇게 밝힌다더라. 자기 드라마에 출연시켜 준다면서 여자 연예인들하고 그렇고 그런 시간을 즐긴다더라.

—인간성이 개차반이라더라. 제 눈 밖에 난 배우는 (드라마) 중간에 교통사고 내서 죽이든가 유학 보낸다더라.

—변태에 또라이도 그런 또라이가 없다더라. 안 마주치는 게 상책이라더라.

기타 등등. 류민 작가에 대한 소문은 끝이 없었다. 이야기가 둥둥 떠다니기 십상인 방송판에서 그에 대한 말들이 없을 리 없었다. 소문들을 종합해 보면 그는 인간 말종이요, 여자 밝힘증 환자요, 성격이상자였다.

'하지만 저 작가 드라마는 휴머니즘에 재치 그 자첸데!'

수현은 류민 작가에 대한 궁금증을 간직하고 있었다. PD로 최고가 되겠다는 신념을 가진 수현에게 류민은 언젠간 꼭 함께 작업해 보고 싶은 작가였다.

인간에 대한 따뜻함과 유머 감각과 삶에 대한 통찰력을 지닌 류민 작가의 작품은 시청률은 물론이고 평론가들에게도 호평을 받았다. 그런 그가 왜 신상을 드러내지 않는지 궁금해하는 사람들이 많았다. 증권가 찌라시에는 류민 작가에 대한 추측성 정보가 돌기도 했다.

—류민, 모 여배우 캐스팅 대가로 요트를 선물 받았다.

—류민, 집 앞에서 잠복하던 기자를 고소했다.

—류민, 사실은 여자다.

그는 각종 찌라시 기자들과 인터넷 블로거들에게 밥을 먹여 주는 작가였다.

수현은 브라운관으로 고개를 돌려 그의 작품 [연기의 신]을 감상했다. 발연기를 기막히게 선보이는 주연 배우의 연기가 일품이었다. 류민 작가는 극본을 잘 쓸 뿐 아니라 연기자 캐스팅도 기가 막히게 했다. 수현은 차갑게 식은 삼겹살을 쌈장에 찍어 상추에 싼 뒤 입에 쏙 넣었다.

'내일은 내일의 태양이 뜬다.'

수현이 가장 좋아하는 영화 '바람과 함께 사라지다' 의 명대사였다. 흔하디흔한 대사지만 수현에게는 더없이 위안이 되는 대사였다. 수현은 어느샌가 사라진 태호의 빈자리를 보고 갸우뚱했지만, 별생각 없이 다시 TV를 보았다. 불판 위에는 차게 식은 삼겹살 한 조각이 남아 있었다.

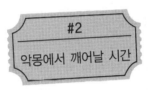

#2
악몽에서 깨어날 시간

　명태호. 그는 명수현 역사의 산 증인이었다. 포대기에 싸인 아기 수현이 햇살 아래 눈부셔하던 모습, 초등학교 때 매일 똑같은 옷만 입는다고 놀리던 아이들을 두드려 패던 모습, 학창 시절 내내 1등을 놓치지 않던 모습을 그는 모두 기억하고 있었다. 수현의 앨범에는 부모님 대신 태호와 찍은 사진들이 한가득이었다. 사진 속 태호는 카메라 렌즈 대신 늘 수현을 지켜보는 모습이었다. 어린 시절 부모님의 불화로 삼촌 태호, 숙모 영서와 더 가까이 지내온 수현이었다. 수현은 지금도 부모님 대신 태호, 영서와 함께 살고 있었다.

　[수상한 연인]이 한 자리 시청률로 초라하게 종영한 뒤 태호는 급격히 말이 없어졌다. 수현은 사람이 하루가 다르게 늙어간다

는 말을 실감할 수 있었다. 밥을 먹는 둥 마는 둥 하고 '잘못 살았다'는 말을 입버릇처럼 하던 삼촌은 급기야 눈물까지 보였다. 곁에서 지켜보던 수현은 꼭 태호의 엄마가 된 것 같은 기분이 들었다.

"삼촌, 겨울이 지나면 봄이 오겠죠. 진부한 말이지만 전 그럴 거라고 믿거든요."

"다 나 때문이다."

"……."

"준비도 안 된 상태에서 멋모르고 시작했다가 보기 좋게 망한 거다. 안 된다고 하던 사람들 의견은 귓등으로도 안 들었으니 당연한 거지. 나는 어떻게든 될 줄 알았다. 사전 준비가 중요하다고 주변에서 그렇게들 말했는데도 제작비 좀 넉넉히 쓰고, 잘나가는 아이돌 캐스팅하면 될 줄 알았어. 떼돈 벌어서 팔자 고칠 생각을 했으니 내가 미친놈이었다. 내가 죽일 놈이었어."

"……그만하세요."

수현은 마음이 아팠지만 내색하지 않고 덤덤하게 말했다. 언젠가는 지나갈 상황이라고 믿는 수현이었다. 하지만 계속해서 삼촌의 무기력한 모습을 보고 있자니 지치는 것도 사실이었다. 수현은 이 상황이 한여름 장마 같은 것이기를 바랐다.

"내가 너까지 끌어들여서 곤란하게 만들었어. 나 혼자도 모자라서 너까지."

"듣기 좋은 노래도 한두 번이에요. 언제까지 이러실 건데요?"

"모르겠다. 내가 뭘 하겠냐, 앞으로. ……잘 들어라, 수현아. 나 죽으면 3개월 이내로 법원에 재산상속포기각서를 내야 한다. 꼭! 알았지?"

"삼촌?! 그런 말씀은 꿈에도 하지 마세요. 지나가요. 다 지나 간다고요. 이런 걸로 죽으면 세상에 죽을 사람 넘쳐 나요. 저한 테 한 번만 더 그런 말씀 하시면 저 정말로 화내요. 아셨죠?"

사람이 궁지에 처하면 이성도, 내일에 대한 희망도 사라지는 모양이었다. 수현은 수시로 울컥하곤 했지만 삼촌과 삼촌만 바라보고 사는 숙모 영서를 위해서라도 마음을 다스려야 했다.

태호의 신세한탄은 두 달 동안 계속됐다. 수현은 점점 지쳐 갔고, 잠 못 이루는 날도 늘어갔다.

그러던 어느 날. 수현은 식은땀을 흘리며 잠에서 깨어났다.

수현의 꿈속.

깊고 검푸른 바다 위에 나룻배가 떠 있었다. 그리고 그 위에 는 얼굴이 시퍼런 저승사자 두 명과 넋 나간 눈빛의 태호가 앉아 있었다. 가슴이 내려앉는 것 같은 느낌이 들면서 슬픔이 가슴을 휩쓸고 내려갔다.

수현은 참아왔던 눈물을 흘렸다.

'왜 힘든 일은 한꺼번에 기다렸다는 듯이 찾아오는 걸까?'

수현은 겨우 침대에서 내려와 방문을 열고 부엌으로 나왔다. 찬물이라도 한 컵 들이켜고 마음을 달래려던 참이었다. 그런데 삼촌 태호와 숙모의 방문이 슬며시 열려 있는 것이었다. 순간 불길한 예감이 들었다.

"……삼촌?"

수현은 조심스레 방문을 열었다. 숙모 영서만이 모로 누워 자고 있었다.

"……!!"

수현은 재빠르게 자기 방으로 돌아와 핸드폰을 찾아 들었다. 단축번호 1번을 누르고 신호를 기다렸다. 태호는 전화를 받지 않았다.

동네 놀이터, 포장마차, 삼촌의 단골 호프집까지 죄다 뒤져 봤지만 삼촌의 그림자도 찾을 수 없었다. 삼촌이 갈 만한 곳이라고는 제작사 사무실뿐이었다. 수현은 요금을 따따블로 지불하고 택시를 탄 뒤 연남동 사거리에서 내렸다. 대부분의 드라마 제작사가 강남에 있는 데 반해, '명 프로덕션'은 이곳 모퉁이 골목에 자리하고 있었다. 수현은 핸드폰 불빛으로 계단을 비추며 지하로 내려갔다.

"삼촌?"

사무실 안은 불이 꺼져 있었지만, 불투명 유리창으로 된 대표실 안은 환했다. 수현은 급히 뛰어가 문을 열었다. 소파 위에 태호 삼촌이 정신을 잃고 쓰려져 있었다. 빈 약통이 보였고, 네 장의 유서가 테이블 위에 놓여 있었다.

수현은 다리에 힘이 풀려 주저앉고 말았다. 온몸이 덜덜 떨렸다. 삼촌의 팔을 만져 보았다. 따뜻했다. 삼촌의 코 밑에 손등을 대보니 가는 숨이 이어지고 있었다. 수현은 119에 전화를 건 뒤 삼촌 옆에 쪼그리고 앉아 제발 그가 무사하기만을 바랐다.

종교가 없는 수현이었지만, 마음속으로 세상에 있는 모든 신들에게 간절히 빌었다. 이건 악몽이기를. 깨고 나면 안도의 한숨을 내쉬고, 일상을 살아갈 수 있기를. 이 순간이 언제였냐는 듯 지나가기를…….

불행 중 다행으로 태호는 무사했다. 응급실에서 위세척을 한 그는 중환자실에서 이틀간 휴식을 취한 뒤 일반실로 옮겼다. 수현은 숙모 영서에게 태호가 출장 중이라고 둘러댄 뒤 짐을 싸가지고 병원으로 왔다. 이틀 사이 태호는 산송장처럼 비쩍 말라 있었다. 수현은 그런 삼촌의 모습에 병실 밖에서 수없이 눈물을 흘렸다.

"이것 좀 드셔보시라고요, 삼촌."

"……."

"야채죽이에요. 소고기죽도 있어요."

"……생각 없다."

수현은 죽 그릇을 내려놓은 뒤 한숨을 길게 내쉬었다. 태호는 죽지 못한 것이 못내 아쉬운 사람처럼 눈만 끔뻑거렸다. [수상한 연인] 제작발표회 때만 해도 함박웃음을 짓던 삼촌이었는데…….

"삼촌, 드라마가 사람 목숨보다 더 중요해요? 일단 살고 봐야죠! 삼촌 저한테 그러셨잖아요. 화복(禍福)이라구요. 나쁜 거 지나면 좋은 거 온다고, 저한테 힘들어도 이 산만 넘고 보자고 하셨죠! 근데 몇 달 만에 이러시기예요?"

"……."

"삼촌 잘못이 아니에요. 그냥 우리 드라마 운이 그 정도였던 거예요."

"……수현아."

그가 바싹 마른 입술 사이로 수현의 이름을 불렀다.

"……네."

"내가 빚이 많아."

"삼촌 빚 많은 거 이 동네 사람들 다 알아요."

"너 모르는 빚이 또 있어."

"……같이 갚으면 되잖아요."

"넌 시집도 가야 하고 장래가 창창한데, 재 뿌린 밥을 같이 먹을 수 있겠냐. 내가 알아서 할 테니까 너는 좋은 남자 만나서 가정 꾸리고 살아, 수현아."

"삼촌, 무슨 말씀이세요? 저 고등학교 때부터 이 일 하고 싶어서 노래 불렀던 거 기억 안 나세요? 드라마 하나 잘 안 됐다고 시집이라니요! 재 뿌린 밥이라니요!"

수현의 목소리가 높아졌다. 태호는 고개를 돌렸다.

"문제가 있으면 반드시 해결책이 있을 거예요. 제가 모르는 빚이 얼만데요?"

"15억."

"······!!"

수현의 눈이 휘둥그레졌다.

"무슨 빚이 그렇게 많아요?"

"내가 많다고 했잖아."

"······숙모도 알아요?"

"네 숙모한테는 비밀이다. 안 그래도 심장이 약한데······."

수현은 기운이 쏙 빠졌다. 15억이라니. 15억이라니!! 이자만
해도 한 달에 수백만 원은 될 터였다.

'지금 내 통장 잔고가 얼마더라?'

수현은 순식간에 인간 계산기로 변신하여 계산을 두드려 보
았다. 하지만 15억은커녕 천오백만 원도 없는 수현이었다. 분명
방송국에서 회당 제작비 일부를 지원받았는데? 에이준 때문에
홍콩이랑 일본에 선판매도 됐고, 그걸로 빚을 어느 정도 메운 걸
로 알고 있었는데? 대체 어쩌다 빚이 15억까지 불어난 걸까? 수
현의 머릿속은 물음표로 가득 찼다. 이윽고 목 뒤가 뜨끈뜨끈해
지더니 얼굴이 새빨개지는 수현이었다. 그녀의 몸은 마음 못지
않게 반응이 빨랐다. 그렇지만 수현은 애써 씩씩하게 말했다.

"죽기 아니면 까무러치기죠 뭐. 일반 직장인이면 몰라도, 방
송판에서 15억은 벌려면 벌 수 있는 돈 아니에요? 톱 작가랑 톱
배우 잡은 다음에 투자받으면 돼요. 삼촌은 걱정하지 마시고, 얼

른 이것부터 좀 드세요."

수현은 죽 그릇을 태호에게 내밀었다. 태호는 땅이 꺼질듯 한숨을 내쉰 뒤 수현을 보았다.

"이 바닥, 무시무시한 바닥이다. 네가 얼떨결에 한 작품 맡고 나서 지금 정신을 못 차리나 본데, 앞으로 우리랑 드라마를 하고 싶어 하는 작가가 누가 있겠냐? 배우가 누가 있겠어? 이름도 없는 제작사에서 톱 작가에 톱 배우 데리고 찍은 드라마가 시청률이 4% 나왔어. 앞으로 더 힘들어질 거다. 꿈만 가지고 되는 판이 아니야, 이 판이."

태호는 죽 그릇을 들고는 한술 뜨기 시작했다. 수현은 이를 악물었다.

"저, 꼭 두 번째 작품으로 재기할 거예요. 5년간 품어온 기획안도 있고요. 잘 쓰는 작가만 만나면……."

"네가 그래서 햇병아리라는 거다. 잘 쓰는 작가가 왜 네 기획안으로 일을 하겠어. 본인 맘대로 쓰려고 하지. 외주사 소속에, 새파란 너랑 어느 톱 작가가 하겠냐고. 죽은 왜 두 그릇이나 사 왔어, 이걸 누가 다 먹는다고."

태호는 죽을 몇 숟가락 뜨더니, 이내 휴지를 뜯어 입을 닦았다. 삼촌을 보던 수현은 곰곰이 생각에 잠겼다.

"류민 작가 연락처를 알아내야겠어요. [연기의 신] 끝났으니까 당분간 한가할 거 아니에요? 일단 만나서 얘기라도 해보면……."

수현의 말에 태호가 코웃음을 쳤다.

"너 더위 먹은 거 아니냐? 류민이가 어떤 작간데 너랑 작품을 할까. 그 자식이 나이는 새파란데 실패란 걸 해본 적이 없어. 그래서 싸가지가 눈 씻고 찾아봐도 없는 놈이야. 안 만나줄 게 빤하니까 헛수고하지 말아라."

태호는 장래희망을 대통령이라 말하는 초딩 보듯 수현을 보았다. 그 순간 수현의 두 눈이 번쩍 뜨였다.

"삼촌이 류민 작가를 어떻게 아세요? 나이가 새파란지, 싸가지가 없는지?"

"그 자식이 스무 살에 베스트극장 극본 공모에 당선됐었지 뭐냐. 스무 살짜리한테 어느 PD가 일을 주겠어. 돈은 벌어야 되는데 일은 없고. 그래서 인터넷에 야설 연재를 했었는데 그게 또 기가 막힌 내용이었던 거야. 그때 내가 일하던 제작사 대표가 판권 살려고 만났는데, 어린놈이 돈독이 올랐는지 억대를 부르더란다. 기가 막혀서 한판하고 왔다던데."

흥미진진한 이야기였다. 톱 오브 더 톱 작가의 어두운 과거? 그도 먹고살기 힘든 때가 있었다니……. 수현은 어떻게든 류민을 만나서 작품 이야기를 해보고 싶었다. 상황도 상황이고 빚도 빚이지만, 힘들었던 시기를 보냈던 그라면 왠지 수현을 이해해 줄 것 같아서였다. 물론, 그건 수현의 순진한 생각인지도 모르겠지만 말이다.

★　　★　　★

수현은 그 옛날 류민을 만났다던 제작사 대표를 찾아갔다. 그는 [한국 드라마 50년사]를 쓸 수도 있을 것만 같은 백발의 노신사였다.

"류민 작가가 정말 야설을 썼었어요?"

"음, 그랬었지."

"제목이 뭐였는데요? 혹시 어떤 사이트에 연재했었는지 기억나세요?"

"글쎄. 워낙 오래된 일이라."

"대표님, 찬찬히 한 번만 생각해 주세요."

"명 감독, 계란으로 바위 쳐봤자 아픈 건 계란이야."

"그래도 바위에 흔적이라도 남길 수 있지 않겠어요? 그리고 제가 언제까지 계란이라는 법은 없잖아요! 저 좀 도와주세요!"

수현은 간절했다. 류민이 아니면 안 된다는 생각이 들었던 것이다. 이름 두 글자로 투자자들의 금고를 열 만한 인물은 이 바닥에 류민밖에 없었다. 5년간 자신이 준비한 기획안을 본다면 류민 작가도 마음이 동할 거라는 자신감도 있었다.

"대표님, 사람 하나 살리는 셈치고 제목만 살짝 알려주세요. 저만 알게요."

"제목은 기억 안 나. 2002년도에 '미스터 레드(야설 사이트)'에 연재했던 소설인데 내용이 기가 막혔지. 조선시대 선비 둘하고 무녀하고 연애하는 내용이었는데 그 사이트에서 조회수가 제일 높았어. 그 류민이 오늘의 류민이 될 줄은 아무도 몰랐겠지."

수현은 그의 이야기를 꼭꼭 씹어 삼키듯 들었다.

"류민 작가 얼굴은요? 기억하세요?"

"그야…… 작가같이 생겼지 뭐."

"혹시 연락처는 아세요?"

"10년도 더 전에 만났는데 연락처는 없지. 명 감독, 날씨 더운데 그만하고 얼른 들어가서 쉬어. 안 그래도 속이 속이 아닐 텐데."

그가 노쇠한 손으로 수현의 어깨를 두드렸다.

다음날. 수현은 [수상한 연인]을 도중하차한 뒤 일이 없이 놀고 있는 강영철 감독을 만났다. '흑마' 강 감독은 재기를 다짐하며 완벽하게 삭발을 한 모습이었다. 수현은 니스 칠을 한 것 마냥 반질반질한 강 감독의 머리에 자꾸만 시선이 갔다. 수현이 그러거나 말거나, 강 감독은 담배 연기를 내뿜으며 류민의 사생활에 대한 이야기를 해주었다.

"그러니까 류민 작가가 지금 월화 미니드라마를 쓰는 한가을 작가랑 사귀었다는 거죠?"

"그렇다니까. 근데 명 감독, 류민이 뒤는 왜 캐고 다니는 거야? 류민이한테 뭐 악감정 있어?"

"악감정은요! 제가 일면식도 없는 사람한테 악감정 가질 일이 뭐가 있겠어요. 그냥 궁금해서요. 제가 워낙 류민 작가 팬이라. 하핫."

수현은 이어, 방송계 '이빨'로 유명한 제작사 '노가네'의 노희봉 대표도 만났다. 쌍꺼풀 수술한 복어마냥 느끼한 얼굴의 그는 임자를 만났다는 듯, 수현을 붙들고 류민의 뒷담화를 하기 시작했다.

"아, 그 류민이가 그러니까 아주 나쁜 자식이야. PD를 자기 발가락 사이에 낀 그 뭐냐, 때만도 못하게 여긴다니까. 아, 그…… 그 자식이 말이야. 회당 원고료가 8천이니까 20부작 미니 하나하고 나면 16억을 벌어요. 이제까지 번 게 수백억일 텐데 같이 일한 PD한테 밥 한 번 안 산다는 거야. 그 뭐냐, 대본 연습장에도 얼굴을 안 내민대. 대본도 촬영 일주일 전에 이메일로 보내준다는 거야. 그…… 아무튼 그 자식은 개새끼라 이거야. 돈 좀 벌었다고 아주 싸가지가 바가지예요. 인사 한 번 안 한다니까?"

"류민 작가랑 만난 적 있으세요?"

"그야, 뭐. 흠흠."

"혹시 연락처 아세요?"

"명 감독, 나 약속이 있는 걸 깜빡했구만."

"……."

수현은 M방송사 앞에 있는 망고세븐에 눌러앉아 노트를 정리하고 있었다. 이름하야 '류민 작가 X파일'.

—류민은 '미스터 레드'에 야설을 연재했었다.

—류민은 수백억 대의 자산가다.

—류민은 한가을 작가랑 사귀었었다.

—류민은 작가같이 생겼다.

—류민은 싸가지가 없다.

—류민은 신비주의다.

—류민은…… 젠장, 님을 봐야 뽕을 따지!!

가게문이 열리더니 화사한 흰 원피스 차림의 여자가 들이왔다. 수현은 여자를 보았다. 어디서 많이 본 것 같은 얼굴이었다.

'배우는 아니고…… 누구지?'

수현은 흰 원피스의 여자와 눈이 마주쳤다. 여자는 수현에게 잠시 시선을 주더니, 구석진 자리로 가서 노트북을 펼쳐 놓고 글을 쓰기 시작했다.

"……!"

천우신조였다. 수현은 망고세븐 안을 환하게 밝히고 있는 그녀를 감격의 눈으로 보았다. 그녀는 드라마 작가계에서 미모로 유명한 한가을 작가였다. 드라마 제작발표회에서 기자들에게 '찍힌' 그녀는 배우들을 제치고 검색어 1위에 오르는 등 인기가 만발이었다.

수현은 조심스레 가을에게로 다가갔다.

"작가님, 안녕하세요."

가을은 동그란 눈으로 수현을 쳐다보았다. 가까이에서 본 그녀의 얼굴은 더욱 청초하고 예뻤다. 수현은 한창 미니시리즈를 집필 중인 작가의 얼굴이 이렇게 깨끗해도 되는 걸까, 하고 생각했다. 이런 수현의 생각을 아는지 모르는지, 가을은 립글로스 광고 모델의 것마냥 반짝이는 입술을 열었다.

"누구세요?"

수현은 순간 멈칫했다. 가을이 자신을 이상하게 볼까 걱정이 되기도 했다. 수현의 눈빛이 미세하게 흔들렸다. 하지만 그녀는 절호의 찬스를 놓치지 않기 위해 이내 정신줄을 잡았다.

"저, 명 프로덕션 명태호 대표님 아시죠? 그분 조카 명수현이에요. 이번에 [수상한 연인] 연출했던."

"아아⋯⋯."

가을은 잠시 수현에게 시선을 준 뒤 고개를 돌렸다. 가늘고 긴 목이 유달리 예쁜 그녀는 수현을 꿔다 놓은 보릿자루처럼 세워놓고는 폭풍 타자질을 해댔다. 수현은 머쓱해졌다. 마치 투명인간이 된 기분이었다.

"⋯⋯많이 바쁘신가 봐요. 일 마치실 때까지 저쪽에서 기다릴 테니까, 10분만 시간 내주실 수 있겠어요?"

가을은 수현을 보지 않고 자신의 노트북 모니터만을 보고 있었다. 수현은 그런 가을을 보다가 말없이 뒤돌아 자기 자리로 왔다.

'류민 작가랑 사귄 게 진짜라면, 연락처 물어보기가 좀 껄끄러운데…….'

자리에 앉은 수현은 한숨을 내쉰 뒤, 핸드폰을 집어 들고 구글 검색을 시작했다. 2002년도. 자그마치 11년 전 '미스터 레드'에 연재했던 류민의 19금 야설! 수현은 망고 버블티를 쭉쭉 빨아 마시며 부지런히 손가락을 움직였다.

'내 기필코 찾아내서 어떻게든 계란으로 바위를 치리라!! 류민도 밥 먹고 화장실 가는 사람일 텐데, 미리부터 쫄 게 뭐 있겠어?!'

꽉 차 있던 핸드폰 배터리가 다 닳았을 때쯤, 수현은 한 줄기 빛처럼 류민의 야설을 찾아내고야 말았다. 필명은 Sirius. 소설의 제목은 '비몽야사'였다.

'푸핫!'

수현은 마시던 망고 버블티를 뿜을 뻔했다. 톱 작가 아니랄까 봐 스무 살 설익은 필력으로 쓴 글인데도 술술 읽혔다.

휴대폰 배터리가 나가자 수현은 잽싸게 새로운 배터리를 끼운 뒤, 입가에 미소를 지으며 비몽야사를 읽어 내려갔다.

'이 글을 쓸 때 류민의 심정이 지금 나 같았을까.'

수현은 테이블 위에 올려둔 기획안을 자식 바라보듯 보았다.

'반드시, 이 작품으로 재기하고 말 거야!!'

수현은 얼굴에 홍조를 띤 채 소설을 읽었다. 그때였다.

"명수현 감독님?"

조금 피곤해 보이는 얼굴의 가을이었다. 수현은 티 나지 않게 안도의 한숨을 내쉰 뒤, 핸드폰을 내려두고 가을을 맞았다.

"앉으세요, 한 작가님."

"근데 절 아세요?"

가을은 도도한 얼굴로 수현을 보았다. 수현은 가을의 하얀 얼굴을 보다가, 어떻게 류민 이야기를 꺼내야 할까 생각했다.

"뭐 시원한 거 드실래요?"

"아뇨."

가을은 핸드백에서 튜브형 립글로스를 꺼내더니 작은 입술에 발랐다.

"혹시, 류민 작가님 얘기 물어보려고 저 부르신 거면……."

가을이 윤기 나는 입술로 말했다.

"아…… 초면에 불쾌하게 해드려서 죄송해요. 근데 여기저기 알아봤는데도 류민 작가님 연락처를 구할 수가 없어서요. 저희 삼촌하고는 작품 때문에 몇 번 만나셨던 걸로 알아요. 삼촌한테 정말 좋은 작가님이라는 말씀 많이 들었어요."

'내가 무슨 횡설수설을 하고 있는 거야?!'

수현은 순간 가을에게 미안한 마음이 들었다. 작품 쓰기도 힘들 텐데……. 말실수를 했다는 생각에 가을의 얼굴을 바로 볼 수 없는 수현이었다.

"류민 작가 연락처 알려달라는 말씀이시죠?"

가을이 직구를 던졌다.

"……네."

만약 어떤 여자가 다짜고짜 찾아와 전 남자친구의 연락처를 알려달라고 하면 어떤 기분이 들까? 수현은 나직이 한숨을 내쉬었다. 정녕 이런 방법밖에는 없는 걸까, 명수현.

"저도 몰라요. 류민 작가님 작품 끝나고 나면 항상 여기저기서 연락이 와요, 저한테. 근데 알아야 가르쳐 드리죠."

가을은 지겹다는 투로 나직이 말했다.

"제가 실례를 한 것 같네요."

수현은 미안한 마음을 담아 말했다.

"작품 끝나면 강원도 화암동굴 근처에 있는 별장에 쉬러 가신다는 얘기는 들었어요. 혹시 그분 뵈면 제 안부도 좀 전해주시구요."

"……!"

수현은 눈이 번쩍 뜨였다. 수현을 보던 가을은 자리를 정리한 뒤 일어나 총총총 망고 세븐을 나섰다.

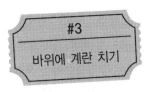

#3

바위에 계란 치기

무덥고 뜨거운 날씨였다. 아스팔트에 계란을 깨면 바로 프라이가 될 것 같은. 청 반바지에 쪼리 차림의 수현은 기획안과 각종 메모 노트가 든 가방을 메고 강원도 화암동굴 근처에 와 있었다.

'더워서 쓰러지겠네.'

수현은 근처 슈퍼마켓에서 강원도 샘물을 한 병 사서 꿀꺽꿀꺽 들이켰다. 주변에 있는 별장을 수소문해 봤지만 류민 작가의 별장은 없었다. 잠시 쉬어가기로 마음먹은 수현은 나무 그늘이 시원해 보이는 벤치로 가서 몸을 뉘었다.

'그래, 하는 데까지 해보고 안 되면 그때 가서 생각하지, 뭐. 이대로 인생이 끝나는 건 아닐 테니까.'

수현은 핸드폰을 열어 멜론에 접속해 최신곡을 살펴보기 시작했다. 배경음악을 틀어놓고 낮잠이라도 한숨 잘까 싶었다.

A2—PLUS의 '선택'.

[수상한 연인]의 주연을 맡았던 에이준이 소속된 그룹 A2—
PLUS. 수현은 [선택]을 플레이 시켜놓고 눈을 스르륵 감았다.
지금 이 순간에는 빚이 수십억이라는 사실도, 앞날이 막막하고
도움받을 곳은 아무 데도 없다는 사실도 문제가 되지 않았다. 감
미로운 K—pop의 선율이 수현의 귀를 간질였다.

너와 나의 달콤했던 선택 그 순간 우리는 하나였지.
나 없는 너 없는 그저 우리의 따뜻한 행복한 시간이야.
달았어— 달콤했어— 닮았어. 미소가 아름다운 그녀를 보면
태어나서 가장 잘한 선택은 지금 이 순간의 바로 너야.

귀에 쏙쏙 들어오는 가사를 음미하고 있는데, 핸드폰 벨이 울
렸다. 호랑이도 제 말 하면 온다더니. 에이준이었다.

〈감독 누나!〉

"으응. 잘 지냈어?"

〈어디서 뭐 하세요?〉

"강원도에 일 보러 왔어."

〈누나 드라마 망하고 잠수 탔다는 소문이 쫙 퍼졌던데요. 전
화받는 거 보니까 잠수는 아닌 것 같고. 첫 방에 대박 나는 사람
얼마나 있겠어요. 힘내고 밥 한 끼 같이해요.〉

"그래. 더 신경 못 써줘서 미안하구, 너도 잘 지내."

이십대 중반의 파릇파릇한 목소리에 수현은 미소를 지었다. 한참을 벤치에 누워 있다 보니 배가 고파왔다.

'만날 순 있는 걸까, 류민.'

수현은 하품을 찢어지게 한 뒤 근처 편의점으로 들어가 삼각 김밥을 사 먹은 다음, 다시 전투력을 다졌다.

반나절에 걸쳐 근처 별장을 죄 수소문한 결과, 은밀한 곳에 숨어 있는 류민의 별장을 찾아낼 수 있었다.

수현은 어마어마한 규모에 입이 다물어지지 않는 류민의 별장 앞에 서 있었다. 흰 담벼락은 절대 탈옥 못할 교도소의 그것마냥 두껍고 높았고, 대문은 북한에서 대포를 쏴도 뚫리지 않을 듯 보였다. 안쪽에는 푸르고 키가 큰 나무들이 수십 그루가량 심어져 있었다. 그 안에 소규모 놀이공원이라도 들어갈 수 있을 만큼 대단한 규모였다.

'헐! 부러워.'

수현은 대문 앞으로 가 조심스레 초인종을 눌렀다. 그러나 묵묵부답이었다. 다시 한 번 초인종을 눌렀지만 여전히…… 썰렁.

'그래, 여기까지 온 게 어디냐. 운동한다 생각하고 집 근처나 산책하면서 기다려 보지, 뭐.'

수현은 그를 만나면 무슨 이야기를 할까 머릿속으로 상상하며 류민의 별장 주위를 한참 동안 걸었다. 두 바퀴 쯤 돌았을 때,

별장 차고가 열리더니 검은색 벤츠가 한 대 나왔다.

"어어어……?!"

수현은 서둘러 근처를 지나는 택시를 잡아탔다.

"아저씨, 저 차 좀 따라가 주시겠어요?"

"응, 알았어. 벨트 단단히 매셔."

벤츠가 멈춰 선 곳은 화암동굴 입구였다. 차 안에서 키가 훤칠하고 건장한 남자와 류민 작가로 추정되는 퉁퉁한 남자가 나와 동굴 안으로 들어가는 것이었다. 수현은 택시비를 지불한 뒤 그 두 사람을 따라 동굴 안으로 들어갔다.

화암동굴은 더없이 시원하고 아름다웠다. 영롱한 빛이 뿜어져 나오는 동굴 안에는 사람들이 거의 없었다. 종유석과 석순이 예술 작품처럼 곳곳에 있었고, 맑고 청량한 기운이 감돌았다. 수현은 동굴 이곳저곳을 감상하는 두 남자를 보며 웃음이 나왔다.

'드라마 끝나면 이러고 노시나 보네? 생각보다 순수하시군.'

수현은 류민과 그의 보디가드 혹은 비서로 보이는 남자를 보며 심호흡을 했다. 그들이 동굴 관광을 끝내고 나면, 적당한 기회를 봐서 자기소개를 하고 기획안을 내밀 참이었다.

'으아, 추워~'

그녀는 [아라비안나이트]에 나오는 것 같은 오색 모조보석이 담긴 항아리들을 보았다. 아름다웠다. 성공적으로 드라마를 끝내고, 유유자적 이런 데 구경이나 하면서 산다면 삶이 얼마나 가뿐할까? 수현은 자기와는 대조적인 삶을 살고 있는 저 남자, 류민의 뒷모습을 바라보았다. 배가 나온 평범한 삼십대 아저씨로 보이는 그는 걸음걸이조차도 여유로워 보였다.

류민은 그의 보디가드와 함께 황금색 불빛이 반짝이는 계단을 내려갔다. 엄청난 길이에 공포감이 드는 계단이었다. 수현은 쪼리가 벗겨지지 않도록 조심조심 한 칸 한 칸 내려가기 시작했다.

'신발을 벗고 내려가는 게 나을까?'

그때였다. 쪼리를 벗어 들려는 수현의 몸이 주춤했다. 그녀는 강원도에서 류민 작가 뒤를 쫓다 짧은 인생을 마감하기는 싫었다. 본능적으로 난간을 잡은 수현.

'휴. 십년감수했네.'

수현은 쪼리를 벗어 들고 정신줄을 꽉 잡은 채 계단을 내려가기 시작했다. 류민과 그의 보디가드는 이미 저 아래로 내려간 뒤였다.

'삼각김밥 말고 그냥 밥 든든히 먹어둘걸. 배가 고파서 기운이 없네.'

맨발에 쪼리를 한 손에 든 수현은 그렇게 류민 작가의 사생팬이라도 된 것처럼 그의 뒤를 쫓고 있었다. 계단 맨 아래로 내려오고 나니 류민과 그의 보디가드가 수현을 기다리고 있었다.

"……!"

"무슨 일이시죠?"

류민 작가가 수현을 보았다. 배가 불룩하게 나온 그는 두툼한 안경을 썼다. 전형적인 남자 드라마 작가의 모습이었다.

"아, 작가님, 저는……."

수현은 자신의 명함을 류민에게 내밀었다. 보디가드가 수현을 막아선 뒤 류민 대신 명함을 받아 들었다. 수현은 자신보다 머리 하나는 키가 더 큰 류민의 보디가드를 보았다.

동굴 안의 어두운 불빛 아래서 본 얼굴이지만 놀랍도록 미남이었다. 실크 같은 커피색 피부와 투명한 갈색 눈동자, 오똑하게 솟은 코. 운동으로 다져진 듯한 넓은 어깨와 굵은 팔뚝은 순간 수현의 가슴을 설레게 했다. 수현은 그의 피부를 손으로 만져 보고 싶었다. 불가리 블루 향이 묻어날 것 같은 피부…….

'류민 작가는 보디가드를 얼굴 보고 뽑았나 보네.'

수현은 정신을 차린 뒤 보디가드에게 말했다.

"저는 명수현 감독이구요. 류민 작가한테 드릴 말씀이……."

"저한테 말씀하시죠."

보디가드의 목소리는 낮고 덤덤한 톤이었다. 류민 작가는 수현을 보는 둥 마는 둥 했다. 이윽고 수현은 류민의 옷깃이라도 잡고 싶은 심정이 되었다.

"작가님, 30분만 시간 내주시면."

"……."

류민은 수현에게 시선을 주지 않았다. 이윽고 그는 저만치 앞으로 갔고, 수현은 보디가드와 달랑 둘이 남아 있게 되었다.

'류민, 정말 비싸게 구는구만! 무명 감독이랑은 말도 섞기 싫다 이건가?

"용건이 뭡니까."

류민의 보디가드가 입을 열었다.

"류민 작가님이랑 차기작에 대해서 이야기를 좀 나눌까 하는데요."

"여긴 어떻게 알고 오셨죠?"

수현은 다시금 그를 찬찬히 보았다. 어떤 엄마가 아들을 이렇게 잘 낳아놨을까…… 우수가 서려 있는 두 눈동자와 손을 들어 만져 보고 싶은 입술은 백만 불짜리였다. 검고 굵은 목에 툭 튀어나온 목젖은 100% 남자의 것이었다.

"제가 류민 작가님한테 볼일이 있거든요."

"저한테 얘기하시죠."

"죄송하지만 류민 작가님이랑 단.둘.이 이야기하고 싶은데요."

수현은 다시금 강조해 말했다. 류민의 보디가드는 입가에 살며시 미소를 띠었다.

'왜 웃는 거야, 이 남자.'

수현은 그를 바라보았다. 사람을 꿰뚫어 보는 것 같은 갈색 눈동자…….

"용건 말씀하시죠."

보디가드의 목소리는 낮고 덤덤했다. 수현은 시계를 찬 그의 손목과 길고 굵은 손가락을 보았다. 검은 바지에 검은 셔츠를 입은 그는 테니스 선수 혹은 수영선수처럼 잘 뻗은 몸을 가지고 있었다.

수현은 가방에서 기획안을 꺼냈다. 깔끔하게 책 제본까지 한 기획안이었다.

'류 작가랑 진지하게 얘길 좀 하고 싶었는데……'

류민의 보디가드는 수현이 내민 기획안을 받아 들고 한 장 한 장 넘겨 보기 시작했다.

"작가님께 직접 보여 드리고 싶은데. 제가 내용 설명을 좀 드리려고 하거든요."

금세 다 읽은 건지, 보디가드는 기획안을 탁 덮고는 수현을 보았다.

"주인공도 줄거리도 진부하기 그지없군."

"……?!!"

수현은 귀를 의심했다. 이 남자, 지금 제정신인 거야?!

"빤한 플롯. 원한에 복수, 막장에 신파 코드는 다 들어 있는데 정작 뭘 말하려는지는 알 수가 없군. 이런 기획안을 들고 여기까지 찾아오다니, 제대로 헛수고하셨군."

헐! 수현은 기가 막히고 말문이 막혔다. 이건 뭐, 훈장인 척하는 서당개도 아니고. 보디가드면 본인 일이나 잘할 것이지, 자기가 류민 작가라도 되나?

"이보세요, 저는 류민 작가님한테 직접 이야기를 하고 싶다고요. 제가 그쪽이랑 이런 실랑이를 벌이고 있을 이유가 없는 것 같은데요? 물론 드라마 끝나고 쉬시는 데 방해한 건 죄송해요. 하지만 30분 정도 시간 내주시는 게 그렇게 힘든 일은 아닐 거라고 생각하는데요."

수현은 또박또박 말했다. 그런데!

"혜안도 선구안도 없으면서 무대뽀 정신으로 밀어붙이면 다 되는 줄 아시나. 보아하니 시청률 3~4% 나온 드라마 하나 찍고 차기작 못할까 봐 안달 난 것 같은데. 클리셰만 버무린다고 드라마가 되는 건 아니지. 얼른 돌아가요."

"······?!"

수현은 말을 잇지 못했다. 아니, 잠시 생각해야 했다. 뭐지, 이 남자?

"그리고 앞으로 이런 스토커 같은 짓은 하지 말아요. 뭐, 본인만 힘들겠지만."

"말이 너무 심하시네요. 안 되겠어요, 작가님하고 직접 이야기를 해야······."

"지금 이야기 중이지 않나."

"······?!"

"그 정도 눈치로 감독하면 스탭들이 고생이겠군."

'······!'

류민의 보디가드······ 아니, 류민은 팔짱을 낀 채 입가에 살짝 미소를 띠었다. 수현은 어안이 벙벙했다.

'이 남자가 류민이라고? 어딜 봐서 이 사람이 작가야?! 운동선수 출신 보디가드라면 딱이겠구만!'

한참을 멍하니 서 있던 수현은 비로소 자신이 맨발이라는 사실을 깨달았다. 손에 들고 있던 쪼리를 잽싸게 신은 수현.

"그럼 먼 길 조심히 돌아가요."

류민은 뒤돌아 동굴 안쪽으로 사라졌다. 수현은 뭘 어떻게 해야 할지 알 수 없었다.

'저 남자가 진짜 류민이란 말이야? 세상에, 뭐 이런 법이 다 있어? 이제까지 숨어 있었던 건 얼굴이 흉측해서가 아니라 너무 잘나서, 소문에 휩싸이기 싫어서였던 거였어!'

류민의 뒷모습을 보며 수현은 세상이 불공평하다는 사실을 온몸으로 깨달았다. 그러다 퍼뜩, 정신이 든 수현은 부지런히 류민의 뒤를 쫓았다.

"저기요, 작가님!!"

류민이 뒤를 돌아보았다.

"작가님, 저⋯⋯."

류민의 한쪽 눈썹이 올라갔다. 순간 수현은 뭐라고 말을 해야 할지 망설여졌다. 하지만 마음을 부여잡고, 진심을 다해 그를 설득하기에 나섰다.

"제대로 이야기할 기회를 한 번만 주시면 안 될까요? 여긴 강원도고 서울이랑 세 시간 반 거리예요. 저는 서울에서 작가님을 뵈러 여기까지 왔다고요. 보아하니 작품 끝나고 휴가 중이신 것 같은데, 제 이야기 듣기 힘들 만큼 여유가 없으신 것 같지도 않고요. 물론 초면에 이런 부탁드리는 건 예의가 아니라는 생각은 들지만⋯⋯ 그만큼 절박하다고 생각해 주시면 안 될까요?"

류민은 잠시 생각하는 듯하더니 수현에게 말했다.

"안 되겠는데."

"……왜죠?"

수현이 반문했다.

"첫째, 난 지금 휴가 중입니다, 휴가. 일정 기간 동안 일을 쉰다는 뜻이죠. 그러니까 일 관련된 이야기는 하고 싶지 않고. 둘째, 난 일개 감독이 찾아와서 이래라저래라 할 만한 사람이 아닙니다. 방송국 국장급 이상이 미리 시간 약속을 잡아두고 와야 만날 수 있는 사람이라는 의미죠. 셋째, 난 당신 기획안을 보는 순간 안 될 작품이라는 걸 알았거든. 그 정도 능력도 센스도 없는 사람하고 내가 왜 이야기를 해야 하지?"

류민은 세상에서 가장 아름다운 입술로 가장 듣기 싫은 말들을 아무렇지 않게 내뱉었다. 수현은 그의 입술을 보다가 문득, 지금 당하고 있는 게 말 그대로 굴.욕.이라는 사실을 깨닫고 말았다. 수현은 심장박동이 빨라지는 것을 느꼈다. 얼굴이 달아올랐고, 입술이 바르르 떨렸다. 신인 감독은 중견 작가 앞에서 찍소리도 못하는 경우가 다반사긴 하지만, 이건 정말 너무하지 않은가!

"본인 드라마랑 많이 다르시군요."

양 볼이 발그레해진 수현이 흥분을 억누르며 말했다.

"창작물과 작가가 반드시 같을 필요는 없지 않나. 그리고 당신이 날 어떻게 생각하든지 내 알 바 아니고. 세 시간 반 오느라 힘들었을 텐데 그 시간에 영화나 한 편 보지 그랬어요."

류민은 수현을 놀리듯이 말했다.

'이런 개.싸.가.지!!'

수현은 저도 모르게 욕을 내뱉을 뻔했지만 가까스로 참아냈다. 그렇지만 이대로 입에 지퍼를 채운 채 물러날 수현이 아니었다.

"그러게요. 그냥 집에서 비.몽.야.사.나 열심히 읽을걸 그랬어요. 성애 묘사가 아주 화끈하던데요. 어떤 작가가 쓴 인터넷 야설인데요, 내용이 아주 후끈뜨끈 한 게 재미나더라고요. 누가 알았겠어요. 인터넷에 야설 쓰던 작가가 오늘날 방송국을 좌지우지할 만한 대작가가 될지요, 하핫."

수현은 장난치듯 말했다. 류민의 눈썹이 다시 한 번 일그러졌다.

"당신은 대체 뭐 하는 사람이지?"

류민은 수현에게로 다가왔다. 수현은 조금 겁이 났지만 다시금 말을 이었다.

"방송 일 하는 사람이죠. 이 동네는 작가의 사생활에 따라 시청률이 좌지우지되기도 하는 동네잖아요. 언젠간 작가님이랑 꼭 같이 일할 거라고 생각했고, 그래서 작가님의 이력에 대해서 사전 조사를 좀 해봤죠."

수현은 에라, 될 대로 되라 모드로 말을 이었다.

"당신이 제아무리 대작가라고 해도, 밥 먹고 화장실 가는 건 똑같잖아요? 혼자 밥 먹을 때 쓸쓸한 것도 마찬가지일 거구요. 이보세요, 작가 선생님, 드라마가 뭐예요. 인간탐구 아니에요? 적어도 인간에 대한 최소한의 예의는 있어야 한다고 생각하거든요."

"그러는 당신은."

류민이 수현 앞으로 다가왔다. 수현은 그의 커피색 눈동자를 보았다. 그 역시 화가 난 것 같았다.

"내 휴가를 망치기 위해 작정한 사람 같군."

그는 수현 바로 앞으로 다가와 그녀에게 눈을 맞추었다. 그녀, 수현은 애써 쌓은 탑이 와르르 무너지는 것 같은 기분이 들었다. 류 작가의 동행은 어디로 갔는지 알 수 없었다. 깊고, 차갑고, 불빛이 반짝이는 동굴 안에서 둘은 함께 있었다. 수현은 마치 호랑이 굴에 들어와 있는 것만 같은 기분이었다.

'그래, 죽기 아님 살기다. 정신만 차리면 빠져나갈 수 있을 거야.'

수현은 코앞으로 다가온 류민을 보았다. 검정 티셔츠에 굴곡이 져 있었다. 운동으로 다져진 가슴 근육이었다. 팔 근육 역시 만만치 않았다.

'저 팔뚝으로 날 한 대 치는 건 아니겠지?'

수현은 저도 모르게 몸이 움츠러들었다. 하지만 그건 수현의 기우였다.

"피곤해 보이는군……. 피차 피곤할 일은 안 만드는 게 좋을 텐데."

투명한 눈으로 수현을 보던 그가 어린아이를 가르치는 선생님처럼 말했다.

"글쎄요. 피곤하지 않고 되는 일이 있나요."

"일? 무슨 일? 당신하고 나 사이에는 별일이 없을 텐데."

"그건 작가님 생각이구요. 전 꼭 작가님이랑 같이 드라마를 해야겠어요!"

"지금 협박하는 건가?"

"아뇨. 작품 같이하자고 프러포즈하는 건데요?"

그는 어이없다는 듯 웃었다.

"나는 프롭니다. 당신도 비록 드라마는 망했겠지만 프로일 테고. 프로는 그 일로 밥을 먹는 사람을 말하지. 밥 먹여주는 일은 신성한 일이고, 잘해내야 하지. 하지만 당신은 잘할 것 같지 않은걸."

그는 조롱하듯이 수현과 키를 맞추고 나직이 말했다. 수현은 이가 바득바득 갈렸지만 애써 참았다.

'정신 차려, 명수현. 어떻게든 이 싸가지를 설득해야 돼. 삼촌 빚이 15억이야. 이 기회를 놓치면 난 빈손으로 돌아가 백수로 지내게 될 수도 있어.'

재빠르게 머리를 굴리던 수현은 강하게 나가기로 했다.

"증권가 찌라시에 작가님 이야기가 수시로 오르내리는 건 알고 계시죠? 다들 작가님의 실체에 대해서 궁금해해요. 사람들은 젊고 돈 잘 버는 사람의 비하인드 스토리를 캐고 싶어 하거든요."

"그래서?"

류민의 목소리가 수현에게 와 닿았다.

"그래서는요? 작가님이 절 계속 개무시하신다면, 저도 별수 없다는 말이죠. 작가님의 사생활과 무명 시절 이야길 드라마로 만들려고요. 한.가.을 작가님이랑요."

수현이 앙큼하게 말했다. 류민의 눈가가 바르르 떨렸다. 그는 말이 없었다. 수현은 순간 두려워졌지만, 이미 내뱉은 말을 어쩔 순 없었다. 민의 동태를 살폈다. 그는 생각에 잠겨 있는 듯했다.

'대체 뭔 생각을 저렇게 오래 하는 거야.'

민은 자기보다 한참은 작고 여린 여자를 보았다. 명수현. 듣도 보도 못한 감독이었다. 민은 그녀의 아기 같은 얼굴과 대학생 같은 패션 센스에 웃음이 나왔다.

'청 반바지에 쪼리라니. 다리는 꼭 중딩 수준으로 짧군. 저 다리로 부지런히 따라온 건가.'

민은 제아무리 방송국 사장이라 해도 사전 약속 없이 찾아올 경우 만나주지 않았다.

'이 여자는 뭘 믿고 이리 무대뽀인 거지?'

민은 수현의 작은 양 볼과 속쌍꺼풀이 진 동그란 눈을 보았다. 그녀는 궁지에 몰린 아기고양이 같았다.

'명색이 감독인데 막내 스탭으로도 안 보이는군.'

민은 수현을 도발하기로 작정했다. 나이 차는 얼마 나지 않는 듯했지만, 그녀는 민에 비해 한참 어린애 같았다. 알에서 깬 병아리처럼, 엄마 오리 뒤를 졸졸 따르는 새끼 오리처럼. 또한 그녀는 세상 물정을 모르는 여자로 보였다. 적어도 민에게는.

민은 한 발 한 발 수현에게로 다가가기 시작했다. 길에서 노숙이라도 한 건지, 머리끝이 삐쭉삐쭉한 수현을 보니 웃음이 절로 나왔다. 하지만 민은 포커페이스를 유지하는 데 능했다. 그는 수현에게 말했다.

"마음대로 해요, 드라마를 만들든지 말든지. 대본이 제대로 나올지도 미지수고, 편성이 될지는 더더욱 미지수겠군. 나는 사람들 입방아에 넌더리가 난 사람입니다. 대중들은 지긋지긋한 일상에 불량식품 같은 달콤함을 줄 뭔가를 원하고, 실컷 씹어대다 단물이 빠지면 껌을 뱉듯 뱉어낼 테죠. 나는 그들이 날 어떻게 가지고 놀든 상관하지 않아요. 그깟 루머는 하나도 안 무서우니 미니든 특집극이든 잘해봐요, 명수현 감독."

민은 여유로운 태도로 일관했다. 수현은 다리에 힘이 빠졌다.

'저, 저 송곳으로 찔러도 피 한 방울 안 나올 인간!'

이대로 절호의 기회를 놓치고 마는 걸까, 생각하니 수현은 마음이 조급해졌다. 그때였다. 그녀의 뱃속에서 우렁찬 소리가 난 건.

꼬르륵.

"……."

동굴 안은 더없이 조용했기에 수현의 꼬르륵 소리는 무척 크게 들렸다. 수현은 창피했지만 솔직히 배가 고팠고, 울고 싶었고, 포기해야 하는 걸까 생각했다.

제작사는 문을 닫고, 삼촌과 숙모는 빚에 시달리고, 자신은 망작의 감독으로 기억될 것이다. 아니, 아무도 기억하지 못할 것이다. 일생의 기회를 허무하게 날려 버린 자신이 수현은 더없이 미웠다. 속에서 쓴 물이 올라왔다. 그녀는 바닥에 털썩 주저앉았다. 그때였다. 이런! 수현의 왼쪽 쪼리 끈이 떨어진 것은.

'불운이 끝나기는 끝나는 걸까?'

수현은 헝클어진 자세로 그를 올려다보았다. 검은 긴 바지에 검은 셔츠, 긴 그림자 같은 그가 미소를 띤 채 그녀를 보고 있었다. 마치 유치원생을 보듯.

"여기까지 오는데 그런 신발이라니. 준비성이 떨어지는군."

수현은 고개를 들어 류민을 힘껏 째려봤다.

"제가 쪼리를 신든 고무신을 신든 댁이 뭔 상관이에요?"

"그건 그렇지만."

"좀 가주실래요?"

"안 그래도 가려던 참이었어."

속을 알 수 없는 표정을 지어 보이던 민은 뒤돌아 동굴 안으로 걸어갔다. 어둠 속으로 사라지는 그를 보던 수현은 극도로 허무한 마음이 올라왔다. 왠지 모르게 억울하기도 했다. 저도 모르게 눈물이 맺혔다. 이어 또르르 흘러내렸다. 슬퍼서 눈물이 나오는 건지, 눈물이 나와서 슬퍼진 건지 알 수 없었지만…… 수현은 울기 시작했다.

할 수 있는 일이 우는 것 외엔 없었던 것이다. 여기서 이러고 있는 자신이 한심하고 불쌍해서. 민의 독설이 하나같이 다 맞는 말이라서. 지금 이 동굴보다, 닥쳐올 미래가 더 어두컴컴하게 느껴져서…….

수현의 울음소리는 점점 커졌고, 이어 동굴 안에 울려 퍼졌다.

"으흑흑…….."

안쪽 깊은 곳으로 발걸음을 옮기던 민은 흡사 귀신 소리 같은 곡소리에 순간 소름이 돋았다.

'정말 가지가지 하는군.'

민은 부지런히 발걸음을 옮겼다. 저 해괴망측한 여자랑 엮였다가는 휴가가 악몽으로 변해 버릴지 모른다.

"으흑흑흑흑흑……."

수현의 울음소리는 더욱더 커졌다. 민은 뒤돌아보면 돌이 되기라도 할 듯, 부지런히 걸음을 옮기며 송 비서에게 전화를 했다.

"어디지?"

〈급하게 일이 생겨서 서울 가는 중이에요. 차 가지고 왔으니까요, 작가님은 번거롭더라도 모범택시 타세요. 근데 무슨 귀신 우는 소리가 들리네요?〉

"…….."

〈아참, 뉴스 보셨죠? 화천 군부대에서 이등병이 총 들고 탈영했는데, 지금 정선에 있대요. 조심하시고요, 늦지 않게 들어가서 쉬세요, 류 작가님.〉

전화를 끊은 민은 그 자리에 잠시 서 있었다. 수현은 지치지도 않는지 더욱 큰 데시벨로 울어 제꼈다. 어쩔 생각인지, 민은 뒤돌아 수현에게로 갔다. 그녀는 아직도 주저앉은 채였다. 수현이 고개를 치켜들자, 눈물 콧물 범벅이 된 얼굴이 보였다.

"……일어나요."

민이 나지막이 말했다. 수현은 들은 체도 하지 않았다.

"일어나라구요."

"그냥 가던 길 가세요!"

민이 손을 내밀었지만 그녀는 잡지 않았다. 그러자 그는 순식간에 긴 팔로 수현을 쌀가마니 메듯 들춰 멨다.

"지금 뭐 하시는 거예요?!"

"일단 나가서 얘기합시다."

그는 무릎을 살짝 굽혀 땅에 떨어진 수현의 쪼리를 한 손에 들었다. 그런 뒤 참 별일을 다 겪는군, 하는 얼굴을 하고는 화암동굴을 나섰다.

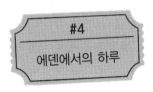

#4
에덴에서의 하루

'뭐야, 여기, 에덴동산이야?'

류민의 별장 안으로 들어온 수현은 절로 탄성이 나왔다. 드라마 촬영장으로 써도 손색이 없을 만큼 넓고, 자연친화적이고, 희귀한 별장이었다.

별장 앞뜰에 심어진 키 큰 사과나무 한 그루가 눈에 들어왔다. 앞뜰 곳곳에는 색색의 꽃들이 심어져 있었는데 멀리서 보니 꼭 무지개처럼 보였다. 새빨간 장미와 노랑, 주홍 튤립. 핑크, 보라 펜지꽃. 파릇파릇한 풀들. 해바라기 밭 뒤로 보이는 사루비아 꽃밭……

뒤뜰에는 대리석으로 된 어린아이 동상이 있었고 키 큰 나무들이 든든하게 서 있었다. 수현은 잠시 이곳에 온 목적을 잊은 채 사방을 둘러보기에 바빴다. 부은 눈으로 이곳저곳을 샅샅이 보던 그녀는 자그마치 네 번이나 놀랐다.

일단, 아무도 없다. 무슨 귀곡 산장이야?

그리고 나무랑 꽃만 많은 게 아니라 동물도 많다. 별장 정원에 있는 커다란 새장. 그 안의 하얀 구관조. 커다란 개집 앞의 잘생긴 시베리안 허스키. 뒤켠에는 연못이 있고 그 안에는 아름다운 빛깔의 물고기들이 헤엄치고 있었다. 그리고 사슴 우리 안에는 눈이 초롱초롱한 꽃사슴들이 있었고, 맑게 지저귀는 새들과 우리 안에는 새끼 원숭이도 있었다. 무슨 동물원이야?

연못 옆에는 나무로 만든 흔들그네가, 그 뒤쪽에는 작은 동굴이 보였다. 수현은 류민이 두더지과라고 생각했다. 이런 동굴 덕후!

"그만 두리번거리고 얼른 들어와요, 문 닫기 전에."

별장 이곳저곳을 보던 수현은 민의 핀잔에 잽싸게 안으로 들어갔다.

별장 안은 생각보다 심플했는데, 커다란 문을 열고 들어가 보니 수만 권의 책이 꽂혀 있는 도서관이 있었다. 흡사, 도립도서관 인문과학실을 옮겨놓은 것 같았다. 누가 작가 아니랄까 봐!

수현은 화장실에 가서 더러워진 맨발을 닦고, 거울 속 자신의 모습을 보았다. 하루 종일 제대로 먹지도, 쉬지도 못한 채 그를 뒤쫓다 보니 몰골이 추레해 보였다. 충혈된 눈알에, 퉁퉁 부은 눈꺼풀, 까슬까슬한 얼굴······.

'불쌍해서 못 봐주겠군.'

수현은 두 손을 깍지 껴 위로 쭉쭉 뻗은 뒤, 어깨를 주물렀다.

'이왕 여기까지 들어온 거, 어떻게든 구워삶아서 같이 일해야 해!'

수현은 다시금 전투 의지를 다졌다. 그러다 문득 류민이 자신을 이곳에 데려온 이유가 몹시 궁금해졌다. 그는 수현의 기획안을 무시했다. 그리고 수현을 내버려 두고 동굴 구경을 계속하려고 했다. 그런데 왜 갑자기 마음을 바꾸어서 이곳으로 날 데리고 온 거지? 골탕 먹이려고? 복수하려고? 또다시 우렁찬 꼬르륵 소리가 화장실 안에 울려 퍼졌다. 안 그래도 스트레스로 인해 몸무게가 쭉쭉 줄던 차였는데……. 거울 속 수현의 모습은 오늘따라 더욱 말라 보였다. 화장실을 나선 수현이 세계 가구의 여행지 사진이 붙어 있는 긴 복도를 지날 때였다.

"저녁 시간이 됐으니 식사는 하고 가요."

어느새 샤워를 하고 옷을 갈아입어 더욱 말끔해진 류민이었다. 덜 마른 머리칼의 그는 시원해 보이는 하늘색 추리닝 바지에 흰 나시티를 입고 있었다.

'밝은 색 옷도 잘 어울리잖아? 흥.'

수현은 입을 삐죽 내밀었다. 언제 어떻게 작품 이야기를 꺼낼지 다시금 궁리하는 수현이었다. 하지만 지금 이 순간에는 본능적인 욕구가 앞섰다. 배가 고파 견딜 수 없었던 것이다. 수현은 밥 달라고 아우성을 치는 뱃속 거지들을 애써 외면하며 입을 열었다.

"왜 저한테 갑.자.기. 호의를 베푸시는 거죠?"

수현은 류민에게 말했다. 그는 수현을 힐끔 보더니, 아무런 대답을 하지 않고 주방으로 사라졌다.

"저기, 저기요, 류 작가님!"

수현은 침대만 한 검은 가죽 소파가 놓인 거실을 지나 류민의 뒤를 따라갔다. 그곳에는 정성스레 차려진 저녁 식사가 있었다. 군침이 절로 도는 커다란 스테이크와 크림수프, 망고가 들어간 샐러드, 잘 구워진 연어와 치킨, 그리고 색색깔의 볶음밥까지. 수현은 저도 모르게 탄성을 내뱉었다.

"이걸 혼자 다 준비하신 거예요?"

"이왕 왔으니, 앉아서 먹어요."

"혹시 약 같은 거 타신 건 아니죠?"

"바본가? 나 먹으려고 차린 건데."

민은 커다란 화이트 식탁 앞에 앉았다. 수현은 류민을 갸우뚱한 얼굴로 바라보았다. 민의 얼굴을 볼 때마다 이 남자가 작가라는 사실을 잠시 까먹는 수현이었다. 루머란 생사람을 잡는 효과가 있다. 선입견이란 건 꽤나 무서운 거였다. 창의적이라 자부하는 수현이었지만, 류민 작가가 삼십대 후반의 작가처럼 생긴 아저씨일 거라고만 생각했지 이런 초특급절정 훈남이었을 줄은 몰랐다. 수현은 류민을 훔쳐보는 자신이 염탐꾼처럼 느껴져 창피했다.

"일단, 잘 먹을게요."

"아마 어느 호텔에서도 이런 퀄리티의 음식은 맛보기 힘들 겁니다."

"요리, 직접 하신 거죠?"

"물론."

"……."

류민이 수현을 보았다. 수현은 썩소를 날린 뒤 두툼한 스테이크를 썰어 입에 넣었다. 달콤하고 부드러운 육즙의 스테이크는 놀랄 만큼 맛이 좋았다. 배가 고파서 그런 건지도 모르겠지만, 류민의 말마따나 맛이 일품이었다.

"얼마나 익혀야 할지 몰라서 미디움으로 익혔어요. 뭐, 아까 뱃속에서 나는 소리를 들으니 생고기도 얼마든 소화하긴 하겠더군."

"작가 선생 아니랄까 봐 한마디 한마디마다 갈등과 가시가 숨어 있네요. 뭐, 드라마는 갈등이죠. 하하."

수현은 묘하게 줄타기를 하는 것 같은 기분이 들었다. 민은 저 커다란 손으로 스테이크를 슥슥 베어 먹는다. 볶음밥도 먹는다. 그의 입술에 촉촉이 젖은 노란 망고가 가 닿는다. 수현은 자기도 모르는 사이 그를 세심히도 관찰하고 있었다.

'야설 썼던 전력으로 반 협박을 해도 안 먹힌다 이거지.'

수현은 스테이크를 입안에 우겨넣는 순간에도 류민에게서 시선을 떼지 않았다.

"잘생긴 남자 처음 봐요? 얼굴 닳겠군."

"하핫. 스테이크가 맛있어서. 제가 다른 말은 더 안 하겠어요."

"그래요. 그럼 말하지 말고 식사에만 집중해요."

"참 독특한 캐릭터시네요."

"그쪽도 만만치 않은데."

"입 옆에 망고 묻었어요."

민은 냅킨을 집어 들고 입을 닦았다.

"근데 아까 그 아저씨는 어디 간 거예요?"

"참 질문이 많은 여자군."

"전 그 사람이 류민 작가님인 줄 알았거든요."

"감독이라는 사람이 그렇게 센스와 직감이 없어서야."

"백이면 백 다 그렇게 생각할걸요?"

"그렇게 획일적인 사고방식에서 못 벗어나니까 작품이 망한 겁니다."

"……말이면 단 줄 아세요?"

수현은 포크를 집어 들고 류민을 보았다. 류민은 눈 하나 깜짝하지 않았다. 그는 외국 어느 나라에서 방한한 왕자님 같은 포즈로 볶음밥을 떠먹었다.

'참자, 명수현. 아쉬운 건 나야.'

수현은 알아서 꼬리를 내린 뒤 부지런히 자기 몫의 음식을 먹었다.

배가 서서히 불러왔다. 민 역시 한결 여유로워진 얼굴이었다.

수현은 다시금 스리슬쩍 일 이야기를 꺼냈다.

"아까 기획안이요……."

"……."

"제가 5년간 만진 아이거든요."

"그래서?"

"제가 그간 성공한 드라마 수백 편을 보면서 연구해 만든 아이라고요."

"그런데?"

"여자들 얘기, 복수 얘기, 게다가 시청률 기본은 먹고 들어가는 사극이에요. 미스테리도 있고, 음식 얘기도 나와요."

"으응?"

민은 연어샐러드를 사워크림 소스에 푹 찍어 입안에 넣었다.

"주변의 검증도 받았고, 대본만 만들어지면 바로 편성해 주겠다는 방송국 얘기도 있었어요."

"그걸 곧이곧대로 믿나?"

"작가님이 쓰신다고 하면 대본 없어도 편성해 줄 거예요."

"연어가 맛있군."

"그래요. 식사 시간에 일 이야기를 꺼낸 게 잘못이라는 거 알아요. 하지만 정말 하고 싶은 얘기고, 여러 해 동안 준비해 왔고, 전 이 아이가 꼭 제 생명줄 같거든요. 그런데 작가님이 그렇게 폄하하셔서 아깐 좀 기분이 그랬어요."

수현이 솔직한 속내를 내비쳤다.

"화를 잘 내더군."

"……."

"협박도 잘하고."

"……."

민은 일 얘기에 눈을 반짝이다, 금세 시무룩해지는 여자를 보고 웃음이 나왔다. 저 여자는 프로의 세계에 어울리지 않는 여자다. 좋은 말로 하면 때가 덜 묻은 거고, 나쁘게 말하면 방송계 생리를 몰라도 너무 모른다.

12년간 드라마 작가로 일해온 민은 방송가의 겉 사정과 속사정을 그 누구보다 잘 알고 있었다. 수십억, 수백억이 오가는 이 동네는 시베리아 벌판보다 춥고 냉정한 곳이다. 프로들은 해야 할 말과 하지 말아야 할 행동을 누구보다도 잘 아는 종족들이다. 그런데 저 여잔…….

"작가님, 지금 절 아마추어 같다고 비웃고 계시죠?"

수현이 정곡을 짚어냈다.

"하지만 괜찮아요. 전 제가 5년이나 품고 있었던 아이를 같이 키워 나갈 작가만 만날 수 있다면 그 무슨 짓이라도 하겠어요. 살인, 절도, 치정, 이런 것만 빼고요."

수현은 스테이크를 씹어 삼키며 말을 이었다.

"식사 끝나면 택시 불러줄게요."

"네?"

"그럼 여기 눌러앉으려고 했나?"

민의 말에 수현은 다시금 초조해졌다.

'빈손으로 돌아갈 순 없어.'

"날 설득할 생각 따윈 하지 않는 게 좋을 겁니다. 난 차기작에 차차기작, 차차차기작까지 계약이 되어 있어서."

수현은 눈을 동그랗게 뜨고 민을 보았다.

"작가님."

"다 먹었어요?"

"아뇨. 천천히 먹고 후식까지 먹을 건데요."

"마음대로 해요."

"밥 다 먹고 나서 별장 구경도 좀 하면 안 될까요?"

"……."

"원숭이랑 새도 보고, 꽃밭 구성도 좀 하고……."

"당신은 원숭이랑 새도 보고, 꽃밭 구경도 좀 하고 난 뒤에 또 다시 너절한 당신 기획안 이야기를 꺼내겠지. 그럼 난 또 똑같은 대답을 해줄 거고. 당신은 화를 내고 날 협박하겠지. 안 그런 가?"

"작가님!"

"내 말이 틀렸나? 난 다 먹었으니까 천천히 먹고 밖으로 나와 요."

민은 한쪽 주머니에 손을 넣고는 일어나 주방을 나갔다. 수현은 불청객마냥 주방에 홀로 남아 남은 음식들을 꾸역꾸역 먹었다.

'정녕, 씨도 먹히지 않는단 말인가.'

수현은 포크와 숟가락을 놓았다. 그리고는 식탁 위에 놓인 그 릇들을 싱크대로 가져가 설거지를 하기 시작했다. 지저분한 건 못 보는 수현이었다. 달그락거리는 소리가 주방을 채웠다. 그때 식탁 위에 올려둔 수현의 핸드폰 벨이 울렸다. 수현은 한쪽 고무 장갑을 벗고 식탁으로 가서 핸드폰을 집어 들었다. 숙모 영서였 다.

〈수현아, 너 지금 어디니?〉

"저 지금 강원도에 있어요."

〈거긴 왜 갔어?〉

"작가 만날 일이 있어서……."

〈얘, 너 솔직히 말해봐. 네 삼촌 지금 어디서 뭐 하고 있니?〉

"네? 삼촌은 지금 출장 중……."

〈전화해 보니까 부산 친구네 놀러갔다더라.〉

"……!"

〈대체 부산에 친구가 어디 있다고? 너, 삼촌이랑 나 모르게 또 무슨 일 꾸미고 있지? 응?〉

"숙모……."

〈네 삼촌 또 어디 돈 꾸러간 거 아니니? 내가 네 삼촌이랑 네 걱정 때문에 뭘 해도 속이 편칠 않아. 그냥 다 접고 시골 내려가 서 농사나 지으면서 살면 딱 좋겠구만.〉

"……."

〈넌 나이도 꽉 찼는데 만나는 남자도 없니? 내가 네 선 자리 알아볼 테니까 얼른 서울 와. 내가 명씨들 때문에 제명에 못 살겠어, 아주!!〉

영서는 매몰차게 전화를 끊었다. 난생처음 와본 강원도의 남의 별장 주방에서, 한 손에는 물 묻은 고무장갑을 낀 수현은 대체 내가 여기서 무얼 하고 있나 생각하며 서 있었다.

'그냥 다 때려치우고 진짜 시집이나 가버려?'

수현은 한숨을 내쉰 뒤 설거지를 마쳤다. 밖으로 나오니 류민이 아이스바를 먹으며 흔들그네에 앉아 있었다. 저녁을 지나 밤이 가까워지니 공기가 제법 시원했다.

"작가님."

류민이 아이스바를 입에 문 채 뒤를 돌아보았다.

"식사는 다 했어요?"

"네. 밥값으로 설거지했어요."

"저런, 식기세척기에 넣으면 되는데."

"……."

민은 수현을 보았다. 그녀의 얼굴에 수심이 가득했다. 무거운 짐을 잔뜩 진 것만 같은 얼굴이었다. 하지만 민은 수현의 짐 따위에는 관심이 없었다. 저 여자는 명백한 타인이고, 불청객이며, 성인 여자의 껍데기를 입은 어린아이다. 한마디로 거추장스런 애물단지다. 민은 왼손을 들어 자신의 손목시계를 보았다. 어둠 속에서 따뜻한 야광 불빛을 발하는 로즈골드 시계였다.

"서울 가면 열 시 가까이 되겠군."

"……."

"택시를 부를 테니까, 가서 새랑 원숭이도 보고 꽃밭 구경도 하고 와요."

"……."

수현은 아무런 말도 하고 싶지 않았다. 생각지도 못한 구덩이 속에 홀로 떨어져 있는 것 같은 기분이었다. 황금 동아줄을 잡나 했더니, 썩은 동아줄이었다. 수현은 아이스바를 덥석 베어 먹는 류민을 보았다. 할 수만 있다면 납치라도 해서, 제작사 사무실에 가둬놓고 미니시리즈 16부를 다 쓸 때까지 감금해 두고 싶었다.

'에휴…….'

수현은 마음을 내려놓기로 했다. 애초부터 말도 안 되는 게임이었는지도 모른다. 싫다는 사람 졸졸 쫓아다니며 같이 일하자고 하는 것도 볼썽사납다. 입장 바꿔놓고 생각해 보면, 충분히 기분 나쁠 수 있는 일이었다.

"작가님."

"왜, 또 기획안 얘기하려고?"

그가 수현을 보았다.

"아뇨. 새랑 원숭이랑 꽃밭은 그냥 본 셈 칠게요."

"……?"

"휴가 중이신데 여기까지 쫓아와서 진상 부리고, 어린아이 땡깡 피우듯 졸라대서 죄송해요."

민은 풀이 죽은 채 서 있는 그녀를 보았다. 끈 떨어진 쪼리 대신 별장에 비치해 놓은 슬리퍼를 신은 수현의 발은 더없이 작았다. 민은 그녀의 하얀 발을 보았다.

"알면 됐어요."

"……."

"더 할 말은 없습니까?"

"없어요."

"그럼 택시를 불러야겠군."

"네, 그러세요."

수현은 형 집행 사실을 비로소 받아들이는 죄수의 심정이 되었다.

"……오늘 하루 저 때문에 힘드셨죠. 지는 작가님 만나서 단 30분이라도 제대로 작품 얘길 하고 싶었어요. 밑도 끝도 없이 들이대려고 했던 건 아니라고요. 근데 어쩌다 보니 우습게 됐네요."

"본인도 아시나? 우습단걸?"

수현은 있는 힘껏 민을 째려보았다.

"그래요. 너무 잘 알아서 저녁 먹은 게 올라올 것 같네요. 택시는 안 잡아주셔도 돼요."

"도발하면 금세 욱하는 타입이군. 그런 줄은 알았지만."

"뭐라구요?!"

"여긴 저녁 되면 택시가 잘 안 다니지. 좀 기다려요. 안에 들어가서 전활 걸고 올게요. 10분이면 도착할 테니까……."

"됐거든요? 기어가든 걸어가든 알아서 잘 갈 테니까 괜한 수고 하지 마세요!"

기분이 상한 수현은 택시고 나발이고 이곳에서 나가야겠다는 생각뿐이었다. 그녀가 출입문 쪽으로 걸어갔다. 그때였다. 민이 일어나 수현 쪽으로 온 건.

"괜한 고집부리지 말고 조금만 기다려요. 내가 당신 예뻐서 택시 불러준다는 것 같아? 여긴 어둡고 으슥해서 여자 혼자 다니다간 무슨 일이 일어날지 모르는 동네예요. 차기작 무사히 찍고 싶으면 10분만 기다리란 말입니다."

"싫어요."

"그럼 이 집에서 못 나가지."

"그래요? 그럼 좋네요. 서울 가지 말고 여기 눌러앉아서 먹고 뒹굴고 해야겠어요. 작가님 부아도 좀 긁고요."

"이봐요."

"왜요?"

"잊었나 본데 당신은 감독이기 전에 여자고, 난 작가이기 전에 생물학적으로 남잡니다. 조금 있으면 해가 질 거고 이 넓은 별장엔 당신과 나 단둘뿐일 겁니다."

"그래서요? 절 어떻게 하시려구요?"

"참 대책 없는 여자군."

민과 수현은 정원 등이 켜진 별장 앞뜰에서 오랜 원수처럼 서로를 보았다. 민은 얼굴에 눈물자국이 어린 눈앞의 여자를 보았다.

'보통내기는 아니군.'

수현 역시 민을 보았다.

'작가만 아니었으면 진즉에 가만 안 뒀어!'

민은 나직이 한숨을 내쉬었다.

"어린애 짓은 그만하고 삼깐 기다리고 있어요. 안에서 전화를 걸고 나올 테니."

말을 마친 민은 별장 안으로 들어갔다.

저 멀리서 잘생긴 시베리안 허스키가 눈을 반짝이며 이 광경을 보고 있었다.

잠시 후 류민이 콜택시를 부른 뒤 밖으로 나왔을 때, 수현은 온데간데없었다. 민은 당황했다. 이 근방은 인적이 드물고, 해가 저물면 길을 찾기가 무척 힘든 곳이다. 게다가 만에 하나 탈영병이라도 만난다면……. 민은 대문을 열고 밖으로 나왔다. 하지만 수현은 어디에도 없었다.

'이를 어쩐다.'

민은 골치가 아팠다. 그러다 문득, 화암동굴에서 받았던 수현의 명함을 떠올렸다. 별장 안으로 들어온 민은 세탁실에 벗어둔 바지주머니에서 수현의 구겨진 명함을 찾아냈다. 그리고는 그녀에게 전화를 걸었다.

'통화연결음이 아이돌 최신곡이라니, 아직 어리군.'

몇 번이나 전화를 했지만 A2—PLUS의 [선택]만이 줄기차게 이어질 뿐이었다. 민은 핸드폰 종료버튼을 누른 뒤 별장을 나섰다. 랜턴을 들고 주변 이곳저곳을 찾아봤지만 수현은 보이지 않았다.

'무사히 갔으면 좋으련만.'

민은 수현의 슬리퍼 신은 발을 떠올렸다. 두 손으로 기획안을 내밀던 모습 역시 떠올랐다. 안쓰럽다는 생각이 들긴 했지만, 동정심으로 일을 할 수는 없는 법이니까. 민은 그녀 생각을 지우기로 했다. 그는 돌아와 꼬리를 흔들고 있는 시베리안 허스키, 겨울이를 쓰다듬어 준 뒤 안쪽으로 들어갔다.

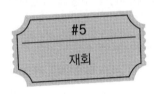

#5

재회

〈나 류민입니다. 무사히 귀가했으면 답 줘요. 더 이상 에너지 낭비하기 싫으니까.〉

연분홍 커튼이 달린 수현의 방. 침대 위. 곯아떨어졌던 수현은 문자 오는 소리에 불현듯 잠을 깼다. 핸드폰을 확인해 보니 류민이었다. 부재중 전화도 여러 통이었다. 수현은 망설이다 답을 보냈다.

〈질긴 목숨, 집에 잘 기어들어 왔으니까 걱정 붙들어 매시죠!〉
〈전화는 왜 안 받았습니까.〉
〈작가님일 줄 알고요.〉

〈잘 들어갔으면 됐습니다.〉

〈문자 값 아까워요. 이왕이면 카톡 설치하시죠?〉

〈끝까지 트집이군. 쉬어요.〉

수현은 핸드폰을 뒤집어놓은 뒤 길게 하품을 했다. 쌓였던 긴장이 한 번에 풀렸는지 온몸이 노곤했다. 그나저나 강원도에서 집에 오는 택시비가 20만 원 돈이 나왔다. 다음달 카드 값이 벌써부터 걱정이었다.

'류민, 앞으로 당신 드라마는 절대 안 볼 거야! 휴머니즘은 개뿔!'

수현은 이를 바득바득 갈다가 문득 자신 역시 잘한 게 없다는 사실을 깨달았다. 유유자적 휴가를 즐기고 있는데 불청객처럼, 대뜸 듣보잡 PD가 나타나 기획안을 내민다면? 하루 동안의 일들을 떠올리니 반성이 되는 수현이었다.

'내 기획안이 그리도 엉망이었나.'

수현은 지난 5년간 고치고, 또 고치고, 수시로 고쳤던 자신의 기획안을 보았다. 무공과 요리 실력을 겸비한 여주인공이 뜻을 같이하는 친구들을 모아 '난타' 패밀리를 조직한 뒤, 빈민을 구제하고 억울한 이들을 돕는 '조선시대판 난타' 스토리였다.

'이게 대체 어디가 허접하다는 거지?'

수현은 버림받은 아이를 보는 친모의 심정으로 기획안을 보았다. 길게 한숨을 내쉬고는 곧 자신의 기획안을 품에 안은 채

꿈나라로 빠져드는 수현이었다.

★　★　★

오전에 내린 소나기 덕분일까. 8월의 한강은 여느 때보다 한결 말끔해 보였다. 민은 한남동 자택에서 내려다보이는 한강을 감상하고 있었다. 상의를 탈의한 민의 가슴은 수영선수의 것처럼 탄탄했다. 이윽고 민은 드레스룸으로 들어가 편안한 티셔츠를 꺼내 입은 뒤 송 비서에게 전화를 걸었다.

"넘어와요."

민의 집 근처에서 기거하는 송 비서는 민이 외출을 하거나 스케줄이 있을 때에만 민의 집으로 왔다. 민은 송 비서에게 일상의 많은 부분을 의지하고 있었다.

송 비서. 수현이 류민으로 착각했던 그. 삼십대 중반이지만 액면가는 삼십대 후반. 배가 고파도 배가 불러 보이는 체격. 사람 좋아하고 드라마에 환장하는 드라마 덕후.

원래 그의 꿈은 드라마 작가였다. 방송작가협회 부설 교육원에서 세 학기나 수업을 들었었다. 하지만 스스로에게 재능이 없다는 것을 뼈저리게 느낀 그는 행복한 시청자로 남는 수밖에 없었다. 그리고 자신의 좌절된 욕망을 대리만족할 수 있는 직업을 택했다. 민의 동료이자 전 여자친구였던 가을의 추천으로 민의 비서 일자리를 얻게 된 그는 우직한 충견처럼 민을 따랐다. 함께

한 지 어느덧 3년이었다.

"오늘 컨디션은 좀 괜찮으십니까."

송 비서가 물었다.

"어때 보여?"

"좋아 보이시는데요."

"난 왜 일할 때만 되면 컨디션이 좋아지는 거지."

"이제 차기작 발동 걸리시는 겁니까."

"응, 그래야지. 오늘 용인 세트장에 좀 들를 건데."

"차 대기시켜 놓겠습니다."

민은 송 비서의 어깨를 두드렸다.

송 비서는 차고로 내려갔고, 민은 드레스룸으로 들어가 선글라스와 야구 모자를 챙긴 뒤 아래로 내려갔다. 송 비서가 대기시켜 놓은 자신의 차에 오른 민은 넉살 좋은 송 비서의 수다를 배경음으로 잠이 들고 말았다. 사실 어젯밤 그는 잠을 설쳤다. 천하의 류민이지만 새로운 일을 시작하기 전에는 언제나 긴장하지 않을 수 없었다. 한참 떠들다 뒷좌석의 고요함에 갸우뚱한 송 비서는 백미러로 잠든 민의 모습을 확인하고는 입을 다문 채 한남대로를 빠져나왔다.

용인 드라마타운 야외세트장은 사극 [삿갓]의 촬영으로 북적였다. 연출을 맡은 강영철 감독은 현장 세팅을 체크하느라 정신이 없었다. 수현은 물에 빠진 사람 지푸라기 잡는 심정으로 영철을 만나러 왔지만…… 역시나 촬영 중인 감독을 찾아오는 게 아니었다. 영철은 신경이 꽤나 곤두서 있었다.

"선배, 다음에 올게요."

수현이 눈치를 보며 말했다.

"명 감독, 너 무슨 죄졌어? 어깨 쫙 펴고 다니라구."

"……"

"방송판이 아무리 좁다 해도 작가가 류민밖에 없냐? 요새 잘나가는 작가들 얼마나 많아? 딴 작가 잡아. 명 감독, 니가 쓴 기획안 죽인다니까. 제아무리 류민이라도 부침 많은 이 판에서 지가 점쟁이도 아니고 뭐가 터질지 어떻게 알아?"

"감독님, 준비 다 됐습니다."

영철의 조연출이 다가와 말했다.

"……저 가볼게요, 선배. 담에 소주 한잔해요."

"응, 기운 내고. 꼭 연락해라."

수현은 영철의 어깨 너머로 포졸 복장을 한 채 줄지어 앉아 있는 엑스트라들을 보았다. 영철은 매의 눈으로 엑스트라들까지 꼼꼼하게 체크하는 모습이었다. 감독은 역시 현장에 있을 때 가장 빛나게 마련이다. 영철을 부러운 눈으로 바라보던 수현은 축 처진 어깨를 하고, 드라마타운 주변을 터벅터벅 거닐었다.

모자를 눌러쓴 민은 [삿갓] 촬영장과는 한 구역 떨어진 초가집 세트장에서 K사 드라마국장과 담소를 나누고 있었다. K사 드라마국장은 입가에 사람 좋은 미소를 띤 채 민에게 말을 건네고 있었다. 민은 대청마루에 앉아 그가 사온 얼음 식혜를 들이켰다.

"류 작가, 차기작은 사극 생각 중이라면서."

K사 드라마국장이 민의 눈치를 살피며 물었다.

"네. 근데 주로 여기서 찍나요?"

"여기랑 민속촌. 아니면 촬영지 섭외해야지. 말만 해줘. 근데 이번 작품도 새 감독 구할 건가? 이왕이면 [연기의 신] 같이했던 차 감독이랑 계속 하지 그래."

"아뇨. 새 감독을 구할 겁니다. 사극 많이 찍어본 감독으로요."

"그래. 생각하는 감독 있으면 말만 해. 내가 언제든 연결시켜 줄게."

수현은 초가집 세트를 지나가다 잠시 멈춰 섰다. K사 드라마국장이 모자를 푹 눌러쓴 누군가와 이야기를 나누고 있는 게 보였다. 모자를 푹 눌러쓴 이는 대청마루에 편히 앉아 있는 데 반해, K사 드라마국장은 선 채로 안절부절못하는 모습이었다. K사 드라마국장을 을(乙)로 만들어 버린 상대라면…… 대체 누굴까? 한류스타? 수현은 순간 호기심이 일었지만 지금 무엇보다 중요한 건 K사 드라마국장과 이야기할 찬스를 잡는 것이었다.

'지금 끼어들면 분명 실례겠지?'

수현은 근처에서 K사 드라마국장을 기다리기로 했다. 수현의 기획안을 극찬했던 그는 작가를 소개시켜 준다고 호언장담을 한 뒤 수현의 전화를 받지 않았다. 수현은 방송사의 기피대상으로 전락해 버린 자신이 몹시 슬펐다.

"류 작가, 이번 거 하고 나면 우리랑 100회 계약 끝나는 거 알고 있지?"

"알고 있습니다."

민은 K사 드라마국장과 시선을 맞추지 않았다. 차기작 준비를 위해 취재차 들렀을 뿐인데 K사 드라마국장에게 발목을 잡힐 줄이야. 민은 최대한 빨리 이 상황을 벗어나고 싶었다. 민이 왼손을 들어 시계를 보자 초조해진 K사 드라마국장이 돌직구를 날렸다.

"S사에서 회당 1억에 120회를 제의했다던데?"

"노코멘트하죠."

"류 작가, 우리 이번에 자체 제작 드라마 줄줄이 망하고 사내 분위기가 뒤숭숭하다고. 우리 좀 살려줘. 류 작가 데뷔작도 우리랑 했었잖아, 응?"

"데뷔작은 M사에서 했었는데요."

"……아무튼! 우리도 S사만큼 줄 수 있어. 원하는 감독, 보조 작가 다 붙여줄 수 있으니까 내 얼굴을 봐서라도 이번 한 번만……."

"저는 보조작가를 쓸 생각이 없습니다. 그리고 오늘은 여기 세트장 보러 온 겁니다. 재계약 얘기 때문이 아니고요."

민은 무미건조한 얼굴로 K사 드라마국장을 보았다.

그런 민을 바라보는 국장의 얼굴에서 절박함이 묻어났다. 이중계약 안 하기로 소문난 류민을 S사에 빼앗긴다면 K사 드라마국은 장례식장 분위기가 될 것이다.

"류 작가……."

"일단 오늘은 여길 좀 둘러보고 가겠습니다."

민은 자리에서 일어났다. K사 드라마국장의 얼굴이 사색이 되었다. 그때였다, 수현과 민의 눈이 정통으로 마주친 것은.

"……!"

수현은 몇 초간 얼어붙은 듯 그 자리에 서 있었다. 저 작자, 류민이었단 말이야?

"어어? 명 감독, 여긴 웬일이야?"

K사 드라마국장이 떨떠름한 얼굴로 수현을 보았다. 민 역시 수현을 보았다. 수현은 원수는 외나무다리에서 만난다는 속담을 제대로 실감했다.

'방송판이 아무리 좁다고 해도 이렇게 만날 줄이야.'

민은 저 되도 않은 감독이라는 여자가 또 자길 물고 늘어질까봐 끔찍했다. 얼른 이 자리를 피해야겠다는 생각뿐이었다. 대청마루에서 일어난 민은 K사 드라마국장에게 인사를 한 다음 서둘러 자리를 뜨려 했다.

"명 감독, 얼굴이 왜 그렇게 안 됐어. 류 작가, 저기 명수현 감독이라고, 얼마 전에 에이준 데리고 [수상한 연인] 찍었던……."

K사 드라마국장이 수현을 건성으로 보며 말했다.

"……."

"명 감독, 내가 좀 바빠서 말이야. 다음에 보자고. 류 작가, 나랑 어디 가서 얘길 좀 더 하자니까."

수현은 분위기 파악이 되었다.

'그러니까 류민은 갓 지은 포실포실한 밥이고, 난 꾸덕꾸덕한 찬밥이라 이거지.'

수현은 자신이 이런 취급을 당할 걸 예상했었다. 하지만 마음이 아픈 것도 사실이었다. 수현은 그새 더 넓어진 것 같은 류민의 어깨를 보았다. 민의 어깨에도 안 오는 짧은 다리의 K사 드라마국장도 보았다.

'그래. 언제까지고 찬밥일 순 없어. K사 드라마국장이랑 얘기할 수 있는 기회가 당분간 얼마나 있겠어?'

잠시 머리를 굴리던 수현은 직구를 던지기로 했다.

"류 작가님, 오랜만이에요. 여기서 뵈니까 한.층. 더 반갑네요."

민은 밥 먹다 돌 씹은 것 같은 얼굴로 수현을 보았다.

"둘이 아는 사이야?"

K사 드라마국장의 눈이 휘둥그레졌다.

"그럼요, 국장님. 류 작가님이랑 저랑은 구면이죠. 얼마 전에 류 작가님 휴가 때도 단둘이 만나서 작품 얘기를……."

수현의 능청에 홀라당 넘어간 K사 드라마국장이 반색을 표했다.

"그랬어, 명 감독? 류 작가? 그럼 우리 어디 가서 밥이나 먹으면서 얘길 좀 할까? 명 감독, 류 작가랑 친분 있었으면 진작 나한테 얘기하지 그랬어! 우리 류 작가 좀 설득해 줘. 글쎄, 류 작가가 S사랑 일을 하겠다지 뭐야."

"어머어머, 류 작가님. 이제까지 K사랑 쭉 하셨잖아요? 그러시면 안 되죠!"

수현은 오버액션을 하며 낭랑한 목소리로 말했다. 민은 여러모로 어이가 없었다. 낄 데 안 낄 데 파악 못하는 이 명수현이라는 여자! 그는 수현을 노려보았지만 수현은 K사 국장과 이야기를 나누는 데 정신이 팔려 있었다.

어떻게든 자리를 피하려던 민은 결국 수현과 K사 드라마국장에게 끌려 근방 한정식집으로 들어갔다. 36첩 반상 앞에 앉은 민과 수현은 K사 드라마국장의 교장선생 훈화 말씀과도 같은 긴 설교에 밥이 입으로 들어가는지 코로 들어가는지 모를 지경이었다.

"국장님, 저 작가 소개시켜 준다고 하셨잖아요."

"으, 응, 그랬었지."

계란 노른자가 비벼진 육회를 집던 K사 드라마국장은 순간 멈칫했다. 그와 시선이 마주친 수현은 간절한 눈빛을 보내며 말했다.

"다음 주 중으로 가능할까요?"

"응, 그럼. 내가 책임지고 소개시켜 줄게."

"사극 경력이 있는 작가였으면 하거든요. 현대극으로 컨셉을 바꿔볼까도 생각했는데, 아무래도 원래대로 가는 게 나을 것 같아서요."

"그래. 명 감독 재기해야지."

류민은 밥을 먹는 둥 마는 둥 했다. 간밤에 잠을 설친데다 겸상한 두 사람을 보니 입맛이 있을 리가 없었다. 하지만 수현은 민을 신경 쓸 상황이 아니었다. 류민과 같이 일할 수 없다면 다른 A급 작가를 잡아 하루라도 빨리 투자를 받아야 한다! K사 드라마국장에게 약속을 받아낸 수현은 씩씩하게 밥을 먹었다. 민은 그런 수현을 보다가 숟가락을 내려놓았다. 저 여자는 일말의 눈치와 배려심도 없단 말인가! 민은 부아가 치밀었지만 겉으로 티를 내지는 않았다.

식사를 마친 후 식당 밖으로 나온 세 사람은 각기 다른 심정으로 마주 보며 서 있었다.

"류 작가, 꼭 우리랑 하는 거다?"

"……."

민의 묵묵부답에 민망해진 K사 드라마국장은 수현에게로 시선을 돌렸다.

"명 감독, 오늘 반가웠어. 잘 들어가라고."

"네, 국장님. 연락 기다릴게요."

K사 드라마국장은 와락! 민을 끌어안은 뒤 잘 부탁한다는 표정을 지어 보이고는 이내 뒤돌아 사라졌다. 민은 배를 두드리고 있는 수현을 노려보았다. 수현은 눈을 동그랗게 뜨고 민을 보았다.

"뭘 그렇게 보세요?"

"당신, 정말 잘 쓰는 작가랑 일하고 싶어?"

그는 수현을 하대했다. 이런 눈치코치 없는 여자에게 존대를 하는 건 에너지 낭비라는 생각에서였다.

"당연하죠! 저한텐 생사가 걸린 일이라고요!"

수현의 목소리가 한층 높아졌다.

"그 정도로 절박한가?"

"류 작가님이 저랑 일하실 거 아니면 상관없잖아요? 그냥 가던 길 가시죠!"

수현은 뒤돌아 가려던 참이었다. 그런데 민이 수현의 손목을 잡았다. 수현은 순간 움찔했다. 팔을 빼보려 했지만, 그의 손아귀 힘은 만만치 않았다. 수현은 어떻게든 벗어나 보려고 낑낑댔다. 그럴수록 그는 손에 힘을 더 주었다.

"지금 뭐 하시는 거예요?"

민은 험상궂은 표정을 하고 수현을 보았다. 그 얼굴에, 수현은 저도 모르게 주춤하고 말았다. 그러나 마냥 그러고만 있을 수현은 아니었다. 그녀는 닳고 닳은 운동화를 신은 발로 민의 발을 꾹 밟으려 했다. 하지만 민은 재빠르게 피했다. 그러자 수현은 민의 가슴팍에 매달린 선글라스를 낚아채려 했다. 하지만 민은 다른 손으로 선글라스를 잽싸게 빼서 자신의 바지주머니에 넣었다. 그 와중에도 그는 수현을 놓지 않았다.

'하여튼 인간이 질 줄을 모른다니까?'

씩씩대던 수현은 마지막으로 그의 야구 모자를 공략하려 했다. 그의 모자챙을 향해 팔을 쭉 뻗는 수현이었다. 하지만 안타깝게도 그녀는 민에 비해 한참 작았다. 한 손은 민에게 잡힌 채, 다른 한 손으로 민의 모자를 거머쥐려 애쓰던 그녀는 결국 포기할 수밖에 없었다. 두 사람 사이에 잠깐의 정적이 흘렀다. 민은 한참 아래에서 자신에게 눈을 부라리고 있는 수현을 보았다. 그는 그녀에게 알 수 없는 미소를 지어 보였다. 그리곤 말했다.

"당신, 나랑 같이 일하지."

"네?"

수현은 제 귀를 의심했다.

"못 알아들었어? 나랑 같이 일하자고. 당신의 그 말도 안 되는 기획안, 말 되게 바꿔줄 테니까."

"일단 이거부터 놓고 얘기하시죠?"

수현이 성질을 냈다. 정말 뭐 하자는 플레이인지 알 수 없었다.

민은 수현의 팔을 자신 쪽으로 끌어당긴 뒤, 당긴 고무줄을 놓듯 그녀를 놓았다. 수현은 엉덩방아를 찧을 뻔했다. 그녀는 자신의 손목을 매만지며 민을 째려보았다. 대체 뭔 꿍꿍이가 있길래 저러는 건지 그 속을 열어보고픈 수현이었다.

"지금 저 가지고 노시는 거죠? 제 기획안 보고 허접하니 어쩌니 하셨잖아요."

"아니. 단, 조건이 있어. 당신이 나랑 일할 역량이 되는 감독이라는 걸 증명하는 테스트에 통과한다면, 내가 K사 드라마국장한테 전화해서 얘길 할게. 당신 작가 구해줄 필요 없다고."

"허! 그 말을 지금 제가 믿을 것 같아요?"

수현은 돌아서서 씩씩대며 걸었다. 그런데 민이 결정적 한 방을 날렸다.

"나랑 일하게 되면, 남들 계단 오를 때 엘리베이터 타는 거랑 같을 텐데."

"……."

"잘 생각해 봐. 당신급 감독이 날 만나기가 그리 쉬운 게 아니거든. 인생에 몇 번 안 오는 기회일 수도 있단 말이지."

'잘난 놈이 잘난 척하니까 아주 그냥, 막 그냥……!!'

그러면서도 수현은 뒤를 돌아봤다. 민의 의도가 뭔지는 모르겠지만 사실 그의 말도 틀린 건 아니니까……. 근데 내 뭘 보고 저런 소리를 하는 걸까? 테스트는 또 무슨 소리고?

수현이 생각의 나래를 펼치는 동안 민은 송 비서에게 전화를 했고, 이윽고 그의 벤츠가 와서 섰다. 수현은 마음 한구석에서 뭔가 이상하다는 느낌이 들었지만, 애써 불안감을 지우며 민과 함께 그의 차 뒷좌석에 올라탔다.

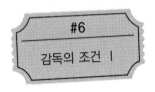

#6

감독의 조건 Ⅰ

"지금 어디 가는 거예요?"

"내 집이자 작업실. 자세한 얘긴 도착해서 하지."

"작가님 집에 간다고요, 지금?"

"같은 말 반복하게 하지 말지."

민은 수현에게 뿔이 나 있었다. 차기작을 준비하면서 여러모로 스트레스를 받고 있는 민이었다. K사와 또다시 장기 계약을 할 생각은 없었다. 남은 계약분만 조용히 털 참이었는데, 이 여자 때문에 K사 드라마국장에게 헛된 기대를 품게 만들었다. 민은 옆자리에서 차창 밖 풍경을 감상하는 수현을 보았다. 이건뭐, 소풍 가는 초딩과도 같은 얼굴이다. 수현을 보던 민은 저도모르게 말했다.

"당신, 드라마에 대해 알기는 알아?"

"저도 엄연한 데뷔한 감독이라구요!"

수현이 시선을 마주하며 받아쳤다. 이왕 이렇게 된 이상 절대 밀리지 않겠노라고 다짐하면서. 그녀는 안락한 벤츠 승차감에 흡족해하며, 차창 문을 살짝 열었다. 기분 좋은 바람이 안으로 들어왔다.

"데뷔작이 은퇴작이 되는 경우가 이 바닥엔 허다하지."

수현은 민을 쏘아보았다. 이…… 냉정하기 그지없는 절대악 같으니라고!! 하지만 그는 아무런 표정 변화가 없었다. 미세한 바람이 민의 머리카락과 속눈썹을 스치고 지나갔다. 순간 수현은 쥐뿔도 없는 자신이지만, 자신감은 잃지 말아야겠다고 결심했다.

"시청률이 좀 안 나왔을 뿐이지, 전 열과 성을 다해서 드라마를 만들었다고요!"

"시청률이 안 나온 게 가장 큰 문제란 걸 모르나."

"……굳이 확인 사살 안 하셔도 돼요!"

그가 수현을 보더니 눈살을 찌푸렸다.

"이 일이 즐거워?"

"즐거운 거 이상이죠. 제 삶이고 목숨이에요."

"일과 사생활이 분리가 안 되는 여자군."

민은 핵심을 쿡, 찔렀다.

"작가님은 왜 그렇게 매사에 까칠하세요?"

"작품 준비 앞두고 까칠해지는 게 당연한 거 아닌가. 당신은 늘 해맑고, 자기 생각만 하기 바쁜가 보지?"

"……!"

수현은 머릿속으로 반격할 말을 찾아보았으나 딱히 적당한 말이 떠오르지 않았다. 그녀는 다시금 민을 보았다. 그는 수현을 보지 않았다.

송 비서는 차 안 백미러로 뒷자리의 두 사람을 보았다. 냉랭하기 그지없는 둘이었다. 차 안에는 정적이 감돌았고, 송 비서는 분위기 완화를 위해 이루마의 피아노 연주곡 CD를 틀었다.

이윽고 차가 한남동 민의 자택 앞에 섰고, 민과 수현은 집 안으로 들어갔다.

"왜 일 얘기를 굳이 여기서 해야 하는 거죠?"

수현은 매끈하고 반질반질한 대리석 바닥을 보았다. 드라마 스탭들이 모두 모여 강강술래를 해도 될 만큼 넓은 공간이었다.

'별장도 집도 사이즈가 운동장이네.'

수현은 거실 중간에 놓여 있는 소파에 살짝 걸터앉았다. 편하게 앉기에는 미심쩍은 기분이 가시질 않았다. 뭔가 꿍꿍이가 있는 것 같긴 한데, 워낙 포커페이스인 작자라 무슨 생각을 하고 있는 건지, 원……. 수현은 소파에 앉은 채로 민의 거실을 둘러보았다. 벽에는 무채색의 풍경 그림이 몇 점 걸려 있었고 잘 뻗은 이파리의 난초 화분들이 곳곳에 보였다. 수현은 고개를 돌려 오른편에 서 있는 민을 바라보았다.

"근데 무슨 테스트를 하신다는 거죠? 같이하면 하는 거고, 안 하면 안 하는 거죠."

민은 수현에게 리모컨을 내밀었다.

"[수상한 연인], 지난 방송에서 찾아봐요. 난 당신 드라마를 본 적이 없어서."

수현은 리모컨을 받아 들고는, 지난 방송을 검색해 [수상한 연인] 1회를 틀었다. 민은 맞은편 소파에 앉았다. 드라마가 시작되자 민은 숨소리도 내지 않고 차분히 감상했다. 그는 그 어느 때보다 진지해 보였다.

'정말, 나랑 드라마 할 생각이 있긴 있는 건가.'

그녀는 드라마를 보는 민을 보다 상상에 빠져들었다.

삼촌의 십 수억 빚을 한 방에 갚고, 류민의 명품 대본으로 어마어마한 드라마를 만들어낸다! 돈도 많이 벌고, 꿈꾸던 '명드' 감독이 되어 작가를 골라가며 일한다!! 좋은 배우들이 수현과 일하고 싶다며 연락을 해오고, 수현은 방송국을 취사 선택해 가며 여유롭게 작품 활동을 한다. 작품이 끝나면 해외여행도 가고, 드라마를 사랑하는 팬들과의 만남도 갖는다. 생각만 해도 흐뭇해지는 그림이었다.

민은 [수상한 연인] 1회를 보았다. 연출은 안정적이고 노련했지만 지루한 감이 있었다. 배우들의 발연기도 눈살을 찌푸리게 했다. 민은 뭐가 좋은지 실실대는 수현을 바라보았다.

'연출 실력이 없진 않군. 하지만 소금 안 친 흰 죽 같은 느낌

인걸.'

1회가 끝난 뒤 2회가 이어졌다. 민은 한마디 말도 하지 않고 2회를 보았다. 수현은 그런 민을 보았다. 넓은 거실에는 적막만이 감돌았다.

'설마 앉은 자리에서 16회를 다 보는 건 아니겠지?'

수현은 민과 진지하게 드라마에 관한 이야기를 나누고 싶었다. 그는 너무 잘나서 재수 없는 타입이었지만, 그래도 작가로서는 타의 추종을 불허하는 사람이니……. 수현은 민의 길고 섹시한 손가락을 보았다. 가무잡잡하고 커다란 손. 저 손 끝에서 5,000만 국민들을 웃기고 울리는 드라마가 탄생한다니, 참 어마어마한 손이 아닐 수 없었다.

민은 흡사 박제라도 된 것처럼 앉아 수현의 드라마를 감상했다. 2회에 이어 3회, 그리고 4회까지. 수현은 민이 대체 어떤 반응을 보일까 궁금해졌다. 그때였다.

"1부랑 2, 3, 4부랑 같은 사람이 찍은 게 아닌 것 같군. 당신이 찍은 게 어느 쪽이야? 앞이야, 뒤야?"

그가 수현을 보며 물었다.

'귀신이 따로 없군.'

"제가 찍은 건 2부부터예요. 강영철 선배가 1부만 찍고 그만둬서 한동안 인터넷이 들썩였잖아요. 이름은 끝날 때까지 공동으로 올라갔지만. 근데 인터넷 반응은 안 보시나 봐요?"

수현이 말했다.

"남의 드라마에는 관심이 없는 편이라."

민은 그다운 말투로 대꾸하고는 곰곰이 생각에 잠겼다. 수현은 민과의 대화를 어떻게 이어가야 할지 감을 잡을 수가 없었다. 어쩜 저렇게 제멋대로인 인간이 존재할 수 있을까? 수현은 그의 표정을 살피다 참지 못하고 입을 열었다.

"……작가님, 이 동네 사람들, 일반적인 사람들보다 훨씬 자아가 강하고 특이하다는 거 알아요. 저 역시 그런 사람 중 한 명이구요."

"그래서?"

민이 비로소 수현에게 시선을 주었다.

"작가님은 그중에서도 피라미드 꼭대기에 계신 분이구요. 그러니까 당연히 고집과 에고가 남다르시겠죠."

"난 돌려 말하는 거 좋아하지 않는 사람이니까, 결론만 얘기해요."

"저랑 같이 작품 한다는 말씀, 진심이세요?"

"바로 한다고는 안 했는데. 당신이 나랑 작품을 할 수 있을지 테스트 먼저 해본다고 했지."

민의 위압적인 말투에 수현은 기분이 확 상하고 말았다. 그의 표정에서 수현에 대한 불신이 묻어났다. 그녀는 삼촌의 빚만 아니면 진작 이 자리를 박차고 나갔을 거라고 생각했다. 하지만 다른 한편으로는 오기가 샘솟았다.

"싫으면 그냥 없던 걸로 할까."

"……아뇨. 그 테스트, 꼭 통과하고 말 테니까 뭐든 던지세요!"

수현은 경기 출전을 앞두고 운동화 끈을 고쳐 묶는 선수의 심정이 되었다. 기왕 이렇게 된 거, 그놈의 테스트 꼭 통과하고 말리라!!

한편, 민은 생각이 많아졌다. 수현의 무례함에 화가 났던 그는 수현을 살짝 약 올릴 생각이었다. 당연한 얘기지만 수현과 작품을 할 마음은 꿈에도 없었다. 테스트를 빙자한 가짜 테스트로 치기 어린 마음을 눌러준 뒤, 더는 가볍게 행동하지 못하도록 주의를 주려던 터였다. 그런데 이 여자, 생각보다 실력 있다. 민은 불후의 명작을 감상하듯 [수상한 연인]을 내리 보았다.

"작가님."

"응?"

그가 화면에 시선을 둔 채 대꾸했다.

"생각보다 괜찮죠?"

"글쎄."

"지금 속으로 놀라고 계시죠?"

"그럴 리가."

"저 우습게 보셨다는 거 알아요. 시청률 꽝 난 진상 감독이라고 생각하셨겠죠. 얼마나 절박하면 강원도까지 쫓아와서 매달리나 싶으셨겠죠."

민은 리모콘을 들어 일시정지 버튼을 누른 후 수현을 보았다.

"하지만 저, 작가님한테 밀리지 않을 자신 있거든요. 작가님 대본, 대본 이상으로 살릴 자신이 있다고요!"

"명 감독."

민이 '명 감독'이라고 수현을 부른 건 처음이었다. 명 감독. 단 세 음절일 뿐인데도 그 어느 호칭보다 무게감 있게 느껴졌다.

'이 사람, 정말 진심인 건가?'

수현은 눈을 동그랗게 뜨고서 민을 보았다. 민은 수현에게서 시선을 떼고 일어나 거실 통유리창 앞으로 가서 뭔가를 생각하는 얼굴로 한참을 서 있었다. 수현은 죄 없는 소파 쿠션만 만지작거리고 있었다. 뜸 들이던 그가 입을 열었다.

"내 최신작을 봤나?"

수현이 고개를 끄덕였다.

"그 드라마 같은 상황이 실제로 벌어진다면 어떻게 할 건가? 연기 재능이라고는 눈곱만큼도 없는 배우를 인지도 때문에 주연으로 써야 한다면…… 명 감독은 어떻게 대처할 거지?"

민이 예상치 못한 질문을 했다. 그러나 수현의 얼굴에는 여유가 있었다. 그녀는 끌어안고 있던 쿠션을 옆에 두고 민을 보며 말했다.

"[수상한 연인], 저 작품이 그랬어요. 일본 투자자가 에이준 원조 팬이라, 에이준을 캐스팅하는 조건으로 투자받았거든요. 드라마는 상품이잖아요. 판돈이 있어야 게임을 할 수 있죠. 저는 그 안에서 최선을 다해 조율하고 찍을 뿐이에요. 주어진 시간 내에 가르치고 최대한 끌어내야죠. 작가하고 상의히에, 배우에 맞춰서 대본 수정도 좀 하구요."

민은 잠시 생각하더니 두 번째 질문을 던졌다.

"이 일을 하다 보면 여기저기서 술 산다는 연락이 자주 오지. 일일이 응하나?"

"전 듣보잡이라 그런 연락은 거의 안 와요."

"지나치게 솔직하군."

"질문이 더 있나요?"

"본인이 드라마 연출자로 가능성이 있다고 믿나?"

"아뇨. 믿음이라기보단 앎이죠."

수현이 여우처럼 받아쳤다. 민은 그녀를 물끄러미 보았다. 어떤 일을 맡겨도 중간 이상은 해낼 것 같은 또순이 포스가 넘쳐났다. 민은 수현이 앉아 있는 소파로 갔다. 그리고는 그녀를 자리에서 일어나게 했다. 민보다 머리 하나는 작은 수현이 의아한 시선으로 그를 올려다봤다. 민은 수현을 스캔하듯 보았다. 대충 보든 꼼꼼히 보든 감독답지 않은 몸이다. 근육이라고는 찾아보기 힘든 작고 야리야리한 몸……

"그렇게 말라서 드라마 연출은 제대로 할 수 있겠나."

민은 수현을 못 미더운 눈으로 바라보았다.

"마른 거랑 체력이랑은 상관없다고요!"

"촬영장에서 하루 밤새면 그대로 고꾸라질 것 같은 몸이군."

"그렇진 않은데요."

민은 도자기를 판별하는 감정사의 시선으로 수현을 바라보았다. 그 시선에 수현은 잠시 할 말을 잃고 말았다. 그의 갈색 눈동자가 수현의 눈동자와 마주쳤다. 그의 시선은 유독 민감하게 느껴졌다.

"뭘 그렇게 자세히 보세요?"

수현은 잠시 그의 눈동자를 피해 시선을 돌렸다가 다시금 그를 보며 말했다.

"정말 2부부터 단독 연출했나?"

그가 수현의 코앞으로 와서 물었다.

"M사 국장님한테 전화해서 물어보시던가요! 왜 그렇게 의심이 많으세요?"

수현은 자신도 모르게 긴장하고 있었다. 사람을 꿰뚫어 보는 듯한 시선과 마주하니, 긴장을 안 하려야 안 할 수가 없었던 것이다. 하지만 이렇게 작아질 수만은 없었다. 수현은 의식적으로 꼿꼿하게 고개를 세워들고 민을 보았다.

"작가님, 그거 아세요? 궁즉통이라는 말. 예술가는 돈이 궁할 때 제일 훌륭한 작품이 나온대요."

"갑자기 그 말은 왜 하는 거지?"

"작가님이랑 같이 작품 하신 감독님들은 다들 스타 감독이 되셨죠. 그분들의 노하우나 스킬은 남다를지언정, 저처럼 궁하지는 않았을 거예요. 전 제 모든 걸 여기 바칠 준비가 되어 있는 감독이라고요."

"알았으니까 그만해요."

민은 잠시 생각하더니 수현의 손목을 잡았다. 수현은 저도 모르게 움찔했다. 민은 그런 수현을 이끌고 복도를 지나 커다란 문 쪽으로 갔다. 민이 문을 열자, 즐비한 헬스 기구들이 보였다.

'이건 뭐, 강남 헬스장을 통째로 옮겨다 놨네!'

수현은 입이 떡 벌어졌다.

"체력이 안 되면 야외촬영을 할 때 특히 힘들지. 평소에 운동은 좀 하나?"

"⋯⋯아뇨."

민은 수현을 이끌고 짐볼과 요가매트가 놓인 곳으로 갔다. 민은 초록색 요가매트를 하나 집어 들고 바닥에 깔았다.

"지금 복장이 운동 하기엔 딱이군. 누워 봐요."

"뭐라고요?"

"두 번 말하는 거 별로 안 좋아하는데."

"왜 제가 여기 누워야 하죠?"

"1차는 체력 테스트. 모든 일의 기본은 체력이지. 싫으면 안 해도 돼요."

"제가 언제 싫다고 했나요?"

수현은 잽싸게 요가매트 위에 누웠다. 160㎝가 조금 넘는 수현의 키에 딱 맞는 요가매트였다.

"마음껏 스트레칭해요."

민은 큰 사이즈의 요가매트를 하나 더 꺼내더니 그 위에 누워

스트레칭을 하기 시작했다.

"전 스트레칭할 줄 모르는데요."

"……."

그가 수현에게로 왔다. 민은 흡사 체육 선생님 같은 동작으로 다리를 쫙 편 채 앉아 있는 수현의 등을 꾹꾹 눌렀다. 그녀의 등에 살며시 튀어나온 브래지어 후크 부분이 민의 손에 와 닿았다. 민은 조심스레 그 부분을 피해가며 다시금 그녀의 등을 꾹꾹 눌렀다.

"얼마나 운동을 안 했으면 몸이 딱딱하게 굳어 있군."

"작가님하고 작품 하려면 몸도 유연해야 하나요?"

"스트레칭하면서 말하지 말아요."

수현은 민이 코치해 주는 대로 몸을 쭉쭉 뻗었다. 그러다 문득, 정신이 바짝 드는 수현이었다.

'이게 정말 테스트라면, 통과하면 되는 거잖아?! 이깟 스트레칭! 밥만 제때 준다면 3박 4일이래도 할 수 있겠어!'

수현은 혼신의 힘을 다해서 몸을 쭉쭉 뻗었다. 민은 그런 수현의 모습에 웃음이 나왔지만, 애써 포커페이스를 유지하며 그녀를 보았다.

"다 했으면 이제 러닝머신을 뛸 건데…… 내가 러닝머신에서 내려올 때까지 명 감독도 지치지 않고 뛴다면, 밤샘 촬영도 가능한 체력으로 인정할게요."

수현은 어이가 없었다.

"제가 고분고분 작가님 말을 들을 것 같아요?"

"억지로 하라고는 안 했는데."

"……."

"난 12년간 단막, 특집극 포함해서 서른 명이 넘는 감독들이랑 일을 해왔지. 중간에 심장 이상으로 쓰러진 감독, 한겨울에 술로 버티다 안타깝게도 촬영장에서 명을 달리한 감독도 있었지. 그래서 같이 일할 감독을 고를 때 체력을 필수로 봅니다. 싫으면 지금 이야기해 줘요."

"그래요. 아까 먹은 한정식도 소화시킬 겸! 제가 죽을 때까지 뛰어보겠어요, 한 번!"

"죽는 건 안 되지."

민은 농을 던지듯 말했다. 수현은 팔을 위로 쭉쭉 뻗고는 러닝머신으로 가서 파워버튼을 눌렀다. 수현 옆의 민 역시 준비 자세를 취했다. 수현은 입을 앙다물고 민과 함께 러닝머신을 달리기 시작했다. 운동 마니아인 민이 구비해 둔 두 대의 러닝머신은 우열을 가릴 수 없이 성능이 일품이었다.

드넓은 헬스장 안에 가무잡잡하고 탄력 있는 몸의 민과, 연두색 추리닝을 입은 수현만이 부지런히 움직이고 있었다. 조금 지친 수현은 고개를 돌려 옆의 민을 보았다. 그는 입으로 숨을 내쉬며 묵묵히 달리고 있었다. 수현은 다시금 고개를 돌려 자신의 러닝머신 속도를 높였다.

'죽기 아님 살기다, 명수현.'

수현은 러닝머신 위에서 생을 마감하는 한이 있더라도 원 없이 달려보기로 마음먹었다. 계약서에 류민의 이름이 새겨진 도장을 찍는다면, 삼촌의 빚을 갚을 수 있다면, 민의 대본으로 연출을 할 수만 있다면 이런 요상한 짓쯤은 아무것도 아니라는 생각이 들었다. 수현은 단거리 달리기 선수처럼 부지런히 달리고 또 달렸다. 이마에 구슬땀이 송골송골 맺혔다. 시간이 흐를수록 머릿속의 상념들이 정리되는 느낌이었다. 수현은 100m 달리기에 임하는 초등학생처럼 이를 악물고 달렸다.

민은 자신의 바로 옆에서 속아 넘어가는 줄도 모르고 계주 선수마냥 힘껏 달리는 그녀를 보았다. 가짜 테스트를 하는 동안 몇 번이고 웃음이 터져 나올 뻔했지만 애써 참아냈다. 민은 긴 다리로 어려움 없이 척척 달렸다. 그러고 보니 매일 하는 운동이지만 오늘처럼 흥이 나는 날은 없었다.

그는 외출하는 날만 빼고는 늘 집 안에서 시간을 보냈다. 아침에 일어나 스트레칭을 하고 가벼운 운동을 한 뒤 샤워를 한다. 아침 겸 점심을 든든히 먹은 다음 오후 시간 내내 집필을 하고, 다시금 혼자 저녁을 먹고 잠들기 전 독서를 하는 것이 그의 하루 일과였다. 민에게서 묻어나는 과묵함과 진중함은 어쩌면 그의 그런 생활 패턴 때문인지도 몰랐다. 수현이 있는 이곳은 그 혼자일 때에 비해 한결 생기가 넘쳤다. 민은 잠시 그녀를 바라보다 자신의 러닝머신 속력을 높였다.

한 시간쯤 지났을까, 수현의 다리가 덜덜 떨렸다. 두 사람 모두 땀에 흠뻑 젖어 있었다. 민은 늘 해왔다는 듯 아무렇지 않은 표정이었다. 수현의 연두색 추리닝은 땀에 젖어 부분 부분이 녹색으로 보였다. 수현은 '턱' 치면 '억' 하고 쓰러질 것 같은 기분이었다. 목에서 피 맛이 났다.

'내가 전생에 저 인간이랑 무슨 원수를 져서!'

수현은 숨을 헉헉거리며 민을 흘겨보았다.

"포기하는 건가?"

"아뇨? 이제까지 뛴 거 아깝게 왜 포기를 하나요? 작가님이야 말로 힘드시죠?"

"아니."

'제장!'

수현은 다리를 덜덜 떨며 달렸다. 하지만 속도는 줄이지 않았다.

'내 1년 치 달릴 걸 오늘 하루에 다 뛰는구만.'

수현은 이 상황이 꼭 '드라마 스페셜'이나 '베스트극장' 같은 단막극 소재 같다는 생각을 했다. 이 와중에도 드라마 생각을 하는 수현이었다.

다행히 민의 테스트는 한 시간 만에 끝이 났다. 러닝머신에서 내려온 수현은 자동적으로 후들거리는 다리를 주체할 수 없었다. 수현은 민을 바라보았다. 그는 아무렇지 않다는 듯 걸어서 헬스실을 나섰다. 수현은 털썩 주저앉아 있는 힘껏 양쪽 다리를 주무르고 싶은 마음뿐이었다. 하지만 이대로 주저앉았다간 인생이 주저앉을지도 모를 일이었다. 수현은 저질 체력을 탓하며 정수기 쪽으로 갔다. 종이컵에 찬물을 따라 연거푸 들이켜고 나니 조금은 살 것 같았다.

"샤워하고 이걸로 갈아입어요."

민이 반바지와 반팔 티셔츠를 챙겨 들고 왔다.

"작가님이 입던 옷은 아니죠?"

"안에 샤워실이 있으니까, 씻고 밖으로 나와요."

"체력 테스트는 통과한 건가요?"

"그렇다고 해두지."

"또 뭐가 있나요?"

"없었으면 좋겠나?"

"아뇨. 이왕 시작한 거 끝을 보죠!"

민은 커다란 물통을 집어 들고 찬물을 따라 천천히 마셨다. 민의 목젖이 리드미컬하게 움직였다. 민을 보던 수현은 마음을 다잡기로 했다. 비록 머리가 핑핑 돌고 다리가 후들거렸지만.

샤워실에 들어간 수현은 샤워 물줄기로 뭉친 다리 근육을 풀고, 머리끝에서 발끝까지 꼼꼼히 씻었다. 레몬향 바디워시가 지쳐 있던 수현의 기분을 풀어주었다. 수현은 헬스실 입구에 비치되어 있는 헤어드라이어로 머리를 말린 뒤, 몸에 감았던 수건을 풀고 민이 준 옷으로 갈아입었다. 몸에 비해 지나치게 큰 반바지와 반팔 티셔츠 차림의 자신을 보니 실소가 절로 나왔다.

'인생 참 재밌네. [수상한 연인] 시작하기 전까지만 해도, 난

남한테 아쉬운 소리 한 번 해본 적이 없었는데.'

수현은 두 팔을 깍지 낀 채 머리 위로 올려 쭉쭉 뻗었다. 민의 시커먼 속내가 뭔지 감이 잡히지 않는 수현이었다. 그럼에도 프로인 그가 실언을 하지는 않을 것이라는 생각이었다. 어디로 가든 목적지에만 도착하면 된다. 수현은 거울 속 자신의 모습을 다시 한 번 본 뒤 헬스실을 나섰다.

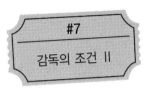

#7

감독의 조건 II

　반팔에 반바지 차림의 민이 커다란 소파에 앉아 있었다. 민 주변에 온갖 대본과 자료들이 작은 탑처럼 쌓여 있었다. 그의 맞은편에 앉은 수현은 민이 자신에게 분부를 내리기만을 기다렸다.

　"작가님."

　대본을 읽던 민이 고개를 들어 수현을 보았다.

　"안 피곤하세요?"

　"피곤하지 않고 되는 일이 있나."

　"그건 제 대산데요."

　"난 명 감독이랑 농담 따먹기 하려고 여기 앉아 있는 게 아닙니다. 내 시간은 곧 돈이라는 말도 되지."

　"그러게요. 비~싼 시간 내주셔서 황송해서 몸 둘 바를 모르겠네요."

민은 대꾸하지 않고 대본을 보았다.

"사람 대하기를 화분 대하듯 하시는데, 저한테서 좋은 리액션이 나올 리 있겠어요?"

그는 여전히 묵묵부답이었다.

"그래요. 아무 말도 안 하고, 그냥 작가님 명령만 기다릴게요. 같이 일하게 돼도, 작가님이랑 저는 동업자 관계가 아니라 갑과 정(丁) 관계가 되겠군요. 말하자면, 저는 하도급 업체 말단직원 정도? 발주만 내려주시면 알아서 하겠습니다, 모드에 돌입하게 되겠어요."

민은 수현을 투명인간 취급한 채 자신의 대본만을 보고 있었다. 그녀는 잠시 지난 시절을 회상했다. 10년 넘게 품어온 감독의 꿈. 하지만 현실은 달랐다. 메인 감독이 되면 뭔가 마법 같은 일이 일어날 줄 알았는데……. 수현은 여전히 햄스터 쳇바퀴 돌듯 뭔가를 갈구하는 상황에 처해 있다.

'에효……'

그녀는 체면이고 자존심이고 내려놓고, 이 순간을 받아들이기로 마음먹었다.

"불안한가?"

민이 수현을 보았다.

'속눈썹이 참 기네.'

수현은 잠시 그의 눈을 보았다. 강한 에고와는 달리 맑고 아름다운 눈이었다. 지금 이 순간 그의 눈빛은 그의 드라마와 많이 닮아 보였다. 솔직하고 명쾌하고 어린아이 같은, 진정성이 있는 눈이다.

"……."

"불안한 마음으로는 일을 그르치기 십상이지. 부담되고 두려우면 말해요. 지금이라도 테스트를 멈출 테니까."

"불안하지 않은 인간이 세상에 있을까요? 게다가 우리 같은 사람들한테 불안은 창작 에너지잖아요. 전 불안을 사랑하기로 했어요. 안 그럼 고꾸라질 테니까."

수현은 다시 한 번 민의 눈을 보았다. 저 눈을 보니 왠지 모르게 불안이 잠시 진정되는 것도 같았다.

사실 수현은 꽤나 지쳐 있었다. 수시로 떠오르는 삼촌의 망연자실한 표정, 앞날에 대한 두려움, 잠 못 이루는 밤과 빈약한 통장 잔고. 그것들을 생각하면 어디로든 도망가고 싶기도 했다. 하지만 수현에게는 목표가 있다. 웰메이드 드라마를 만드는 것. 이 테스트를 무사히 통과한 뒤 민의 콧대를 납작하게 해주리라! 세상 모든 사람들이 손가락질을 한대도 수현은 자신의 연출력에 대한 신앙과도 같은 믿음을 가지고 있었던 것이다.

"이 책들을 봐요."

"다 작가님 작품이네요?"

수현은 대본들을 차례로 펼쳐 들고 찬찬히 보았다. 방송가에서 대본은 '책'으로 통한다. 민의 대본은 '모범 교과서'였다. 연기를 못하는 배우들도 그의 드라마에만 출연했다 하면 실력이 일취월장하곤 했다. 민이 특유의 관찰력으로 배우 한 명, 한 명에게 적합한 맞춤형 대사를 써주었기 때문이다. 수현은 촬영이 끝나면 모조리 수거해 간다는, 그래서 구하기가 하늘의 별 따기라는 민의 대본들을 보았다. 그리고 소중히 넘겨보았다.

"실내 신들이 수두룩하지."

"제작비 절감 차원에서 그렇게 쓰셨나 봐요."

"그런 이유 아냐. 조금만 생각해 보면 알겠지만, 내 드라마는 제작비 걱정할 필요가 없거든."

"좋으시겠어요. 근데, 저번부터 얘기하려고 했는데…… 계속 말 짧게 하시네요?"

"내가 명 감독보다는 선배니까."

"후배 좀 그만 괴롭히시죠?"

"[연기의 신] 2회 71신을 봐요."

수현은 민의 지시대로 2회 대본을 펼쳐 71신 부분을 보았다. 발연기 전문 톱스타로 출연한 서인혁이 욕조에서 통곡을 하는 신이었다.

"분당 시청률 50% 나왔다고, 화제의 신으로 꼽혔던 장면이네요?"

수현은 단번에 알아챘다.

"명 감독 같으면 그 신을 어떻게 연출했을 것 같나?"

수현은 대본을 보았다. [연기의 신] 차 감독이 연출했던 장면이 떠올랐다. 극 중 서인혁은 발연기를 극복하고자 온갖 연기 트레이닝을 받지만, 출연했던 영화가 네 번째로 망하자 공황장애에 시달린다. 설상가상으로 여자친구에게 결별 선언을 당한 서인혁은 욕조에 물을 받아놓고 알몸으로 들어가 아이처럼 통곡을 한다.

차 감독은 이 장면을 심플하게 연출했다. 욕조 안의 서인혁이 물속에서 오랫동안 숨을 참다, 물 밖으로 나오며 울기 시작해 3분가량 감정을 폭발시키는 식으로 말이다.

"배우는 없지만, 보여 드릴게요."

수현이 말했다.

"그래요, 그럼. 욕실은 저쪽이야."

"여기서 잠깐만 기다려 주세요."

수현은 대본을 들고 욕실로 들어갔다. 민은 그런 수현의 뒷모습을 보다가 입가에 옅은 미소를 지었다. 일 때문에 스트레스를 받는 건 수현만이 아니었다. 대중들은 베일에 싸인 민에 대해 궁금해하고, 기자들은 앞다투어 민의 원고료에 대해 글방아를 찧어댔지만, 정작 그는 명예와 부가 마냥 달갑지 않았다. 대본을 쓰다 보면 사계절이 훌쩍 가기 일쑤였고, 자신만의 성에 갇힌 채 작업에만 열중하다 보면 일반 사람들은 느끼기 힘든 감정 장애에 시달리기도 했다.

어쩌면 [연기의 신] 서인혁의 통곡 신은 민의 직접 경험에 의해 쓰인 건지도 몰랐다.

욕실 안에서 만반의 준비를 한 수현이 민을 불렀고, 욕실로 들어간 민은 깜빡이는 욕실 등 불빛 아래 서 있는 그녀를 보았다. 욕조에는 물이 가득 차 있었고, 거울은 미세하게 금이 간 채였다.

　"거울 값은 나중에 물어드릴게요."

　민은 욕실 안을 둘러보았다. 뭔가 스산하고 우울한 분위기가 풍겼다. 수현은 민에게 씬에 대해 설명하기 시작했다.

　"서인혁은 공황장애에 시달리다 약을 복용하고 잠이 들어요. 그리고 깨어나 보니까 욕실이에요. 주먹에서는 피가 나고 있고, 거울은 깨져 있어요. 거울 조각들이 세면대에 떨어져 있고, 서인혁은 어마어마한 두려움을 느껴요. 아무리 CF 스타고, 돈이 많으면 뭐 해요? CF 이미지로 먹고사는 스타인데다 정작 본업인 연기로는 여기저기서 까이기 바쁘잖아요. 게다가 스스로를 컨트롤하지 못하는 지경까지 온 걸요. 서인혁은 욕조에 뜨거운 물을 받아서 그 안에 들어가요. 마치, 엄마 뱃속에 있는 아이처럼 아늑한 기분을 느끼고 싶어서요. 하지만 욕조 안에 들어가자마자 답답함을 이기지 못하고 밖으로 나오고 말죠. 물 온도가 너무 뜨거웠던 거예요. 그러다가 다시 들어가서 웅크리고 앉아요. 물 온도 하나 못 맞추는 자신이 한심하기도 하고, 손은 손대로 아파요. 서인혁은 뜨거운 물 안에 손을 넣고 다친 곳을 감싸 쥐어요. 그리고 울기 시작해요. 서인혁의 잘 다듬어진 복근을 스치듯이 찍을 거구요. 클로즈업 따윈 안 할 거예요. 깨진 욕조 거울로 울고 있는 서인혁이 아주 작게 보여요."

수현은 잠시 말을 쉬었다. 민은 수현이 제법이라고 생각했다. 하지만 말은 생각과 다르게 나갔다.

"남의 집 거울을 깨고도 아무렇지 않은 얼굴이군."

"제가 물어드린다니까요?"

"……명 감독 연기는 좀 되나?"

"네?!"

"연기 잘하는 감독이 배우들 지도도 잘하지. 감독 중에 연기 수업을 듣는 사람도 많더군."

"복근도 없는 제가 서인혁 역할을 해 보일 순 없잖아요."

"동선을 보여줄 순 있지 않나."

그가 진지하게 되받았다.

"무슨 현장 검증하는 범인도 아니고, 동선은 봐서 뭐 하시게요!"

"테스트는 그럼 이걸로 마치지."

"아, 정말! 보여 드리면 되잖아요?!"

수현은 될 대로 되라는 심정이 되었다. 민의 반바지와 반팔 티 차림의 수현은 한숨을 폭 내쉬고는 마음의 준비를 한 뒤 서인 혁의 동선을 그려보았다. 주먹으로 거울을 깨는 시늉을 하고, 욕조에 들어갔다 나왔다, 다시 들어가 웅크리고 앉았다. 민은 웃음이 터져 나왔다. 큰 소리로 웃는 민에 수현은 개그맨 오디션 참가자가 된 기분이 들었다.

"작가님!?"

"푸하하하하!"

"재밌으세요?"

"고맙군."

"대체 왜요?"

"요새 들어 웃을 일이 없었는데 웃겨줘서."

수현은 활짝 웃는 민의 모습이 생경하게 느껴졌다. 눈앞의 민은 포커페이스인 그와는 다른 사람 같았다.

"……좋으세요? 저 망가지는 거 보니까?"

"아니. 좋은 시범이었어. 두 번째 테스트도 통과한 걸로 하지."

"뭐가 또 남았나요?"

"언제까지 거기 있을 거지?"

'앗차!'

수현은 서둘러 욕조에서 나왔다. 그런데 이게 웬걸! 연기에 몰입하다 보니 위아래로 흰 티셔츠와 바지를 입었다는 사실을 까먹고 있었다. 수현의 젖은 티와 바지 속으로 하늘색 팬티와 브래지어가 야릇하게 비쳤다.

"으악!!"

"벽장 열어보면 타월 있어요. 그걸로 감고 나와요."

어느새 뒤돌아선 민이 말했다.

"작가님, 절대 돌아보시면 안 돼요. 아니, 얼른 나가주세요!"

"하나도 안 궁금하니 걱정 묶어놓고, 알아서 처리하고 나와요. 거울 값은 퉁 치는 걸로 하지."

"동정하지 마세요. 거울 값은 꼭 물어드릴게요!"

"알았으니까 타월 감고 나와요. 다음 테스트가 있으니까."

"뭐가 또 있는 거예요, 대체?"

"그럼 나랑 드라마 하는 게 그리 쉬울 거라고 생각했나? ……
먼저 나갑니다."

민은 욕조 문을 닫고 나갔다. 수현은 잽싸게 티와 바지를 벗
고, 팬티와 브래지어도 벗었다. 수현은 큰 타월로 몸을 감은 뒤
팬티와 브래지어를 몇 번이고 쥐어짰다. 화장실 한 켠에 놓여 있
는 드라이어로 속옷을 말리며 그녀는 입을 삐죽 내밀었다.

'가슴에서 사리가 나오겠어, 그냥.'

수현은 애써 자신을 달랬다. 말린 속옷을 입고, 커다란 타월
로 몸을 둥둥 감은 수현이 화장실 문을 열었을 때, 문틈 사이로
뭔가를 작성하고 있는 민이 보였다.

"작가님!"

민이 수현 쪽을 보았다.

"저 보지 마세요!"

민이 다시 고개를 돌렸다.

"갈아입을 옷 좀 주세요. 티랑 바지는 잘 짜서 널어놨구요, 거
울 부스러기는 뒷정리했어요. 욕조 물은 뺐고요."

민은 수현에게 자신의 추리닝 바지와 티를 가져다주었다. 옷
을 갈아입은 수현은 민의 자리로 왔다. 민은 수현에게 흰 종이를

내밀었다. 각서였다.

"이게 뭐예요?"

"읽어봐요."

갑:명수현

을:류민

1. 갑은 을의 사생활(과거 무명 시절)에 대한 발설을 일체 금한다.

2. 갑이 을의 사생활에 관한 내용을 개인 및 언론에 유포할 경우 을은 갑에게 민·형사상의 손해 배상을 청구할 수 있다.

2013년 8월 22일

갑:명수현(서명)

을:류민(서명)

각서를 읽던 수현의 눈이 휘둥그레졌다. 수현은 민과 각서를 번갈아서 보았다. 생각지도 못했던 각서에 그녀는 망치로 한 대 맞은 것 같은 기분이 되었다. 멍하니 서 있는 수현을 보며 그가 입을 열었다.

"서명해요."

민이 볼펜을 내밀었다.

"그러니까 작가님은 제가 작가님 과거에 대해서 여기저기 발

설할까 봐 걱정하고 계셨던 거예요? 저도 주워들은 소문이라구요! 방송판이 소문 없이 돌아가나요? 잘나갈수록 사람들 입방아는 거세지게 마련이에요. 절 어떻게 보시고 이런 각서를!"

정신을 차린 수현이 목소리를 높였다.

"여기서 사생활이라 함은 내 별장이나 집에 관한 정보 일체 포함이에요. 기자들이 하도 쫓아와서 이사를 여러 번 했거든."

"……."

수현은 기분이 나빠졌지만 서명은 했다. 민이 이런 것까지 준비할 줄은 몰랐는데. 하여간 철두철미한데다 의심까지 많은 남자다. 수현은 사인한 펜을 민에게 돌려주고 난 다음 마음을 가다듬으며 말했다.

"세 번째 테스트는 뭔가요?"

"이제 모든 테스트는 끝이 났지."

민은 덤덤한 얼굴로 수현을 보았다.

"그럼 작품 준비는 언제부터 하실까요?"

수현이 기대감을 가지고 민을 보았다. 하지만 민의 눈빛은 수현의 기대에 반하는 것이었다. 수현은 온몸을 감싸는 불안한 기운을 느꼈다.

"난 당신이랑 미니시리즈를 하진 않을 거요."

민은 수현을 보며 나직이 미소를 지어 보였다. 저 미소는 마치, 악덕 사장이 신입사원들에게 혹독한 스파르타식 교육을 시킨 뒤 짓는 그것과 다를 바 없는 것이었다. 수현의 양 뺨이 새빨

개겼다. 이 인간, 정말 해도 해도 너무하는 거 아냐?

"작가님!"

수현이 소리를 질렀다. 악감정이 듬뿍 묻어 있는 목소리였다. 민은 그녀의 감정에는 아랑곳하지 않은 채 입을 열었다.

"당신, 사회생활 몇 년 차지?"

"6년 찬데요?"

"사회생활 헛했군."

"뭐라고요?"

"구할 수 있을지 모르겠지만, 방송사 작가 리스트를 구해서 한번 봐요. 내 이름이 가장 위에 올라 있을걸. 난 시놉시스* 없이도 편성받는 국내 유일의 드라마 작가지."

"저도 알아요. 아니까 잘난 척 그만하시고, 머리랑 꼬리 떼고 몸통만 말하세요."

"당신은 부연 설명이 필요한 여자니까."

수현의 눈에 눈물이 고였다. 하지만 흘러내리지는 않았다. 수현은 핏발이 선 눈으로 민을 보았다. 그는 수현을 어린아이 보듯 바라보았다.

"방송사 입사해서 조연출 6~7년 하고, 단막극으로 입봉한 뒤에 미니 대여섯 개쯤 해야 비로소 나랑 일할 수 있는 급이 되지. 당신, 방송사 공채 PD야?"

"……아뇨."

---

* 등장인물 설명과 줄거리가 담긴 드라마 기획안.

"방송사 공채에서 떨어지고 제작사에서 일하면서 조연출 몇 작품 한 게 고작이겠지. 안 그런가?"

"아까 보셨잖아요, [수상한 연인]. 제 연출작."

"올해 방송한 드라마 중 가장 시청률이 낮더군."

"그거 모르셨어요? 그래 놓고도 저랑 작품 한다고 하신 건 작가님이에요!"

수현은 뚜껑이 열릴 지경이었다. 대작가고 나발이고, 계급장 떼고 한판 붙어야 속이 시원할 것 같았다.

"당신, 사기당하기 딱 좋은 타입인 거 아나?"

그가 한쪽 눈썹을 살짝 찌푸리며 타이르듯 말했다.

"뭐라고요?"

"당신만 아니면 K사 드라마국장이랑 그렇게 길게 이야기할 필요 없었지. 내 계약 문제는 방송국 신년회의에서 1순위로 다뤄질 정도로 중요 사안이야. 당신이 끼어들어서 왈가왈부할 문제가 아니었다고."

수현은 혈압이 점점 치솟는 것을 느꼈다. 저 잘난 면상에 대고 욕이라도 실컷 해주고 싶었다. 그렇게 잘나신 분이, 고딩도 안 할 이딴 장난을 친단 말이야!?

"그러니까 제가 K사 드라마국장님이랑 작가님 사이에서 몇 마디 했다고, 저한테 작품 시켜주신다고 거짓말하고 이제까지 저 놀려먹으신 거예요?"

수현이 씩씩대며 말했다.

"당신한테 가르쳐 주려고, 사회생활이 그리 만만한 게 아니라는 걸. 낄 데 안 낄 데 구분 못하다가는 난감한 상황에 처할 수 있다는 걸 말이야."

수현은 더 이상 참을 수 없었다.

"사기꾼."

"뭐라고?"

"양아치."

"역시 어리군."

민은 예측 가능한 그녀의 리액션에 눈 하나 깜빡하지 않았다. 민은 컬러풀한 공을 자유자재로 다루는 포켓볼 선수와도 같았다. 이 집은 포켓볼 대요, 수현은 큐대 끝에서 이리저리 놀아나는 포켓볼 공이나 마찬가지인 것이다.

민은 눈앞의 그녀를 굴릴 대로 굴렸다고 생각했다. 오늘 일을 교훈 삼는다면, 이 여자는 앞으로 방송판에서 큰 실수할 일은 없을 것이다. 목적을 달성한 민은 이쯤해서 장난을 멈추기로 했다.

그러나 수현은 포켓볼 공마냥 이리저리 굴러다니다 튕겨 나갈 여자는 아니었다.

"재밌니?"

그녀가 반격을 가하려는 듯 민에게 가까이 와 말을 이었다.

"꼭대기에서 내려다보며 찍어 누르니까 재미있냐고, 이 새디스트야! 너에 비해서 가진 건 없지만 나, 진심이었거든? 강원도 가기 전에 네놈 미니시리즈, 특집극 안 본 게 없어. 드라마 중간

중간 일시정지 해가면서 한 씬 한 씬 분석했다고. 어떤 배우를 선호하는지, 위기 조성은 어떻게 하는지, 엔딩은 어떤 패턴인지 밤새면서 공부했다고! 난, 니 드라마를 진짜로 사랑했다고!!"

민은 할 말이 없어졌다. 그녀의 마지막 말에는 진심이 담겨 있었다. 민은 그걸 못 알아차릴 만큼 무딘 남자가 아니었다. 그는 순간 멈칫하긴 했지만, 여전히 무덤덤한 얼굴로 그녀를 보며 서 있었다. 하지만 수현은 갓 잡아 올린 생선마냥 팔딱대며 대들었다.

"근데, 뭐? 사기당하기 좋은 타입? 사회생활이 미숙해? 야, 너 조직생활도 안 해본 놈이 뭘 그렇게 잘 아니? 내가 어떤 심정으로 널 만나러 갔는지, 내가 니 드라마를 어떤 마음으로 연출하려고 했는지, 병아리 눈물만큼이라도 니가 알았다면 나한테 이런 장난은 못 쳤을 거야!"

수현은 젖 먹던 힘을 다해서 소리를 질렀다.

"사람 갖고 노니까 좋니? 커리어가 빈약하니까 사람도 우스워 보여? 내가 입 바른 말 좀 해줄까? 넌 앞으로 이 넓은 집에서 평생 글만 쓰다가 번 돈 다 쓰지도 못하고 독거노인으로 늙어 죽을 거야!!"

"명 감독!"

민은 그녀가 흥분을 가라앉히기를 바랐다. 그는 큰 소리 나는 걸 누구보다 싫어하는 남자였다. 민은 얼른 이 상황이 잠잠해지기를 원했다.

"감독이라고 생각 안 하면서 그렇게 부르지 마! 왜, 내가 반말

하니까 꼽니? 걱정 마. 앞으로는 너랑 말 섞을 일 절대 없을 테니까. 아, 이거 하난 차암 고맙다. 사회적으로 성공한 거랑 인간 됨됨이랑은 전혀 별개란 걸 알려준 거 말이야. 시청률만 잘 나오는 막장 드라마 같은 자식."

수현은 뒤돌아서 현관으로 나갔다. 민은 순식간에 양 뺨을 수 없이 맞은 것 같은 기분이 되었다. 수현은 양쪽으로 잘 가꿔진 화단이 있는 돌계단을 내려가 대문을 열고 밖으로 나갔다.

민은 거실 유리창 밖으로 수현의 뒷모습을 보았다.

'과민반응을 하는군.'

수현의 뒷모습이 점점 작아져 사라질 때까지 민은 그녀를 보며 서 있었다. 어쩐지 가슴 한 켠이 휑하게 느껴지는 것이었다. 하지만 민은 애써 자신의 느낌을 외면했다.

'저 여자랑 만날 때마다 뭔가 꼬이는 기분이 드는걸.'

민은 이런 사소한 일에 에너지를 낭비할 순 없다고 생각했다. 그에게는 훨씬 더 중요한 일들이 줄지어 서 있었다. 시간 낭비라면 딱 질색이다. 더구나 저런 어린아이 같은 여자 때문이라면……. 창가에 잠시 서 있던 그는 오늘 하루의 일을 해프닝이라 여기기로 마음먹은 뒤 손목시계를 한 번 본 다음 서재로 향했다.

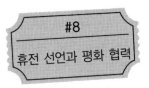

#8
휴전 선언과 평화 협력

　"명수현 감독, 삼촌이 대표로 있는 명 프로덕션이라고 신생
제작사 소속이에요. [수상한 연인] 제작했다가 적자만 20억을
봤다고 하네요. 대표는 자살 기도했다가 실패해서 신중앙병원에
입원해 있고, 그 조카, 명수현 감독이 작가 잡아서 투자받으려고
이리 뛰고 저리 뛰는 모양이더라고요."

　송 비서가 민에게 브리핑을 했다. 민은 한남동 자택 정원에
앉아 있었다. 초가을의 향이 물씬 풍기는 늦여름의 바람이 민의
귓가를 스쳤다. 민은 잠시 생각에 빠져 있었다. 그날, 씩씩대며
민의 집을 나서던 수현의 작은 뒷모습이 떠올랐다. 민은 그 모습
을 떨쳐 버리려는 듯, 자리에서 일어나 정원을 걷기 시작했다.
송 비서 역시 민의 속도에 발맞추어 걸었다.

"그 여자 감독이 운은 없어서 시청률은 안 나왔지만 야무지다고 하더라고요. 실력파래요. 같이 작품 했던 작가랑 에이준 소속사 사장이랑 친했나 보더라고요. 에이준 위주로 대본 고치고, 현장에선 촬영감독이 초짜라고 무시하고 했는데도 끝까지 잘 찍어 냈다고. 평은 좋던데요."

송 비서의 말에 귀 기울이던 민은 다시금 수현을 떠올렸다. 수현이 그렇게 민의 집을 나간 지 열흘이 지났다. 작업실에 틀어박혀 밤을 새던 며칠은 아무렇지 않은 것 같았다. 하지만 욕실을 드나들 때마다 서인혁의 동선을 선보이던 수현이 떠오르곤 했다. 뻣뻣한 몸으로 스트레칭을 하던, 짧은 다리로 러닝머신을 달리던, 바락바락 대들던 모습까지…….

민은 한동안 아무 말 없이 터벅터벅 걸었다. 송 비서는 민을 보며 갸우뚱했다. 꽤 오랜 시간을 함께했지만 여전히 민의 속내를 짐작하기 어려울 때가 많았다. 이 순간 역시 그랬다.

'대체 그 여자 감독이랑 무슨 일이 있었던 거지?'

송 비서는 고개를 갸우뚱하며 민을 따라갔다. 이윽고 집 안으로 들어간 민은 소파에 앉아 쿠션을 끌어안은 채, 습관적으로 TV를 켰다. 수현이 말아먹은 드라마 [수상한 연인]의 에이준이 화면 가득 얼굴을 채우고 있었다.

"……."

에이준의 화장품 CF를 보던 민은 리모컨을 찾아 들고 채널을 돌렸다. 송 비서가 다가와 민의 맞은편 소파에 앉았다. 민은 24

시간 뉴스 채널을 틀어놓은 채, 무표정한 얼굴로 생각에 잠겨 있었다.

"……류 작가님."

그는 대답이 없었다. 송 비서는 한 번 더 소리 내 민을 불렀고, 민은 그제야 고개를 돌려 송 비서를 쳐다봤다.

"무슨 문제 있으세요?"

민은 대답이 없었다. 뭔가를 골똘히 생각하던 그는 미간을 찌푸린 채 앉아 있다가 방으로 들어가더니 지갑을 가지고 나왔다.

"이거 가지고 신중앙병원 가서, 그 대표 병원비 좀 결제해 줘야겠어."

송 비서는 갸우뚱한 얼굴로 민이 내민 신용카드를 받아 들었다.

"그 대표요? 명수현 감독 삼촌 말씀하시는 겁니까?"

민이 고개를 끄덕였다.

"영수증 끊어올까요?"

"그런 건 필요 없어. 갈 때 과일바구니도 하나 사서 들고 가고."

"넵."

두툼한 손으로 신용카드를 쥔 송 비서는 민의 의중을 파악하려 애썼다. 민과 수현 사이에서 어떤 일이 있었는지 너무도 궁금한 송 비서였다. 그는 민의 일이라면 뭐든 알고 싶은 마음이 컸다. 할 수만 있다면 류민의 머릿속에 들어가서 그가 무슨 생각을 하는지 낱낱이 캐내고만 싶었다.

"그리고…… 그 여자 지금 어디 있는지 좀 알아봐."

송 비서는 명수현이라는 여자와 민의 연결 고리를 찾기가 참 애매했다. 초짜 감독 티가 줄줄 나는 그녀와 민이 엮일 일이라고는 그다지 없어 보였기 때문이다. 설마, 류 작가가 그 여잘 여자로 생각하는 건가? 잡다한 생각을 하던 그는 작업실로 향하는 민의 뒷모습을 말끔하지 않은 시선으로 바라보고 서 있었다.

수현은 친구들과 H호텔 야외 수영장에 와 있었다. 축 처진 수현의 기분을 달래주겠다며, 폐장이 며칠 남지 않은 수영장에 수현을 데리고 온 친구들이었다. 이곳은 활기찬 에너지로 가득했다. 가족 단위로 온 이들과 늘씬한 몸매의 젊은 남녀들이 각자의 여름을 만끽하고 있었다. 분홍 비키니 차림으로 썬베드에 앉은 수현은 여유로워 보이는 사람들을 감상하다 입을 열었다.

"나, 다시 작품 할 수 있을까?"

"그냥 행복한 시청자로 남는 건 어때?"

눈치 없기로 소문난 경아가 말했다. 수현은 피자를 집어 드는 경아를 힘껏 째려보았다.

"야아, 그럼 날더러 백수가 되라고?"

"어차피 너 촬영 안 할 때는 백수나 마찬가지잖아."

"넌 뇌를 좀 거쳐서 말하지 그래?"

"야아, 너희들 왜 그래? 수현아, 너 몇 년 만에 휴가 온 거잖아. 맨날 일만 하라는 법은 없지. 너도 쉬어줘야 좋은 드라마도 만들고 하는 거야. 경아야, 수현이한테 너무 뭐라고 하지 마."

정연이가 중재를 했다. 수현은 세상 걱정 없어 보이는 경아와 정연, 그리고 한 켠에서 졸고 있는 탄실이를 보았다. 수현은 지금 이 순간에만 존재하는 친구들이 몹시도 부러웠다. 어딜 가나 드라마 생각, 대본 생각, 그리고 생각하기 싫은 류민 생각에 머리가 터질 것만 같았다. 수현은 몸을 일으켜 기지개를 켰다. 햇살은 좋았지만 바람은 조금 찼다. 벌써 한 계절이 끝날 무렵이라니…… 시간이 가는 게 점차 두려워지는 수현이었다.

"야, 저 남자 몸 좀 봐."

"대박."

그 소리에 졸고 있던 탄실이가 침을 흘리며 깨어났다. 옆에 놓아둔 안경을 집어 들어 끼더니 남자를 자세히도 보는 탄실이었다. 수현은 몸 좋은 남자고 뭐고, 수영이나 할 생각이었다. 그때였다.

"명 감독."

'환청까지 들리는 걸까?'

수현은 끔찍한 목소리가 나는 쪽을 바라보았다. 그곳에는 줄무늬 비치웨어 차림의 민이 서 있었다. 몸의 태가 그대로 드러나는 비치웨어는 민을 위한 맞춤복 같았다. 글 쓰다 말고 팔굽혀펴기라도 한 건지, 팔 근육이 더욱 도드라져 보이는 그였다.

'물귀신 같은 놈!'

수현은 정말이지 그와 마주치고 싶지 않았다. 류민만 생각하면 자다가도 하이킥을 할 지경이었다. 이리저리 놀려먹고 각서까지 쓰게 하더니 같이 작업을 안 한다며, 사회생활 운운하던 저 입을 상상 속에서나마 꿰매 버리고 싶었다. 수현은 민을 본체만체했다.

"야, 너 저 남자랑 알아?"

경아가 귓속말을 했다.

"아니, 알아도 모르고 몰라도 모르는 그런 사람이야. 조심해, 너희들."

수현이 다 들리게 말했다.

"명 감독, 나랑 어디 가서 이야기 좀 할까?"

민이 수현의 썬베드 가까이로 와서 말했다.

"아뇨. 어디 가지도 않을 거고 이야기도 하지 않을 거니까, 수영을 하시든 일광욕을 하시든 알아서 잘하다가 가세요!"

수현은 썬베드에서 일어났다. 수영이고 휴식이고 이 자리를 벗어나야겠다는 생각뿐이었다.

"사과하러 온 사람한테 너무 매정하군."

민은 다소 누그러진 모습이었다.

"사과요? 무슨 사과요? 사람 가슴에 생채기 내놓고, 피가 철철 흐르는데 미안하다고 한마디 하면 상처가 절로 낫나요?"

수현이 따지듯 말했다.

"그런 사정이 있는 줄은 몰랐어요."

"무슨 사정이요?"

"삼촌과 빚, 기타 등등."

"제 뒷조사를 잘도 하셨네요!"

수영을 하던 사람들의 시선이 수현과 민에게로 향했다.

"어디 조용한 곳에 가서 얘길 좀 하지. 난 사람들 시선받는 건 질색이거든."

"질색이든 팔색이든 작가님 사정이에요. 전, 그쪽 안 보고 싶어요. 그쪽 드라마도 안 볼 거구요."

"그 정돈가?"

"그 정도 이상이에요!"

"저기요, 무슨 일인지는 모르겠지만 수현이 얘가 원래 욱하는 성향이 있어요. 고등학생 때도 그래서 수학 선생님이랑 싸웠다가 학교에서 정학당할 뻔……."

대뜸 끼어든 경아가 말했다. 경아의 시선은 민의 얼굴에서 점점 그의 이두박근으로 향하고 있었다.

"야, 홍경아!"

"왜, 내가 틀린 말 했니?"

경아가 입을 삐쭉 내밀었다. 수현은 경아를 흘겨보다 입을 열었다.

"작가님 사과는 사양할게요. 시간이 돈인 분이잖아요. 혼자 잘나신 분이잖아요. 저 여기 있는 거 어떻게 알고 오셨는지는 모르겠지만 앞으로는 이런 짓 하지 마세요. 보고 싶지 않으니까."

"명 감독."

"나 먼저 갈게."

수현은 친구들에게 말한 뒤, 긴 타월을 집어 어깨에 걸치고는 탈의실로 향했다. 민은 더 이상 어찌해 볼 도리가 없었다. 사람들의 시선이 화살처럼 날아와 꽂히는 것만 같았다. 민은 수현의 친구들 사이에서 화석처럼 서 있었다. 이 자리를 빠져나갈 수도, 가만히 머물 수도, 그녀를 쫓아갈 수도 없는 민이었다.

"저기요, 작가세요?"

눈곱이 달린 탄실이가 어눌하게 물었다.

"……."

"뭐 쓰셨어요?"

탄실의 물음에 민은 아무런 대꾸도 하지 않았다. 남극에 홀로 선 펭귄이 된 것만 같았다.

샤워를 마친 수현이 친구들에게 먼저 간다는 내용의 카톡을 날리고 덜 마른 머리로 호텔 출입문을 나섰을 때, 수현은 저승사자 같은 민과 또다시 마주해야 했다.

그는 호텔 입구에 차를 대놓고 수현을 기다리고 있었다. 송비서 없이 직접 차를 끌고 온 민은 수현을 조수석에 태웠다. 수현은 몇 번이고 그의 차를 벗어나려 했지만 민은 수현보다 힘이 셌고 고집도 셌다. 강원도로 가는 내내 내려달라는 말을 수십 번

했지만, 민은 들은 체도 하지 않았다. 이윽고 수현은 에덴동산과도 같은 그의 별장 정원에 서 있었다.

"납치가 취미세요?"

수현은 지쳐 있었다.

"특기라고 해두지."

그 역시 지쳐 있었다. 민은 안으로 들어갔다. 수현은 이대로 집에 가고 싶었지만, 또다시 20만 원이란 거금을 내고 택시를 탈 순 없었다. 슬프지만 수현의 현실이었다. 수현은 민을 따라 들어갈 수도, 선뜻 집으로 돌아갈 수도 없었다. 더구나 민이 왜 자신을 이곳으로 데려왔는지 그 이유를 짐작조차 할 수 없었다.

'또 테스트니 뭐니 하면서 사람 가지고 노는 거 아니야?'

수현은 한숨이 절로 나왔다.

"얼른 들어와요."

민이 현관에서 고개를 내밀고 말했다.

"싫다면요?"

"고집이 쇠심줄이군. 들어와요. 명 감독한테 진지하게 할 말이 있으니까."

"본론 먼저 얘기하세요. 왜 절 여기까지 데리고 온 거죠?"

"성격 한번 급하군."

수현은 민을 따라 별장 안으로 들어갔다. 민은 침대만 한 검은 가죽 소파에 앉았다.

"마실 것 좀 줄까?"

그가 부드럽게 말했다.

"작가님이나 드세요."

"말이 심하군."

"전 원래 성질은 좀 있지만 아무한테나 말을 심하게 하진 않아요. 작가님이……."

"알았으니까 잠시만."

민은 안쪽으로 들어가더니 얼음을 띄운 녹차를 두 잔 내왔다. 수현 앞에 잔을 하나 놓고는 자신의 녹차를 순식간에 마시는 그였다. 민은 잠시라도 숨을 돌린 뒤 이야기를 하고 싶었다. 최근 들어 이렇게까지 에너지가 소모되는 일은 없었다. 그는 자신의 실수를 만회할 기회를 얻었다는 사실에 안도하며 수현을 보았다. 하지만 수현은 여전히 얼음장이었다. 녹차에는 손도 대지 않았다.

"다시 한 번 물을게요. 왜 절 여기로 데리고 온 거죠?"

"당신이랑 작품 얘길 하려고."

수현은 눈앞에 보이는 크리넥스 티슈 갑을 이 남자에게 던질까, 진지하게 생각했다.

"장난하세요?"

"진심인데."

"저랑 작품 안 하신다면서요!"

수현이 소리를 빽 질렀다.

"볼륨 좀 낮춰요. 아무리 이 주변에 아무도 안 산다고 해도 감독이라는 여자가 기본 교양이 있어야……."

"교양 운운하지 마시고요. 얼른 본론만 말하시라고요!"

"당신이랑 미니시리즈는 시기상조인 것 같고, 특집극을 한 편 했으면 해서."

수현은 잠시 멈칫했다. 그녀는 머릿속으로 민이 방금 한 말을 복기해 보았다. 특집극? 나랑? 대체 왜 그런 생각을 한 거지? 그렇지만 수현은 여전히 못 미더운 얼굴로 민을 보았다.

"난 K사랑 계약이 20회 남았어요. K사 드라마국장은 나한테 24부작을 제의했고. 그럼 난 계약을 끝내고 나서도 또다시 K사랑 장기 계약을 하게 되겠지. 난 24부작을 할 생각이 없어. 16부 미니를 하나 하기 전에, 나머지 4부를 특집극으로 털 생각이야. 명 감독이 이 특집극을 연출해 줬으면 좋겠어."

민이 두 손을 깍지 낀 채 수현을 바라봤다.

"진심이세요?"

"그럼."

"......"

"생각 있나?"

수현은 선뜻 대답하지 못했다. 민이 이런 제안을 해올 거라고는 꿈에서도 생각지 못했다. 수현은 녹차를 몇 모금 마신 뒤 민의 제안에 대해 곰곰이 생각해 보았다. 그러다 그녀는 문득 민을 보았다. 둘의 눈이 마주쳤다. 민의 눈빛은 화암동굴에서 처음 마주쳤을 때와는 상당히 달라 보였다. 꽤나 착한 눈빛이네, 라고 수현은 순간 생각했다. 그를 찬찬히 보던 그녀는 문득 지금 자신이 로션만 겨우 바른 민낯이라는 사실을 자각했다.

'왜 내가 이 남자한테 어떻게 보일지를 고민하는 거지?'

수현은 스스로 생각해도 어이가 없었다. 그녀는 다시금 정신 줄을 부여잡고 일, 오로지 일에 대해서만 생각했다.

'특집극…… 조금 아쉽기는 하지만 어쨌든 상대는 류민이야.'

수현은 을은 자신이라는 사실을 떠올렸다. 감성이 상한 건 사적인 영역이고 민의 제안은 공적인 영역이다. 현재 수현의 입장에서 그와 일을 하지 않을 이유는 없다. 수현은 빠르게 결정을 내린 뒤 입을 열었다.

"좋아요. 같이할게요. 사실 이런 제안조차 저한테는 감지덕지란 걸 알아요. 하지만 전 작가님한테 인간적으로 실망했어요. 저, 소심한 비형이거든요. 이게 언제 풀릴지는 저도 모르겠어요."

"장난친 건 사과하지."

"……사과는 받은 걸로 칠게요. 그럼, 뭐부터 해야 하죠?"

"당분간 여기서 한 발짝도 못 나갈 거요. 나랑, 당신 모두."

"네?"

"난 작품 준비하는 동안은 잘 움직이질 않지. 이걸 받아들일 수 있으면 나랑 하는 거고, 아니면 다시 생각해 봐야지."

민이 수현을 보곤 눈을 찡긋했다. 수현은 저 남자가 왜 저러나 생각했다. 그나저나 작품을 준비하는 동안 여기서 저 천상천하 유아독존인 남자와 합숙을 할 걸 생각하니 묘하게 긴장이 되었다. 하지만 이미 주사위는 던져졌다! 수현은 배수의 진을 치기로 결심했다.

"그래요. 죽이 되든 밥이 되든 뭔가 나올 때까지 여기 있을게요. 하지만 한 가지는 염두에 두세요. 여기서 전 감독이고 작가님은 작가예요. 작품 준비하는 동안 전 여자도 아니고, 무명 감독도 아니에요. 그저 작가님의 파트너, 그 이상도 이하도 아니에요."

"오케이."

민이 흔쾌히 말했다.

"그래요, 그럼 뭐부터 하면 되죠?"

수현이 도전적으로 물었다.

"일단 어디에 뭐가 있는지부터 설명해 주지."

민은 수현에게 별장 구경을 시켜주었다. 수현은 지난번에 보고 싶었지만 제대로 못 봤던 새끼 원숭이와 새도 보고, 꽃밭도 보았다. 별장 구석구석은 예술작품처럼 아름다웠다. 민의 별장은 집필을 위한 거대한 섬처럼 느껴졌다. 외부인이 들어오면 길을 잃기에 딱 좋은 미로 같기도 했다.

수현은 민과 일정한 거리를 유지하며 그를 따라다녔다. 도서관과 집필실, 부엌과 욕실 등의 위치를 모두 파악한 수현은 2층 복도 맨 끝에 있는 방 앞에 서 있었다.

"당신이 쓸 방이야. 정리 정돈은 되어 있지. 필요한 게 있으면 말해요, 송 비서한테 배달을 부탁할 테니."

민이 방문을 열며 말했다. 수현은 열린 방문 안으로 들어갔다.

'와, 예쁘다.'

한눈에 봐도 정감이 가는 방이었다. 창문에는 살구색 커튼이 쳐져 있었고, 폭신한 하얀 이불이 깔린 침대 위에는 역시 하얗고 폭신한 베개가 놓여 있었다. 그 위에 누우면 좋은 꿈을 꿀 수 있을 것 같은 침대였다.

"일하기 전까지 푹 쉬어둬요."

민이 문을 닫고 나가자 닫힌 문을 보던 수현은 소리 나지 않게 문을 걸어 잠갔다. 그녀는 침대 위에 다이빙하듯 누웠다. 불안과 긴장이 순식간에 녹아내리는 느낌이었다. 수현은 침대 위를 굴러다니다가, 협탁 위에 놓인 개나리색 돼지저금통을 보았다. 유리로 된 저금통은 웃는 얼굴을 하고 있었다. 수현은 금세 기분이 좋아졌다.

'그래, 특집극이 어디냐. 나의 뭘 보고 같이하자고 했는지는 모르겠지만, 갈고닦아 온 실력을 110% 발휘할 거야. 반드시 류민의 명성에 금칠하는 감독이 될 테다!'

수현은 지갑에서 500원짜리 동전을 꺼내 저금통 안에 넣었다. 짤랑, 하는 소리가 경쾌하게 울렸다. 그 소리는 마치 최면술사의 레드 썬 신호 같았다. 수현은 그대로 눈을 감고 긴 잠에 빠져들었다.

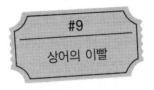

#9

상어의 이빨

수현이 민의 별장에서 작품 준비를 한 지도 어느덧 일주일이
되었다. 별장은 작업하기에는 더없이 조용하고 쾌적했다.

아침에 일어나 맨손체조를 하고, 정원에 나가 구관조와 원숭
이, 새들과 물고기들을 감상하다 보면 어느새 한 시간이 훌쩍 지
나 있곤 했다. 민과 간단한 아침 식사를 하고, 각자의 방에 틀어
박혀 작품 구상을 한다. 도서관에서 책들을 맘껏 골라 읽고, 사
운드 빵빵한 홈시어터가 있는 영화관에서 영상 자료들을 챙겨본
다. 밥을 먹은 뒤 어떤 인물과 이야기가 4부작에 적합할지에 관
한 회의를 하다 보면 어느덧 해 질 녘이었다. 한마디로 수능을
코앞에 둔 고3 수험생의 하루 일과와 다를 바가 없었다.

"작가님, 작가님은 매번 작업하실 때마다 감독들이랑 이렇게

합숙하셨어요?"

"대부분 그랬지."

"근데 왜 다들 작가님을 베일에 싸인 존재로만 여길까요? 같이 일하는 PD한테 대본을 메일로만 준다, 대본 연습장에 안 나타난다. 신비주의다. 얼굴이 못생겼다. 기타 등등, 온갖 소문들은 대체 누가 만든 걸까요?"

"글쎄."

민은 대수롭지 않다는 듯 대답했다.

"……."

수현은 민과의 심리적 거리를 줄여보고 싶었지만 역시나 무리였다.

'조금이라도 친해져야 작품 얘기도 더 편하게 할 텐데.'

민이 일주일 전 보여줬던 그 착한 눈빛은 대체 어디로 간 건지 알 수가 없었다. 그는 수시로 왼손을 들어 손목시계를 봤고, 자기 작업실에 들어가 두문불출했으며, 무슨 생각을 하는 건지 짐작할 수 없는 얼굴로 정원 흔들그네에 앉아 시간을 보내곤 했다. 한마디로 방해받고 싶지 않은 남자의 결정판이었다.

자기 생각 속에 푹 잠겨 있던 민은 장고 끝에 작품의 방향을 제시해 왔다.

"명 감독이 그때 보여준 기획안, 아무래도 그걸로 가는 게 좋을 것 같아."

"그거 클리셰의 정석이라고 디스하셨었잖아요."

"지금 상태로는 그렇지. 하지만 가지치기를 잘한다면 4부작 정도는 괜찮지 않을까 싶어. 대장금도 찬품단자라는 단막극이 없었으면 나오기 힘든 작품이었지. 명 감독이 이번 걸 잘 연출한다면 이 다음에 미니로 만들 수도 있겠고."

수현은 한편으로는 기뻤고, 다른 한편으로는 기대가 되었다. 5년간 공들인 기획안이 류 작가의 손을 거친다면 어떤 작품으로 재탄생할까? 수현은 지난 시간이 헛되지 않았다는 사실에 안도했고, 그가 진지한 눈빛으로 수현의 기획안을 일일이 체크하는 것에 감사함을 느꼈다.

민은 작품 구상에 여념이 없었고, 그런 그를 지켜보던 수현은 작가는 참으로 특이한 종족이라는 결론을 내렸다. 류 작가는 혼자 있어도 누군가와 함께 있는 듯했고, 수현과 함께 있는 순간에도 종종 혼자인 듯 보였던 것이다. 수현은 민에게 혹여나 방해가 될까, 조심조심 움직였고 밥 먹고 난 뒤 설거지를 도맡아 하는 등 그의 불편함을 최소화하기 위해 애썼다.

그렇게 한 주, 두 주가 흐르자 수현은 좀이 쑤시기 시작했다. 외향적인 수현은 바깥 에너지를 받고 사람들을 만나야만 힘이 솟는 타입이었다.

민이 다시금 작업실 문을 잠그고 일에 열중하던 어느 날, 몰래 별장을 빠져나온 수현은 근처 망상해수욕장으로 향했다. 푸르른 바다를 마주하니 가슴이 뻥 뚫리는 듯했다. 주위에 사람도 없겠다, 수현은 마음껏 소리를 질렀다. 묵은 스트레스가 단번에 사라지는 것만 같았다. 연이어 스트레스를 뿜어낸 수현이 외박 나온 군인의 심정으로 바닷가를 거닐고 있을 때, 에이준에게 전화가 왔다.

〈누나, 설마 아직도 강원도에 있는 건 아니죠?〉

"어떻게 알았어?"

〈아, 정말 아직도 강원도예요? 땅이라도 샀어요?〉

"나도 제발 그랬으면 좋겠어."

〈우리 지금 봐요. 삼척에 예능 촬영 왔다가 방금 끝났거든요. 제가 거기로 갈게요.〉

삼십 분쯤 지났을까. 모자를 눌러쓴 에이준은 수현이 있는 곳으로 왔다. 수현은 오랜만에 말갛고 생기 넘치는 에이준을 마주했다. 에이준은 국가대표 꽃미남답게 주먹만 한 얼굴에 뽀얀 살결을 자랑했다. 수현은 타지에서 고국 사람을 만난 애국자처럼 에이준을 반갑게 맞았다. 그런 그녀에게 에이준은 수현에게 꽃미소를 날려주었다.

"매니저랑 다른 멤버들은 어쩌고 여길 왔어?"

"저도 숨 좀 쉬어야죠. 맨날 일만 할 수 있나요. 근데 누난 여기서 뭐 하세요?"

"일하다 말고 잠깐 나왔어. 같이 일하는 작가 작업실이 근처에 있거든."

"차기작 준비 중인 거예요? 저번 드라마 잘 안 돼서 누나 차기작 못할까 봐 걱정했는데."

에이준은 초롱초롱한 눈망울로 수현을 바라보았다. 수현은 그 눈빛에 잠시나마 힐링이 되는 느낌이었다.

"앞으론 다 잘되겠죠. 암튼 지난 얘기는 그만하고 우리 어디 가서 맛있는 거 먹어요."

수현은 바닷가 가게를 돌며 소주와 멍게, 광어회 등을 사가지고 왔다. 에이준은 사람들 눈이 띄지 않는 곳에 숨어 있다 수현을 반겼다.

"지금 기분이 꼭 노브레인의 [탈옥] 같네요."

"그게 뭐야?"

수현이 물었다.

"제가 지금 장기복역하다 탈옥한 기분이어서요. 헤헷."

"으이구."

둘은 인적 드문 모래사장으로 갔다. 에이준은 모자를 벗은 다음 껴입은 반팔 티도 벗었다. 그러고 나서 반팔티를 반듯하게 펼쳐 수현이 앉을 자리를 만든 뒤, 그녀를 공주 모시듯 앉혔다. 수현은 간만에 대우받는 기분을 만끽하며 에이준의 티셔츠를 깔고 앉았다. 민소매 차림의 에이준과 나란히 앉은 수현은 소주와 멍게, 광어회를 펼쳐 놓고 둘만의 작은 파티를 벌였다. 달게 느껴지는 소주를 마시며, 광어회를 먹어가며 이야기꽃을 피우는 두 사람이었다. 모래사장 너머로 넘실거리는 푸른 바다가 눈에 들어왔다. 수현은 이 순간이 참 싱그럽게 느껴졌다.

"명 누나의 차기작 대박을 위하여!"

수현과 에이준은 연이어 건배하며 소주를 마셔댔다. 쌉싸래한 소주가 목구멍을 미끄럼틀 타듯 내려갔다. 수현은 점점 달아올랐다.

"오랜만에 긴장이 풀리는 기분이야."

"작업이 힘들어요?"

"아니. 꼭 그렇다기보다는 같이 일하는 작가가 워낙 어마어마하다 보니까 가끔 내가 잘하고 있는 건가 싶어져."

"작가가 누군데요?"

"아직은, 비밀!"

"에이, 드라마판 뻔하죠. 뭐, 류민이라도 돼요?"

에이준은 광어회를 한 점 집더니 수현의 입가로 가져왔다. 수현은 반사적으로 입을 벌려 에이준이 내미는 회를 받아 먹었다.

"맛있다. 근데 누가 보면 오해하겠다. 너랑 나랑 연인이라도 되는 줄……."

"누나!"

에이준이 촉촉이 젖은 눈으로 수현을 보았다. 알딸딸하게 취한 에이준의 눈에 수현은 소녀시대 윤아보다 예뻐 보였다. 에이준은 수현에게 시선을 고정한 채, 그녀의 입술을 바라보았다.

수현은 에이준의 상기된 얼굴을 보았다.

'분위기가 뭔가 이상해.'

수현은 과음하면 안 되겠다는 생각이 들었다. 에이준은 여태껏 수현이 본 남자 중에서 가장 예쁘고 성격도 밝았지만, 이 아이와 남녀 관계로 얽히고픈 생각은 조금도 없었다. 수현에게 에이준은 일하다 만난 친한 동생 그 이상도 이하도 아니었다. 하지만 에이준에게 수현은 속마음을 드러낼 수 있는 극소수의 여자였다.

"전 누나랑 있으면 그냥 고향에 온 것처럼 마음이 푸근해져요. 24시간 긴장해서 살거든요. 혹시 말실수라도 하는 순간 우리 멤버들 생명은 끝나는 걸 수도 있으니까. 맨날 입단속, 행동단속 하면서 지내야 되는데 그게 쉽지가 않더라고요. 이거 하려고 5년간 평일엔 다섯 시간, 주말엔 열 시간씩 연습벌레로 지냈는데, 학교도 안 다니고……. 언제 내쳐질지 모른다는 생각 때문에 불안하고 그래요. 웃기죠."

에이준은 수현을 보며 씩 웃었다.

'이 앤 근심 걱정이 없어 보였는데…….'

수현은 큰누나가 아이를 어르듯, 에이준을 토닥여 주었다.

"다 지나갈 거야. 그리고 자기 인생에 100% 확신을 하고 살아가는 사람은 없어. 그냥 열심히 최선을 다하고 결과를 기다리는 거지. 실수 없이, 후회 없이 사는 인생은 없을 거야. 일어나지 않은 일을 너무 걱정하지 마."

"해탈하셨네."

에이준은 웃었다. 수현도 웃었다. 에이준은 모래사장에 누웠다. 하늘은 조금씩 어둠으로 물들고 있었고, 파도 소리만이 두 사람의 귓가에 와 닿곤 했다. 에이준은 자리에 누운 채로 앉아 있는 수현을 바라보았다.

"누나는 꿈이 뭐예요?"

"건강하고 행복하고, 잘 먹고 잘사는 거."

"너무 추상적인데요."

"사실, 드라마 PD가 되기 위해서 미친 듯이 달려오느라 별다른 생각을 할 여유가 없었어."

"저도 그래요. 그냥 다 내려놓고 무인도에나 가서 근심 걱정 없이 살고 싶어요. 하핫."

"그러다가 지겨워지면, 다시 와서 노래하고 연기하고 싶어질 걸?"

수현은 에이준에게 이만 돌아가자고 할 참이었다. 류민에게서 연락이 없긴 했지만, 몰래 놀러 나온 걸 안다면 그는 가만있지 않을 것이다. 작업에 열중하고 있을 그를 두고 너무 오래 나와 있었다는 생각이 들었다. 수현은 핸드폰을 꺼내 시간을 보았다. 수시로 왼손을 들어 시간을 확인하던 민이 떠올랐다. 그때였다. 에이준이 수현의 옷자락을 당겨 그녀를 자기 옆에 눕힌 것은.

"……!"

"누나, 움직이지 마요."

수현은 누운 채로 옆의 에이준을 보았다. 호기심 넘치는 눈망울이 수현을 보고 있었다. 에이준의 눈빛은 더없이 뜨거웠다. 해가 이미 저문 바닷가의 제법 쌀쌀한 바람 속에서 에이준은 그렇게 수현을 원하고 있었다.

"분위기에 취해서 이러지 마. 너 이러면 앞으로 나 못 봐."

"분위기에 취한 게 아니라 누나한테 취한 거예요."

수현은 에이준을 밀어냈다. 그리고는 몸을 일으켜 앉았다.

"나 가야 돼. 일해야 돼. 너도 얼른 가."

"진심이에요?"

"어어."

에이준은 수현을 보았다. 수현의 앙다문 입술이 단호해 보였다. 에이준은 드라마를 함께하는 동안 수현의 성격을 어느 정도 파악하고 있었다. 그녀는 솔직하고 호불호가 분명한 성격이었다. 여기서 무대뽀로 나갔다가는 좋지 않은 그림을 연출하고도 남을 수현이었다. 에이준은 다음 기회를 기약하며 말했다.

"……작가 작업실이 어디예요? 데려다 줄게요."

"아니, 그냥 갈게."

"데려다만 줄게요. 밤길 무섭잖아요."

수현은 요란뻑적지근한 에이준의 람보르기니를 얻어 타고, 민의 별장 근처에 도착했다. 오는 내내 에이준은 이런저런 농담으로 수현의 기분을 풀어주려 했지만 수현은 억지 반응을 보이고 싶지 않아 가만히 있었다. 수현은 민을 떠올렸다. 그는 지금 뭘 하고 있을까? 혹, 안에 들어가 그와 마주친다면 사과해야겠다고 수현은 생각했다. 옆자리의 수현을 보던 에이준은 A2—PLUS 2집 앨범을 틀어주었고, 수현은 오디오에서 흘러나오는 에이준의 노래를 들으며 핸드폰을 만지작거렸다.

"누나, 아까 분위기에 취해서 제가 말실수한 거라고 생각해 주세요. 앞으로 그냥 편하게 봐요, 네?"

민의 별장 앞에 에이준의 차가 섰다. 수현은 에이준에게 인사를 하고 차에서 내렸다. 별장 안으로 들어가려는데 에이준이 운전석 창문을 내렸다.

"누나, 오늘 일은 그냥 NG였다고 생각해 줘요. 제 전화 안 받으면 안 돼요."

"······알았어."

"누구나 실수는 한다고 누나가 그랬죠. 실수라고 생각해 줘요."

수현은 에이준을 보았다. 진지한 눈이었다. 수현은 웃었다.

"알았으니까 조심해서 가. 술은 이미 아까 깼지?"

"그럼요!"

수현은 에이준의 차가 별장 앞길을 따라 사라지는 모습을 보았다. 마음 한 켠이 짠하게 느껴졌다. 에이준은 백미러로 그런 수현을 보았다. 수현의 모습이 점점 작아졌다. 에이준은 오디오 볼륨을 높인 뒤, 빠른 속도로 별장 앞길을 빠져나갔다.

수현은 별장 문이 열려 있는 것에 의아해하며 안으로 들어갔다. 정원 등이 켜진 별장 안은 여느 때보다 더욱 운치가 있었다. 수현은 동굴 안에서 스르륵 나오는 민을 보았다. 위아래로 검은 옷을 입은 민은 어둠과 아주 잘 어울렸다.

"왜 이렇게 늦었나."

수현을 본 그가 나지막이 물었다.

"……잠깐 바닷가에 갔다 왔어요, 답답해서."

수현은 대답을 해놓고 민의 시선을 피했다. 몰래 뭔가를 훔치기라도 한 것마냥 가슴이 두근두근했다. 방금 전 에이준과의 에피소드 때문인지, 아니면 민에게 거짓말을 했다는 사실 때문인지, 그것도 아니면 이 남자에게 설렘을 느껴서인지……. 진짜 이유는 그녀 자신도 알 수 없었다.

"날씨가 좋군."

"그러게요. 좋더라고요."

두 사람은 얼마간 말이 없었다. 민은 자신의 어깨에도 안 오는 그녀를 보았다. 수현은 초조한 토끼마냥 민의 눈을 피하고 있었다. 민은 그런 수현이 진솔하게 느껴졌다. 민은 실내보다는 야외를 선호하는 PD들의 성향에 대해 잘 알고 있었다. 한자리에 오래 앉아 있는 데에 도사인 작가들과 달리, 대부분의 PD들은 정해진 공간에서의 합숙을 진저리치곤 했다. 말을 안 해서 그렇지 꽤나 답답했을 거라고 생각했다. 민은 그녀의 작은 일탈을 눈감아주기로 했다.

"들어가서 잘 건가?"

"아뇨. 씻고 잠깐 쉴 거예요."

"그럼 이야기를 좀 했으면 하는데. "

"무슨 이야기요?"

"내가 명 감독하고 할 이야기가 뭐가 있겠어. 일 얘기지."

조금 있다 민의 작업실로 가겠다고 말한 수현은 2층 자기 방에 딸린 욕실에서 몸을 씻었다. 흰 팬티와 흰 브래지어를 하고, 위아래로 노란 추리닝을 입었다. 송 비서가 서울에서 챙겨온 옷짐에 들어 있던 추리닝이었다. 수현은 얼굴에 로션을 바르고, 거울을 보았다. 젖은 머리를 드라이어로 말린 뒤 손으로 머리카락을 빗질해 정리했다.

수현은 계단을 내려갔다. 1층 계단 옆에 있는 도서관, 그 안에 딸린 작업실 문을 열고 들어가니 민이 기다리고 있었다. 작업실 테이블 위에 조니워커 블랙과 양주잔, 그리고 간단한 다과가 놓여 있었다. 민이 수현을 보았다. 그의 눈이 다시금 착해 보였다. 수현은 그런 그를 유심히 보다 민의 맞은편 자리에 앉았다.

"술이나 한잔하면서 얘기하지."

수현은 술병과 민을 번갈아 보았다. 그런 그녀의 시선에 그는 잠시 멈칫했다.

"왜, 술 못하나?"

"아뇨. 못하진 않지만, 굳이 술까지 마시면서 작품 이야기를 해야 할 이유가 뭔가요?"

민은 대답을 생략한 채 조니워커 블랙을 개봉했다. 수현은 그가 잔에 술을 따르고, 얼음을 채우는 모습을 감상했다.

"받아요."

"저는 독한 술은 잘 못 마셔요. 그냥 받기만 할게요."

수현은 잔을 받아 들었다. 민은 수현에게 건배를 청했다. 낮에는 소주, 밤에는 양주라니, 오늘은 술 마시는 날인가 보네, 하고 수현은 생각했다. 민과 건배를 한 수현은 술잔을 입에 살짝 댔다 금세 내려놓았다. 민은 술을 마시며 곁눈질로 수현을 보았다. 그는 빈 잔을 내려놓은 뒤 수현을 찬찬히 보다 입을 뗐다.

"그동안 어땠나, 나랑 작업하는 거?"

'올 것이 왔구만.'

잠시 뜸을 들이던 수현은 솔직하게 이야기하기로 했다.

"글쎄요, 작가님이 제 기획안을 받아들여 주셔서 진심으로 몸 둘 바를 모르겠더라고요. 그렇지만 뭔가 작가님이랑 저랑 따로 논다는 생각도 들었어요. 작가님은 제가 들어갈 수 없는 자기 세계가 아주 강하시고, 저는 그런 작가님이 좀 어렵게 느껴지곤 했어요. 이제 기획안 틀이 잡히면 작가님은 집필하시면 되고, 저는 장소 헌팅이랑 배우 캐스팅을 하겠죠. 착착 진행은 되는 느낌이지만, 그것과는 별개로 작가님은 저랑 아주 먼 곳에 있는 사람처럼 느껴져요. 눈앞에 계시지만요."

말을 마친 수현은 자동적으로 민의 눈치를 살폈다.

"술도 안 마시고 할 얘기는 다 하는군."

수현이 한마디 하려는 찰나, 그가 웃으며 말을 이었다.

"그동안 고생했어. 이야기 가닥이 잘 잡히지 않아서 나도 좀 모호했던 것 같아."

"……작가님도 모호할 때가 있다니 위안이 되네요."

민은 긴 손가락으로 술잔을 감싸듯 쥐고, 천천히 술을 들이켰다. 그 역시 작품 준비를 하느라 스트레스가 많이 쌓인 모양이었다. 술을 입에 털어 넣은 민은 작게 잘라놓은 메론을 하나 집어 먹었다. 그러고는 꿔다 놓은 보릿자루처럼 앉아 있는 수현에게 물었다.

"후회하나? 나랑 작업하게 된 걸?"

"아뇨. 전 후회는 잘 안 하는 타입이에요. 후회하기 시작하면 한도 끝도 없으니까요. 그리고 작가님이랑 작품 할 만큼 운 좋은 신인감독은 흔치 않잖아요. 감사하게 생각하고 있어요."

수현은 메론을 포크로 찍어 입안에 넣었다.

"근데 그 이야기하려고 저 부르신 거예요?"

"그냥 이런저런 이야기를 할까 했지. 작가와 감독이 서로 소통하지 않으면 좋은 작품이 나오기 힘드니까. 명 감독 기획안은 흥미롭긴 했지만 과욕이 묻어났어. 요샌 복합장르가 유행이지. 로맨스에 추리를, 사극에 로맨틱 코미디를 섞지. 하지만 명 감독 기획안은 복수에 추리, 로맨틱 코미디에 무협까지 다양하게도 섞어놨더군. 캐릭터도 좋고 배경 설정도 남달랐지만, 넘치는 건 모자란 것만 못하지."

수현은 귀 기울여 들었다. 천상천하 유아독존의 지존이라 여겼던 그가 진심을 담아 이런 조언을 해주다니…… 사실 류민에게 일대일로 이런 이야기를 듣는 건 정말이지 행운이 아닐 수 없었다. 수현은 민을 보았다. 두 사람의 눈이 짧지만 강렬하게 마주쳤다. 수현은 이내 시선을 돌렸다. 심장박동이 급격히 빨라졌다.

"······조언 감사해요."

"아니. 명 감독, 일이 년 지나면 점점 더 성장할 거야."

"저도 한 잔 주세요."

수현은 민이 주는 술을 받아 마셨다. 민 역시 유리잔에 얼음을 채운 뒤 꽤 많은 양의 술을 따라 마셨다. 그리고는 얼굴색 하나 변하지 않은 채로 다시금 잔을 채웠다. 그는 묘하게 이 자리가 편안했다. 그건 일의 가닥을 잡아서인지, 공간이 주는 익숙함 때문인지, 아니면 수현 때문인지 알 수 없었지만, 그런 이유 따위야 어떻든 상관없었다. 두 사람 사이에 정적이 감돌았다. 하지만 어색하거나 불편하지 않은, 오묘한 설렘이 깃든 정적이었다.

"사실 저, 작가님 드라마 보면서 질투 많이 했어요."

술 한 잔에 볼이 발개진 수현이 진심을 내비쳤다.

"많은 사람들이 날 질투하지."

"······."

"어떤 점을?"

"내 마음을 콕 짚는 것 같은 대사. 그런 대사를 쓸 수 있는 작가는 흔치 않아요. 요샌 막장 드라마가 차고 넘치잖아요. 막장 쓰면서도 창피한 줄 모르는 작가들이 널렸죠. 그런데 작가님 드라마는 그렇지 않아요. 따뜻하고, 철학적이고, 인간에 대한 고찰이 있죠. 그러면서도 인물들이 내뱉는 대사는 통쾌하고 맛이 살아 있어요. 삼십대에 그런 대사를 쓸 줄 아는 작가는 우리나라에 작가님 한 분뿐이죠."

"그냥 나한테 주어진 일을 열심히 할 뿐이야."

수현은 술을 연거푸 마셨다. 가슴 안이 싸해지는 기분이 들었다. 좀 더 취하니 마음을 내려놓게 되는 것이었다. 수현은 용기를 내어 민에게 궁금했던 질문을 했다.

"작가님, 작가님은 어쩌다가 작가가 되셨어요? 저는 작가들을 만나면 그게 궁금하더라고요."

"그냥 살다 보면 작가도 되고 감독도 되는 거지. 노력한다고 되는 것도 아니고 피한다고 안 되는 것도 아니지."

"그 대답은 너무나 모호한데요?"

"물려받은 재능을 썩히지 않았다고나 할까."

민은 입가에 미소를 띠고 수현을 보았다.

"아버님이나 어머님께서 글을 잘 쓰셨나 보네요."

"그렇다고 해두지. 명 감독은 왜 감독이 된 건가? 이 일이 그렇게도 매력적이었나?"

"그냥 어떤 드라마 한 편 때문에 이 길로 오게 됐네요."

"내 드라만가?"

수현은 입을 삐죽 내밀고 민을 보았다.

"아뇨. 아쉽게도 작가님 드라마는 아니에요."

수현은 민의 표정이 묘하게 변하는 것을 느꼈다. 실망감이 묻어나는 표정이었다. 수현은 민에게 빈 술잔을 내밀었다. 그가 잔을 채워주었고, 수현은 쓴 양주를 원샷한 뒤 치즈를 입안에 넣었다. 민은 수현을 감독의 길에 접어들게 한 드라마가 대체 뭘까,

궁금한 얼굴이었다. 수현은 부드러운 치즈를 녹여 삼킨 뒤, 덤덤하게 자신의 이야기를 했다.

"열여덟 살 땐가? 죽고 싶었던 적이 있어요. 아니, 사실은 잘살고 싶었는데 그때의 저는 아무것도 할 수 있는 게 없었어요. 야자 시간에 화장실에 숨어 있다 나와, 동네 슈퍼에 가서 소주를 한 병 샀어요. 그땐 부모님하고 같이 살 때였는데 집엔 저뿐이었죠. 집에 와서 쥐약을 찾았죠. 이거면 끝난다, 생각했죠. 근데 죽는 게 무서웠어요. 무섭고 외로워서 TV를 켰는데 때마침 베스트극장이 시작하더라고요. 결심했죠. 저 드라마 한 편만 보고 죽기로."

"그 드라마가 뭐였지?"

민은 흥미진진한 얼굴로 수현을 보았다.

"상어의 이빨."

"⋯⋯!"

"왜 그렇게 놀라세요?"

"⋯⋯아니, 나도 좋아하는 작품이라서⋯⋯."

민은 말끝을 흐렸다. 수현은 그의 표정 변화를 읽지 못하고, 말을 이었다.

"좀 우스운 제목이라고 생각했어요. 근데 정말 빨려 들어가듯이 봤어요. 남자주인공은 지나치게 보수적인 소설가 아버지를 둔 고등학생이에요. 아들과 아버지가 갈등에 갈등을 거듭하다 연을 끊고, 수년 후에 다시 만나 밥을 같이 먹어요. 하지만 아들은 식사 자리에서 깨닫죠. 아버지는 수십 권의 소설을 썼지만,

정작 아들에 대해서는 아무것도 모르고 있었다는 사실을요. 아들이 몇 살인지도, 무슨 음식을 좋아하는지도 아버지는 몰랐던 거예요. 아들은 추어탕을 숟가락으로 휘휘 젓다가 먼저 일어나서 밖으로 나와요. 그리고 식당 밖에서 담배를 한 대 피고 다시 들어가서 추어탕을 먹어요. 먹기 싫지만, 억지로 최선을 다해서요. 내용이 100% 기억은 안 나는데요, 암튼 그 드라마를 보고 나니까 문득 쥐약이니 소주니 다 우스운 짓이라는 생각이 들었어요. 다시 잘살아야지. 잘 살아남아서 저런 드라마를 만들어야지, 하는 꿈도 생겼고요."

"그 드라마 제작진이 사람을 구한 셈이군."

"그렇죠. 작가 이름도 기억하고 있어요. 유민수."

"……."

"신인작가였나 본데, 대사빨이 진짜 끝내줬거든요. 아쉽게도 첫 작품이 유작이 된 케이슨가 봐요. 뭐, 이 동네엔 그런 경우가 워낙 많잖아요. 저도 작가님이랑 작품 같이 안 했으면……."

문득 시선이 느껴진 수현은 그를 보았다. 민은 수현의 말에 완전히 동화되어 있었다. 그는 그윽한 눈으로 수현을 바라보았다. 그녀는 그 시선에 마쳐될 것 같았다. 왠지 쑥스러워져서 애꿎은 술잔만 만지작거렸다.

"명 감독이 드라마 보는 눈이 있군."

"역시, 작가님도 아시네요. 정말 좋은 드라마였어요. 베스트극장 사상 시청률도 최고였구요."

"그 작가는 어떻게 됐을까?"

"글쎄요. 첫 작품에 대한 그리움을 간직한 채로 다른 일을 하고 있지 않을까요?"

"그럴까?"

수현은 민을 보았다. 그의 깍지 낀 커다란 손이 시선에 들어왔다. 따뜻할 것 같은 손이었다. 수현은 자꾸만 눈앞의 민이 작가 아닌 남자로 느껴져 마음이 설레었다.

'술 때문인지도 몰라. 그만 마셔야지.'

수현은 손부채질을 하고는 찬물을 따라 마셨다. 난방을 켠 것도 아닌데 작업실 안은 유독 후끈했다. 더 앉아 있다가는 감정을 주체하지 못할 것 같았다.

"작가님, 저 술기운이 오른 것 같아요. 먼저 올라가서 쉴게요."

말을 마친 수현은 테이블 위를 정리해야 하나, 잠시 생각했다. 민이 혼자 술을 더 마실 것 같은 분위기여서 그냥 일어나려던 참이었다. 민이 일어서 나가려는 수현의 손목을 잡은 것은.

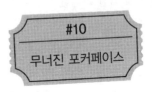

#10

무너진 포커페이스

수현은 심장이 터질 것 같았지만 애써 마음을 다독였다. 못 이기는 척 그에게 안긴다면 내일 아침 후회할지 모른다. 더구나 민은 어려운 남자다. 어쩌면 수현과는 아주 다른 세계의 사람일 수도 있다. 수현은 민의 손을 떼어냈다.

"저 좀 취한 것 같아요. 들어가서 잘래요."

수현은 민을 보지 않고 말했다.

"조금만 더 있다 가면 안 되겠나?"

수현은 그제야 민을 보았다. 그의 가무잡잡하고 윤기 있는 뺨은 오늘따라 더 도드라져 보였다. 수현은 어쩐지 마음이 애틋해지는 것이었다. 그는 평소 수현이 알던 냉정하고, 이기적이고, 포커페이스인 남자가 아니었다. 이 순간 그는 더없이 따뜻하고 상처받기 쉬운, 여린 남자였다.

"난 유민수 작가에 대해 잘 알지."

잠시 머뭇거리던 수현은 못 이기는 척 자리에 앉고 말았다. 유민수 작가에 대한 이야기를 듣고 싶어서인지, 그 이야길 핑계로 민과 함께 있고 싶어서인지는 그녀 자신도 몰랐다. 수현은 마음을 진정시키며, 민의 이야기에 귀를 기울였다.

"그 작가는 십대 후반에 그 대본을 썼지. 십대 후반에 무슨 경험이 그리 많았겠어. 자기 이야기를 소설 쓰듯 쓴 다음에 그걸 드라마 대본으로 바꿨지. 그게 운 좋게 베스트극장 공모에 당선이 된 거야. 하지만 자기가 심심풀이로 쓴 대본이 방송된다는 사실에 죄의식을 느끼게 돼. 아버지가 보면 어떻게 될까, 마음이 조마조마해서 잠을 설치기도 하고."

'설마……?'

"편집 감독의 실수로 자막에 작가 이름이 잘못 올라가지. 류민수가 아닌 유민수로. 그나마 다행이라고 생각했지만 드라마를 본 아버지는 자기 아들이 쓴 작품이란 걸 한눈에 알지. 작가는 아버지와 더한 갈등을 겪게 되고, 결국 그 드라마 한 편으로 부자 사이는 넘어선 안 되는 강을 넘게 돼."

"……!"

"꼭 그 드라마 때문이 아니었어도, 언젠가는 일어났을 일이었겠지만."

수현은 민을 바라보았다. 그는 마음을 열어 보이고 있었다.

수현은 할 말을 찾지 못한 채 그 자리에 가만히 앉아 있었다. 솔직한 마음으로 민에게 K.O.를 당한 심정이었다. 아무리 노력해도 민의 드라마 테두리 안에서 용을 쓰는 것 같은 기분이 드는 것이었다. 가장 소중하게 간직하고 있던 작품조차 민의 것이라니……! 어쩌면 이 남자와 묘한 인연으로 얽혀 있는 게 아닐까, 수현의 마음은 다시금 달아올랐다.

"……그래서 그 아들이랑 아버지는 어떻게 되나요? 그 뒤에는?"

"상상에 맡기겠어. 술을 더 마실 건가?"

"아뇨."

"들어가서 잘 건가?"

"……아뇨."

"……"

수현은 민의 눈을 보았다. 수현의 직감이 틀리지 않는다면 그는 수현을 원하고 있었다. 이성을 차리려 했지만, 그에게 안기고 싶다는 마음이 강하게 올라오는 것을 외면할 수 없었다. 하지만 그러고 난 뒤에는? 수현은 의식적으로 시선을 돌렸다.

"하나 물어볼 게 있어. 명 감독은 지르고 후회하는 쪽인가, 아니면 참는 쪽인가?"

"저야 지르고 후회하지 않는 쪽이죠. 그건 왜……."

민은 자리에서 일어나 수현에게로 건너왔다. 그에게서 조니 워커 블랙 향기가 물씬 풍겼다. 그는 이내 그녀의 옆자리에 앉았다. 수현은 이 순간을 예감하고 있었다는 듯, 그를 보았다.

"우리, 그냥 참기로 해요."

"난 지르고 후회하지 않고 싶은데."

수현은 편하게 숨을 쉴 수가 없었다. 심장이 가슴 밖으로 튀어나올 것만 같았다. 민 역시 마찬가지였다. 이 순간 그는 붉고 자그마한 수현의 입술에 온 신경이 쏠려 있었다. 이윽고 그는 그 길고 긴 손가락으로 수현의 입술을 만지작거리더니, 순식간에 그녀에게 입을 맞추었다. 민의 입술은 상상 이상으로 부드러웠다. 그리고 따끈했다. 수현은 밀어낼 생각조차 못하고 눈을 감고 말았다. 민은 수현의 입술에 입을 맞춘 채 그녀를 일으켰다. 수현은 온몸이 하나의 심장이 된 것처럼 두근거렸다. 민은 자신의 혀로 그녀의 아랫입술을 부드럽게 애무했다. 하지만 수현은 이 순간에도 여전히 그가 어려웠다. 그는 잠시 입술을 뗀 뒤 속삭이듯 말했다.

"당신은 드라마가 언제 사람의 심금을 울리는지 아나?"

"글쎄요."

"등장인물이 자기감정에 솔직할 때지."

"……."

"난 지금 내 감정에 솔직하고 싶어."

그는 아까보다 더욱 강렬히 수현을 원하고 있었다. 검은 옷의 민이 노랑 추리닝의 그녀를 덮치듯 안았다. 수현은 순식간에 소파와 민 사이에 끼어 누운 자세가 되었다.

민의 단단한 혀가 수현의 입술을 헤치고 입안으로 들어온다. 수현은 자신의 위에 포개듯 누운 남자의 가슴에 손을 댔다. 민의 심장박동이 고스란히 느껴졌다. 수현은 이성이 점점 마비되어 가는 것을 느꼈다. 그녀는 이 순간에 몸을 맡기기로 했다. 이성은 본능 앞에서 드라이아이스처럼 자취를 감추고 말았다. 수현은 자신의 혀로 그의 혀를 감질나게 톡, 건드렸다. 민은 고라니를 탐하는 검은 표범처럼 수현을 포획한 채 스킨십을 이어갔다.

'정신을 차릴 수 없게 하는구나, 이 남자.'

그의 입술이 수현의 이마로 옮겨왔다. 수현은 몸에서 힘이 빠져나가는 것 같은 기분을 느꼈다. 이마에서 코로, 다시 입술로, 그리고 턱으로…… 민은 수현의 얼굴에 도장 찍듯 키스를 했다. 그리고는 잠시 뜸을 들이며 수현의 머리를 쓰다듬어 주었다. 그녀는 마치 한 마리의 애완동물이 된 것만 같았다. 민이 쇄골 부분을 입술로 애무하자 수현은 자기도 모르게 신음 소리를 냈다. 그녀는 반쯤 눈을 뜬 채 민을 받아들이고 있었다. 민은 그런 그녀가 더없이 사랑스러웠다. 그는 촉촉이 젖은 입술로 말했다.

"업어주고 싶어, 지금."

수현은 눈을 동그랗게 뜨고 민을 보았다. 그는 약에 취한 것처럼 수현에게 취해 있었다. 민은 속도를 조금 늦추어야겠다고 생각했다. 스스로를 제어하지 못하는 것은 그가 가장 두려워하는 일이었다. 민은 상기된 채 누워 있는 수현에게 키스를 한 다음, 그녀를 업고 작업실 문을 나서 침실로 향했다.

수현을 업은 민이 그의 방문을 열었다. 민의 방 안에는 어마 어마하게 커다랗고 둥근 침대가 있었고, 검은 가죽소파와 대나무 화분이 있었다. 한쪽 벽면은 전체가 거울로 되어 있었다.

민은 수현을 거울로 된 벽에 기대게 했다. 그리고는 그녀의 노랑 추리닝 상의에 달린 지퍼를 만지작거렸다. 수현은 언제 떨어질지 모르는 자이로드롭 맨 꼭대기에 있는 기분이었다. 설레고 흥분되는 감정을 감출 수 없었다. 하지만 민은 아까 전에 비해 여유로워 보였다. 그의 손목에는 그가 늘, 수시로 보던 손목시계가 잠자코 매달려 있었다.

"당신은……."

수현은 민이 어떤 멘트를 할지 솔깃해졌다.

"꼭 초딩 같군."

와장창.

"뭐라고요?"

민은 입가에 미소를 띠었다.

"너무 작고 애 같아."

"작가님은 너무 크고 제멋대로예요."

"응, 난 내 멋대로야."

말을 마치는 동시에 민은 수현의 추리닝 상의 지퍼를 내렸다. 그녀의 노랑 추리닝 안으로 레이스 달린 흰 브래지어가 빼꼼, 고개를 내밀었다. 수현은 몸수색 앞에서 당당한 탑승객마냥 민을 올려다보았다. 그녀의 눈이 반짝였다. 민은 더 이상 스스로를 제어할 수 없었다. 그는 왼쪽 손목의 시계를 푼 뒤 옆쪽의 선반 위에 올려두었다. 그러고는 두 손으로 수현의 어깨를 잡은 뒤 뱀파이어처럼 수현의 목에 키스했다.

수현은 아찔한 느낌에 몸을 떨었다. 이윽고 그는 그 커다란 손을 수현의 추리닝 상의 안에 넣었다. 거추장스런 포장을 풀듯 그녀의 상의를 벗겨 바닥에 던졌다.

"속도 조절이 힘들군."

"조절이 꼭 필요한가요?"

어린아이 같던 수현의 얼굴이 순식간에 성숙한 여자의 그것으로 변모했다. 그녀는 그의 목덜미를 끌어안았다. 그리고는 그의 발등을 밟고 올라 그에게 키스를 했다. 민은 수현의 추리닝 바지 안으로 손을 넣었다. 그리고 이내 그것을 벗겨냈다. 뱀 허물처럼 침실 바닥에 수현의 노랑 추리닝 상·하의가 아무렇게나 널브러졌다.

위아래로 흰 속옷 차림의 수현은 민 앞에서 달뜬 얼굴로 서 있었다. 마른 몸에 봉긋한 가슴, 하얀 살결의 그녀는 민이 본 어느 여자보다 사랑스러웠다. 민의 자신의 검은 티셔츠를 벗었다. 수현은 운동으로 다져진 탄력 있는 민의 가슴과 선명한 복근을 보았다.

민은 수현의 브래지어 후크를 풀어냈다. 수현의 성숙한 두 가슴이 그대로 드러났다. 핑크색 유두가 바짝 서 있다. 민은 커다란 손끝으로 조심스레 수현의 그것을 만지작거렸다.

"세게 만지면 떨어질 것 같군."

"떨어지면 책임지세요."

"……할 말이 없군."

민이 그녀의 머리를 쓰다듬으며 말하자 수현은 새초롬하게 웃으며 민을 바라보았다. 민은 수현의 눈꺼풀에 키스를 했다. 수현은 민에게 화답하듯, 그의 목덜미에 키스를 했다. 키스 마크를 남기려는 듯 세게.

"한여름에 목폴라를 입게 생겼군."

"이제 곧 가을이 올 거예요."

민은 어쩔 줄 모르겠다는 듯 수현을 보다가 그녀의 오른쪽 귀에 입술을 댔다. 그리고 천천히 하지만 강렬하게 귀를 애무했다. 수현의 입술 사이에서 낮은 탄성이 새어 나왔다. 민은 이어서 수현의 왼쪽 귀에 길고 짙은 키스를 했다. 수현은 정신을 차릴 수가 없어져 뒤쪽의 거울을 손으로 짚었다.

민은 마치 하프를 연주하는 듯한 손놀림으로 수현을 다뤘다. 그는 시청자가 뭘 좋아하는지 잘 아는 작가이자, 여자의 포인트를 기막히게 짚어내는 남자였다. 수현은 꼭 구름 위를 걷는 것 같은 몽환적인 기분을 느꼈다.

"더 참을 수가 없군."

민은 바지를 벗었다. 그의 몸은 한껏 달아올라 있었다. 수현은 민의 터질 것 같은 삼각팬티를 보았다. 시선을 돌리는 수현.

민은 길고 힘이 넘치는 손가락으로 수현의 팬티를 벗겨냈다. 결국 그녀는 그의 앞에서 알몸이 되고 말았다. 30분 전까지만 해도 생각지 못했던 일이다.

수현은 거울에 비친 그와 자신의 알몸을 보았다. 그의 몸은 검고 탄력이 넘쳤고, 수현 자신의 몸은 작고 하얗다. 그녀는 쑥스러우면서도 묘하게 흥분이 됐다. 수현은 민을 감싸 안으며 물었다.

"절 좋아해요? 아님, 충동에 휩싸인 거예요?"

"당신을 화암동굴에서 처음 봤을 때 뭐 이런 여자가 있나 싶었지. 감독은커녕 FD로도 안 보였어."

그가 수현의 귓불을 애무했다.

"……."

"당신은 사막에 데려다 놔도 혼자 잘 살아 돌아올 여자로 보였지. 점점 관심이 갔어."

"그뿐인가요?"

"드라마 대사 같은 말을 해줘야 하나?"

"네."

"날 가지고 노는군."

이어 그가 수현의 엉덩이에 손을 댔다.

"근데 여긴 왜 벽들이 거울로 돼 있는 거예요?"

"예전에는 헬스장이었거든."

민이 수현을 침대로 데리고 갔다. 8인용은 될 법한 타원형 침대였다. 침대가 반짝반짝했다. 알고 보니 은사가 들어간 이불과 침대커버 탓이었다. 수현은 침대 위 천장을 보았다. 그곳 역시 거울로 되어 있었다. 수현은 민 아래 누운 자기 모습이 거울에 비치는 것을 보았다.

수현은 앞구르기를 대여섯 번쯤 할 수 있을 법한 침대 사이즈에 감탄하며 민을 보았다. 그는 드라마 회의를 할 때보다 더욱 반짝이는 눈으로 수현을 보았다. 그러더니 혀로 수현의 왼쪽 젖가슴을 부드럽게 핥기 시작했다.

수현이 낮게 탄성을 내질렀다. 민은 애무 강도는 더욱 높아졌고 수현은 그에게 가슴을 물린 채 정신없이 누워 있었다.

"좋은가?"

"으응."

"얼마만큼?"

"당신 드라마 시청률만큼요."

"30%?"

"그렇다고 해두죠."

"이제부터 1%씩 올리는 걸로 하지."

민이 수현의 턱을 만졌다. 길고 굵은 손가락으로. 그러더니 이내 수현의 허벅지 안쪽을 애무하기 시작했다. 수현은 아래쪽이 축축해지는 것을 느꼈다.

"성격만큼 몸도 솔직하군."

민은 장난기 어린 눈으로 수현을 보았다. 수현은 이제 그에게 자신을 온전히 내맡긴 상태였다. 이내 그가 수현의 몸 안으로 들어왔다. 딱딱한 그의 것은 한껏 부풀어 있었다.

"아파요."

"그럼 어떻게 할까?"

"제가 어떻게 하자고 하면, 그대로 할 거예요?"

"겁나는데."

수현은 도발적인 시선으로 민을 보았다. 민은 사랑스런 눈으로 수현을 보고 있었다. 민은 수현의 몸 안으로 들어온 채 움직이지 않고 그대로 있었다. 수현은 천장 거울에 비친 자신과 그를 보았다. 그의 등 근육은 몸으로 어필하는 남자 연예인들의 그것처럼 탄력이 넘쳤다. 수현은 민의 어깨를 잡았다.

"아까 대답 안 했어요."

"대체 뭘?"

"날 좋아해요? 아님 충동에 휩싸인 거예요?"

"당신은?"

소년 같은 눈으로, 민이 물었다.

"글쎄요. 이따 대답 해줄게요."

"난 아껴뒀다 얘기해 주는 걸로 하지."

민은 수현의 유두를 깨물더니 서서히 몸을 움직이기 시작했다. 수현은 눈을 감았다. 그는 부드럽게 움직이다 점점 격렬해졌다. 수현은 민의 목을 끌어당겼다. 수현과 민은 한 몸이 된 채로 열렬히 서로에게 집중했다. 그의 살결은 따뜻한 실크처럼 황홀

했다. 수현은 심장박동이 거세지는 것을 느꼈다. 민이 수현의 가슴 정중앙에 손을 댔다. 그녀의 심장박동이 손끝을 통해 전해져 왔다.

수현은 민의 커다란 손을 잡았다. 민은 수현의 양쪽 다리를 위쪽으로 치켜들고 그녀 안으로 좀 더 깊이 들어왔다.

"기분이 어때?"

그가 물었다.

"전 작가가 아니라서 표현력이 부족해요."

"그냥 느껴지는 대로."

"좋아요, 많이."

민은 수현의 얼굴을 내려다보았다. 홍조를 띤 그녀의 얼굴은 무르익은 여자의 것처럼 성숙했다.

"지금은 몇 퍼센트야?"

"글쎄요, 40% 정도?"

"그걸로는 부족한데."

민은 수현의 등허리를 받쳐, 그녀가 몸을 일으키도록 했다. 수현은 순식간에 민의 위에 올라탄 자세가 되었다. 19금 영화에서나 보던 생경한 자세였다.

"이제 당신이 원하는 대로 해봐."

"……어떻게요?"

"마음 가고 몸 가는 대로."

수현은 베개를 등에 댄 채 자신을 보고 있는 민을 마주했다.

어쩐지 쑥스러워지는 그녀였다. 이 순간에는 민이 대단한 작가라는 사실도, 그와 일을 하기 위해 이곳에 왔다는 사실도 모두 아무것도 아닌 것처럼 느껴졌다. 그는 그저 남자였다.

수현은 서툴지만 조심스럽게 허리를 움직였다. 몸 안에서 미끌미끌한 액이 나오는 것 같았다. 점점 뜨거워지는 느낌이었다. 민은 그녀의 허리를 잡고 그녀가 부드럽게 움직일 수 있도록 도와주었다. 수현은 점점 그와 가까워짐을 느꼈다. 민은 눈을 감았다. 그의 위에 앉은 채로 그의 목덜미에 키스를 했다. 방 한쪽을 차지한 거울에 민 위에 올라탄 수현의 모습이 야릇하게 비춰졌다.

그녀는 이 순간을 즐기기로 했다. 자신 아래 있는 남자의 어깨를 잡고 부지런히 허리를 움직였다. 민의 미간에 주름이 생겼다. 일그러진 그의 얼굴을 수현은 찬찬히 보았다. 그는 소년 같기도 하고, 세상 구석구석을 맛본, 인생 다 산 어른 같기도 했다. 수현은 그에 대해 더 알고 싶다는 생각을 문득 했다.

"지금 무슨 생각 해요?"

"부드럽고 따뜻하다는 생각. 당신은 어때?"

"좋아요."

"이게 좋은 건가, 아님 나랑 해서 좋은 건가?"

"비밀이에요."

두 사람은 서로를 마주 보며 웃었다. 이윽고 민은 수현을 침대에서 내려오게 했다. 수현은 침대에 팔을 짚은 채 섰다. 민은 수현의 뒤쪽으로 왔다.

"다리를 조금 굽혀봐."

그가 시키는 대로 자세를 잡자 민은 예고도 없이, 그녀 안으로 돌진하듯 들어왔다. 그의 것은 아까보다 더욱 크고 단단해져 있었다. 수현은 눈물이 찔끔 흘렸다. 이윽고 민은 수현을 뒤에서 감싸 안은 채 몸을 몹시 빠르게 움직였다. 수현은 절정을 느꼈다. 민 역시 마찬가지였다.

첫 관계를 마친 두 사람은 침대 위에서 시체놀이를 하듯 뻗어 있었다. 수현은 민의 팔베개를 하고 누웠다. 민은 더없이 사랑스러운 눈으로 수현을 보았다. 그는 하얀 찹쌀떡 같은 수현의 엉덩이에 손을 댔다.

"조금만 기다려. 욕조에 물을 받고 올게."

수현은 민의 침대에 엎드린 채로 눈을 감고 있었다. 온몸에서 힘이 빠져나간 듯 기운이 없었지만, 머리끝에서 발끝까지 제대로 사랑받은 느낌이었다. 수현은 민도 자신과 같은 기분을 느끼기를 바랐다.

침실로 돌아온 민은 수현을 안고 욕실로 향했다. 커다란 월풀 욕조 안에는 장미 꽃잎이 띄워져 있었다. 뜨거운 물에서 모락모락 김이 솟았다. 민은 수현을 안은 채 함께 욕조 안으로 들어갔다. 수현은 온몸이 녹는 것만 같았다. 장미 꽃잎 여러 개가 수현의 쇄골 언저리에 들러붙었다.

"이건 대체 언제 띄웠어요?"

"화병에 있던 걸 슬쩍 했지."

민이 수현의 몸에 붙은 장미 꽃잎을 떼어내며 말했다.

"꼭 천국에 온 것 같아요. 서울로 돌아가면 다시 현실이겠지만."

수현은 나른한 표정으로 말했다.

"아예 여기서 눌러 사는 건 어때."

민이 짓궂게 말했다.

"서울 가서 드라마도 찍고, 삼촌 빚도 갚아야죠. 아, 모르겠다. 지금은 이런 거 저런 거 아무것도 생각하고 싶지 않아요."

말을 마친 수현은 기다렸다는 듯 잠수했다. 그리고는 30초쯤 숨을 참다 밖으로 고개를 내밀었다. 민은 웃으며 그녀를 보았다. 눈이 마주치자 두 사람은 약속이라도 한 듯 함께 잠수했다. 수현은 그 안에서 눈을 떴다. 민은 두 손으로 수현의 볼을 감싸 안았다. 그리고는 인어 같은 그녀에게 입맞춤을 했다. 수현은 숨을 참은 채 그의 입술을 받아들였다. 물속에서의 키스는 보드랍기 그지없었다. 그러기를 1분가량, 두 사람은 여전히 입을 맞춘 채 물 밖으로 나왔다.

"오늘 밤은 숙면하겠어요."

민은 수현을 뒤에서 안아주었다. 수현은 그의 품에 안긴 채 눈을 감았다. 그녀는 물이 천천히 식었으면, 하고 바랐다.

샤워를 하고 머리를 말린 두 사람은 정원으로 나왔다. 까만 밤하늘에는 노랗고 하얀 별들이 반짝이고 있었고, 겨울이가 묵묵히 꼬리를 흔들고 있었다. 수현은 민과 연못가에 있는 흔들그네에 앉았다.

"내일은 서울로 가야겠어요. 제작사에 들러야 해서요."

"당분간 더 여기 있지. 오늘 같은 휴식도 취할 겸."

민은 수현의 손을 꼭 잡았다.

"안 돼요. 우리 일은 속도가 생명이잖아요. 빨리 쓰시고 빨리 찍고, 그다음에 쉬어요!"

"쉴 때 당신은 주로 뭘 하지?"

"사실 특별히 하는 건 없어요. 그냥 친구 만나서 맛있는 걸 먹고, 경치 좋은 데 가서 여행도 하고, 집에서 영화도 보고요. 작가님은요?"

"난 놀아본 기억이 거의 없어."

"그럼 맨날 일만 했어요?"

"응. 미니 끝나면 특집극. 특집극 끝나면 주말 특별기획. 그리고 다시 미니. 이런 패턴이었지, 늘. 같이 일하는 감독들이랑 술만 진탕 마시고."

"에이, 재미없어라."

"응. 근데 난 이제 좀 재밌게 살고 싶어."

"재밌게 어떻게요?"

"몰라. 당신이 좀 도와줘."

"그래요. 제가 도움이 될진 모르겠지만."

민은 수현을 자기 쪽으로 끌어당겼다.

"당신은 보고만 있어도 재밌어."

"제가 왜요?"

"예의 차리는 일 따윈 없고, 솔직하고 투명하니까. 당신을 보고 있는 난 재밌지."

"절 장난감 취급하는군요!"

수현이 가볍게 눈을 흘겼다. 민은 수현의 머리카락을 쓰다듬었다.

"……시간이 멈췄으면 좋겠군."

수현은 민의 어깨에 머리를 기댔다. 민이 입술에 살며시 입을 맞추자 수현은 빙그레 미소를 지었다.

오늘 밤, 민은 글을 쓸 때보다 더한 희열에 사로잡혔다. 어쩌면 처음 만나는 자유일지도 모른다. 오랜 수감 생활 후 첫 휴가를 맛보는 기분이랄까. 그는 수현을 지켜주고 싶다고 생각했다. 그리고 그녀의 옆에서 행복하고 싶다고도 생각했다. 수현은 이런 민의 마음을 아는지 모르는지 그의 옆에 꼭 붙어 있었다. 그렇게 두 사람의 시간은 멈춘 듯 흐르고 있었다.

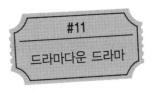

#11
드라마다운 드라마

서울에 온 수현은 강원도에서 집필 중인 민과 카톡으로 연락을 주고받았다. 처음 카톡 세계를 접한 민은 짬이 날 때마다 이모티콘이 붙은 메시지를 보내거나 스티커를 전송하곤 했다.

〈대본은 거의 다 썼어. 서울 가서 당신이랑 데이트를 해야겠군. (빨간 하트눈 복숭아)〉

편의점 안의 수현은 미소를 지으며 답을 한 뒤 삼각김밥 코너를 둘러보았다. 참치김치와 참치마요를 집어 들고 우유 코너로 가는데, 왠지 불길한 느낌이 들었다. 고개를 돌려 보니 편의점 알바생이 수현에게 시선을 고정하고 있었다. 수현은 왜 저러나 싶었지만 별 상관하지 않고 바나나우유를 집어 든 뒤 카운터로 향했다. 계산을 마친 알바생은 수현을 다시금 보더니 대뜸 말했다.

"그분 맞죠. 에이준이랑 강원도 밀월여행의 주인공."

"네에?"

수현은 이게 무슨 대낮에 봉창 두드리는 소린가 싶었다. 에이준? 밀월여행? 오지랖 넓게 생긴 알바생은 혼잣말하듯 중얼거렸다.

"에이준, 군대도 면제받은 자식이 연애는 잘하고 다니네."

수현은 어안이 벙벙했다. 이 사람은 날 어떻게 알고 이래, 대체?

"저기요, 무슨 얘길 하시는 거예요?"

"지금 인터넷 검색어에 떴어요. 명수현 PD, 맞죠?"

"……!?"

수현은 계산대에 삼각김밥과 바나나우유를 내려놓고 핸드폰을 꺼내 들었다. 인터넷에 접속해 보니 알바생의 말마따나 에이준의 밀월여행 운운하는 기사가 포털 실시간 검색어를 점령하고 있었다. 명수현, 에이준, 명 모 PD, 에이준 명수현, 망상해수욕장 세러데이……. 검색 순위에 떠 있는 자신의 이름을 본 수현은 머리가 아찔했다. 몰래카메라의 주인공이라도 된 심정이었다.

"아니, 이게 대체 뭐예요?"

얼굴이 구겨진 수현이 알바생에게 물었다.

"저한테 물어보시면 안 되죠."

수현은 잠시 그 자리에 뿌리를 내린 듯 부동 자세로 서 있었다. 머릿속이 새하얘지며 어떤 행동을 어떻게 해야 할지 가늠할 수가 없었다. 수현은 알바생의 부담스런 시선을 느끼고는, 서둘러 편의점을 나서려던 참이었다. 그때였다. 교복 입은 여중생들 한 무리가 와르르 편의점 안으로 들어온 것은.

수현은 그녀들이 자신을 알아보기라도 할까, 한 손으로 얼굴을 가린 채 문 쪽으로 움직였다.

"저기요, 삼각김밥이랑 우유 가져가셔야죠!"

알바생이 수현의 뒤통수에 대고 외쳤지만, 수현은 그저 부지런히 발걸음을 옮길 뿐이었다.

동네 놀이터로 피신을 온 수현은 미끄럼틀 뒤쪽에 있는 벤치에 앉았다. 인터넷은 수현과 에이준의 이야기로 들끓고 있었다. 불과 10분 전까지만 해도 이런 불미스런 일이 인생에 생길 거라곤 상상조차 하지 못했는데……. 수현은 자신과 에이준의 데이트 사진들이 담긴 기사를 죄다 찾아봤다. 그녀의 얼굴은 모자이크 처리되어 있었지만, 발 빠른 네티즌들은 수현의 블로그에서 사진을 찾아내 널리 퍼뜨리고 있었다.

'뭔가 조치를 취해야 해!'

몇 분간 혼이 빠져나간 사람처럼 앉아 있던 그녀는 핸드폰을 꺼내 들고 기자들의 연락처를 찾기 시작했다.

수현은 파파라치로 유명한 3류 언론사 '세러데이' 성 모 기자에게 전화를 걸었다.

"저기요, 저는 명수현이라고 하는데요."

〈네.〉

"제 동의도 없이 이런 기사를 올리시면 안 되죠. 이건 명백한 사생활 침해에 초상권 침해 아닌가요? 얼른 기사 내려주세요."

〈저희는 명수현 씨 본명을 기사에 기재한 적이 없고요, 따라서 사생활 침해는 성립이 되질 않습니다. 그리고 사진 확인하셨을 테지만, 명수현 씨 얼굴은 다 모자이크가 돼 있어요. 이번 기사의 포인트는 '공인' 에이준의 사생활이거든요.〉

"이보세요, 지금 그걸 변명이라고 해요? '에이준의 전작을 연출했던 명 모 PD는' 이라고 기사에 써놨잖아요. 이게 본명 기재한 거랑 뭐가 다른가요? 그리고 제 얼굴 가렸으면 뭐 해요? 네티즌들이 제 사진 찾아다 여기저기 퍼뜨리고 있는데. 자꾸 책임 회피하실 거예요? 아무리 먹고살기가 힘들어도 이딴 식으로……."

〈뚜뚜뚜…….〉

수현은 가슴이 턱 막혔다. 다시 전화를 걸어봤지만 금세 안내음으로 넘어갔다. 난감해진 수현은 포털사이트 게시판 담당자와 통화를 시도했다.

"저기요, 저는 명수현이라고 하는데요. 당신네 사이트 연예팡팡 게시판에 제 사진이 올라와 있거든요. 게시물 122246번이요."

〈잠시만 기다리세요.〉

"……."

〈네, 확인되셨습니다.〉

"그 사진 얼른 좀 지워주세요. 제가 본인이거든요."

〈네, 게시판 담당자와 통화 연결해 드리겠습니다.〉

"그쪽이 담당자 아니신가요?"

〈삭제 담당하시는 분이 따로 계셔서요.〉

"……그럼 빨리 연결해 주세요."

〈통화량이 많아 연결이 지연되고 있습니다. 다음에 다시 걸어 주시기 바랍니다.〉

수현은 뒤로 넘어갈 지경이었다. 대체 왜 이런 일이 일어났는지 알 수 없었다.

분명, 그날 바닷가에는 에이준과 수현밖에 없었다. 누군가 몰래 사진을 찍어 신문사에 제보를 했던 걸까? 수현은 행동을 조심하지 않은 자신에게 화가 났다. 하지만 그날 에이준과 보낸 시간은 정말이지 별 의미가 없었다. 감정이 담긴 스킨십도 없었고, 기사에 나온 것처럼 설렘 가득한 데이트도 아니었다. 인터넷상에서 모든 건 너무나도 과장되어 있었다. 수현은 억울하기 그지없었다.

저쪽에서 동네 아줌마들이 수다를 떨며 이리로 오는 게 보였다. 수현은 벤치에서 일어나 사람들의 눈에 띄지 않는 곳으로 자리를 옮겼다.

'버스는 어떻게 타고, 또 지하철은 어떻게 타지?'

한숨이 절로 나왔다. 수현은 고개를 푹 숙이고는 근처 약국으로 들어가 얼굴이 다 가려질 만큼 커다란 마스크를 한 장 샀다. 그리고는 잽싸게 마스크를 쓴 뒤 약국을 빠져나왔다. 수현은 후들거리는 두 다리를 진정시키며 집을 향해 걸었다. 그때, 누군가 뒤에서 수현의 어깨를 잡았다.

수현은 뒤를 돌아보았다. 피부가 희고 눈의 초점이 흐린 남자가 미소를 짓고 있었다.

"지금 말할 순 없지만 곤란한 상황에 처해 계시죠?"

"어떻게……."

"도를 믿으십시오. 믿는 순간 님에게는 행복한 미래가 펼쳐지게 되어 있습니다."

"아저씨!!"

수현은 자신을 붙잡는 남자의 손길을 뿌리친 뒤, 젖 먹던 힘을 다해 뛰기 시작했다. 수많은 생각들이 실타래처럼 뒤엉켰고, 혈압이 치솟았으며, 순식간에 3년은 늙었다는 생각이 들 정도로 온몸이 퍼석거렸다.

집 앞에 도착한 수현은 차마 들어가지 못하고 서 있었다. 혹시나 해서 에이준에게 전화를 했지만 전화기가 꺼져 있었다. 수현은 에이준의 매니저에게 전화를 걸었다.

"안녕하세요. 저 명수현이에요."

〈감독님, 저희가 해명 보도자료 준비하고 있습니다.〉

"이걸 대체 어디 가서 하소연해야 돼요? 혹시, 제보자에 대해서 알고 계세요?"

〈저희도 모릅니다. 요샌 언론사가 백 군데가 넘으니 어디서 어떻게 이런 걸 알아냈는지 통 찾을 수가 없어서…… 이 자식, 그렇게 주의를 시켰건만.〉

"……."

〈아무튼, 전화 들어오네요, 감독님. 다시 연락드리겠습니다.〉

통화를 끝낸 수현은 대문을 열고 집 안으로 들어가며 마스크를 벗었다. 태호와 영서가 우중충한 얼굴로 수현을 맞았다.

"너 어디 갔다 이제 오냐. 인터넷 봤어, 못 봤어?"

"……봤어요."

"너는 작가 만나러 간다는 애가 어떻게 저런 사진을 찍혀서 이 사단을 만들어?"

"여보, 수현이라고 맘이 편하겠어요."

"아니, 쟤가 아주 날이면 날마다 사고를 치고 다니잖아? 너, 지금 나이가 몇인데 네 조카뻘 애랑 그러고 다녀, 그러고 다니길. 너 전국에 얼굴 다 팔려서 어디 시집이라도 가겠냐? 왜 어물전 꼴뚜기처럼 앉을 자리 설 자리 구분 못하고 나대고 다니냐고!!"

태호가 침을 튀기며 말했다. 지친 수현은 대꾸할 여력조차 없었다.

"굿이라도 해야겠다, 아주 굿이라도 해야겠어!!"

수현은 태호의 잔소리를 뒤로하고 방문을 닫았다. 몸과 마음이 순식간에 너덜너덜해진 것만 같았다. 핸드폰을 꺼내 든 수현은 민의 연락처를 찾았다. 그에게 연락을 해서 이 상황을 해명해야 할까? 아니면 그냥 가만있는 게 맞는 걸까? 생각해 보니 저사진을 찍힌 날 그와 잠자리를 했다. 어설프게 해명했다가는 하룻밤에 두 남자를 만난 불순한 여자라고 생각할지 모른다. 입장을 바꾸어 민이 다른 여자와 저런 사진에 찍혀 전국구 입방아에오른다면……. 으, 생각도 하기 싫다. 수현은 저도 모르게 인상을 찌푸리며 핸드폰 종료버튼을 눌렀다.

수현은 인터넷에 들어가 검색어 1위를 차지하고 있는 자신의이름 석 자를 보았다. 드라마 PD가 작품 아닌 사생활로 유명세를 타는 건 정말이지 치욕적인 일이었다. 때마침 에이준에게 전화가 왔다. 에이준도 분명 곤욕스러운 상황일 것이다. 수현은 잠시 숨을 고른 뒤 전화를 받았다. 그렇지만 에이준은 이런 일쯤은아무것도 아니라는 듯, 명랑한 목소리였다.

〈소속사에서 해명 기사를 낼 거니까 너무 걱정 마세요. 좋게생각하면 좋은 쪽으로 풀리겠죠.〉

"넌 이런 일이 익숙할지 모르겠지만 난 아니거든. 뭔가 벌떼에 쫓기는 기분이랄까, 모르는 사람들한테 멍석말이 당하는 기분이랄까. 아무튼 그래."

〈그날 주변에 아무도 없었는데. 사생팬이 따라붙었었나. 아무튼 걱정하지 마요, 누나. 회사에다 말해놨어요. 블로그랑 카페에

돌고 있는 누나 사진들, 죄다 없애도록 조치 좀 취해달라고.〉

"으응."

〈누나, 지금 어디 있어요?〉

"내 방 침대 위."

〈누나가 길음동 살죠?〉

"으응."

〈저 길음동까지 10분이면 가는데요.〉

수현은 에이준의 말에 움찔했다.

"야, 너 지금 왔다가 또 사진이라도 찍히면 해명 보도자료니 뭐니 아무 소용 없는 거야. 절대 오면 안 돼. 당분간 나 만나면 안 된다고!"

〈가고 싶은데요.〉

"세상에는 하고 싶어도 하면 안 되는 일이 있고 안 되는 때가 있는 거야. 그리구 나 만나는 사람 생겼어. 우린 단둘이 보면 안 돼, 이제!"

수현은 선을 그었다. 수화기 너머에서는 잠시 아무런 말도 없었다. 기진맥진한 그녀는 에이준의 심리 상태에 신경을 쓸 상황이 아니었다. 그녀는 민이 몹시 그리워졌다. 전화를 끊은 뒤 잠시 생각에 잠기려는 찰나, 다시금 전화가 걸려왔다. 수현은 조금 짜증이 났다.

"이준아."

〈이준이가 누구지?〉

수현은 번호를 확인했다. 민이었다.

"아, 아니에요."

〈혹시, 당신 전작에 나왔던 에이준을 말하는 건가.〉

"……네."

〈요새도 연락하나 보지?〉

"가끔요."

민은 아무것도 모르는 눈치였다. 작품에 집중하느라 인터넷을 확인하지 않은 게 분명했다. 수현은 구구절절 설명하고 싶지 않았다. 그 대신 애써 밝은 목소리로 그를 대했다.

〈지금 서울에 갈 거야.〉

"지금요?"

수현은 거울을 보았다. 3년은 늙어버린 것 같은 얼굴이 초췌하기 그지없었다. 그녀는 화장대에 놓여 있는 파우치 지퍼를 열며 통화를 계속했다.

〈탈고한 기념으로 당신이랑 데이트나 하려고.〉

수현은 핸드폰을 어깨로 받쳐 귀에 댄 뒤 통화를 이어갔다.

"그렇게 금방 탈고가 가능한가요?"

〈그분이 오셔서 금방 끝낼 수 있었지.〉

수현은 립밤을 손가락에 찍어 입술에 발랐다. 한숨이 절로 나왔다.

〈아직 젊은 여자가 한숨은 왜 그렇게 쉬지?〉

"아뇨. 아니에요. 서울 도착하면 전화 주세요."

민을 곧 볼 수 있다는 생각에 설레긴 했지만, 그가 이 사태를 알게 될까 두려운 마음이 더 컸다. 잠시 생각하던 그녀는 아까 약국에서 산 마스크를 챙겨 주머니에 넣었다. 마음을 단단히 먹고, 화장대로 가서 가벼운 단장을 한 뒤 거실로 나갔다.

"삼촌, 어물전 꼴뚜기 나갔다 올게요."

"지금 나갔다가 알아보는 사람이라도 있으면 어쩌려구 그래?"

"저 아무렇지도 않아요. 에이준이랑 아무 일도 없었고, 아무 일도 없을 거니까 너무 걱정하지 마세요. 저녁 먹고 올 거니까 숙모랑 식사하시구요."

"수현아……."

태호는 그새 향수를 뿌렸는지 꽃향기를 풍기는 수현을 보았다. 좁은 어깨를 있는 힘껏 펴고 평소처럼 씩씩하게 집을 나서는 모습이었다.

홍대 레스토랑 '더 가브리엘'은 드라마 촬영 장소로 써도 괜찮을 만큼 분위기가 일품인 곳이었다. 수현은 이곳 손님이 그리 많지 않다는 사실에 안도하며 부지런히 음식을 입에 집어넣었다. 민은 화이트와인 잔을 들어 가볍게 마시고는 수현을 보았다. 그의 눈빛에는 사랑과 기대감이 담겨 있었다. 반면 수현은 딴생각 중이었다. 그녀는 혹시나 민이 저 긴 손가락으로 스마트폰을 톡톡 두드려 네이버 창을 열어볼까 노심초사였다.

"무슨 일이 있었나?"

민이 다시금 수현을 보았다. 이번에는 조금 다른 눈빛이었다. 그는 흡사 수현의 표정을 판별하는 프로 감정사 같았다.

"이 집은 크림뇨끼가 진짜 맛있어요!"

수현은 크림뇨끼를 푹 떠서 입안 가득 넣었다. 민은 여전히 미심쩍은 눈으로 수현을 보았다. 눈치 백 단인 민이었다. 게다가 신호등처럼 감정 변화가 또렷이 읽히고 마는 수현이었다. 민은 떨어져 있는 며칠 사이 그녀에게 무슨 일이 있었을까 짐작해 보았지만 알 수 없었다. 민은 수현을 바라보다 연달아 물을 마셨다. 웨이터가 와서 물을 리필해 주었고, 수현은 혹여나 자신을 알아볼까 고개를 살짝 돌렸다. 민은 그런 수현의 행동을 놓치지 않았다.

"당신, 오늘 당신답지 않군."

"여기서 제가 '저다운 게 어떤 건데요?' 라고 물으면 뻔한 드라마가 되겠죠?"

말꼬리를 돌린 수현은 사이다를 빨대로 빨아 마셨다. 민은 별말이 없었다.

"근데 왜 하필 홍대예요? 늘 별장 아니면 집이었잖아요. 사람들의 시선받는 거 질색이라면서요."

"그냥, 당신이랑 오면 괜찮지 않을까 싶어서. 이런 덴 자주

오나?"

"이십대 내내 홍대 거리를 휩쓸고 다녔었죠."

이윽고 입구 쪽이 와자지껄해지더니 얼굴에서 광이 나는 중년 아줌마들이 들어왔다. 그녀들은 자리에 앉자마자 부지런히 수다를 떨기 시작했다.

"에이준 뉴스 봤어? 아주 애가 스캔들 메이커야, 스캔들 메이커."

"자기, 연예계 뉴스에 아주 빠삭해?"

"우리 애가 에이준 왕 팬이거든. 이번 일로 팬카페 회원 수가 어마어마하게 줄어들었다는데?"

다급해진 수현은 식사를 급히 마친 뒤 민을 이끌고 더 가브리엘을 나섰다. 밖으로 나온 수현은 각종 예능 프로그램에서 공황장애 사실을 고백하는 연예인들의 심정을 십분 이해할 수 있었다. 홍대 거리를 지나다니는 많은 이들이 모두 수현을 알고 있는 것만 같았다. 수백 개의 눈알들이 자신을 머리끝에서 발끝까지 훑는 듯한 착각이 드는 것이다. 수현은 주춤하며 서 있었다. 민은 그런 그녀를 보며 걱정스런 얼굴로 물었다.

"어디가 안 좋은가?"

"……아니에요."

수현은 민 옆에 바짝 붙어, 다소 움츠러든 모습으로 걷기 시작했다. 민은 경계심 강한 강아지 같은 수현을 보았다. 그녀는 그의 팔짱을 꼈다. 다시금 고개를 들고 보니, 다행히도 수많은 사람들은 수현에게 관심조차 없는 듯했다. 연인들은 연인들끼리, 친구들은 친구들끼리 뭐가 그리 즐거운지 함박웃음을 지으며 지나갔다. 줄지어 선 옷가게마다 켜져 있는 조명이 홍대 밤거리를 밝혔다.

민은 발 디딜 틈 없는 홍대 거리에 한 번, 오늘따라 유독 기운이 없는 수현의 모습에 한 번 마음이 불편했지만 티를 내진 않았다.

민과 수현은 상상마당을 지나 한적한 길에 접어들어 한강까지 걸었다. 두 사람은 한강 둔치 일각에 자리를 잡고 앉았다. 고요한 한강 물결을 바라보다 보니, 몇 시간 전의 소동이 잠잠해지는 느낌이었다. 수현은 다시금 가슴이 설레는 것을 느꼈다. 민이 수현 쪽으로 고개를 돌렸다. 수현은 그의 볼에 살짝 키스를 했다. 그냥 그러고 싶어진 것이다.

"이제 좀 진정이 되나?"

민이 물었다.

"네. 오늘 그냥 컨디션이 좀……."

"조용한 데 오니까 나도 마음이 편해지는군."

민이 나직이 말했다. 그는 수현에게 무슨 일이 있었을지 궁금했지만, 더는 묻지 않기로 했다. 한결 차분해진 수현은 심호흡을 했다. 선선한 공기가 수현의 마음을 씻어주는 것만 같았다. 민은 그런 수현을 보며 미소를 지었다.

"당신이 이십대 때 홍대 거리를 쏘다니는 동안 난 작업실이랑 집에서 해 넘어가는 줄 모르고 자판만 두드려 댔지."

그가 대뜸 말했다.

"아쉬워요? 아니면 사라진 청춘이 아까워요?"

수현이 물었다.

"난 지금도 청춘이라고."

"푸핫."

"비웃는 건가?"

수현이 도리질을 했다. 그녀는 고개를 돌려 민을 보았다. 그의 긴 속눈썹이 제일 먼저 눈에 들어왔다. 수현의 심장박동이 빨라졌다. 그에게는 여자의 마음을 자극하는 정서가 깃들어 있었다.

"질문. 이십대 내내 일만 했다면서 어떻게 그렇게 달달한 로맨스를 쓸 수 있었어요?"

"로맨스 부분만 따로 쓰는 작가가 한 명 있었어."

민이 마지못해 대답했다.

"작가님은 보조작가 안 쓰기로 유명한 작가시잖아요!"

"근데 로맨스물은 어쩔 수 없어. 망하면 안 되잖아."

민은 뾰로통한 표정이 되었다.

"이제 속이 시원한가."

수현이 고개를 끄덕였다.

"사실 솔직히 말하면, 전 아직도 작가님이 신기해요. 이것저것 궁금하고, 물어보고 싶은 것들도 많고요. 영감은 어디서 오는

지, 언제부터 글을 쓰기 시작했는지, 어린 나이에 어떤 노력을 얼마나 해서 그렇게 성공하신 건지, 대본 1부 쓰는 데는 얼마나 걸리는지, 기타 등등……."

다시금 평소 모습으로 돌아와 조잘대는 그녀를 보며 그는 미소를 지었다. 마포대교의 불빛을 머금은 한강은 잔잔히 물결치고 있었다. 수현과 민의 뒤편으로 강아지와 함께 산책을 나온 대가족이 떠들썩하게 지나갔다. 뒤이어 외국인 커플이 각자의 자전거를 타며 지나갔다. 주위가 조용해지자 민이 입을 열었다.

"하나씩 질문해. 인터뷰라고 생각하고 대답해 주지."

"네. 그럼 지금부터 사상 최초, 류민 작가님 단독 인터뷰를 진행해 보죠. 첫 번째 질문! 류민 작가님은 사람들이랑 벽을 쌓고 성안에서 혼자 산다는 소문이 있던데, 그게 진짠가요?"

수현은 살짝 오버해서 멘트를 날린 뒤 주먹 쥔 오른손을 민의 입가에 갖다 댔다.

"사실입니다. 근데 이젠 울타리 밖으로 나오려고요."

"왜죠?"

"연애도 하고 좀 사람답게 살아야겠다 싶어섭니다."

민이 뻣뻣하게 대답했다. 수현은 웃었다.

"사람답게 산다는 건 어떤 거죠?"

"나만 보는 게 아니라, 앞에 있는 사람도 찬찬히 보고 사는, 그런 거죠."

민이 답했다.

"작가님은 쓰는 족족 대박 나는 작가로 유명하신데요, 작품 구상은 어떻게 하시죠?"

"이건 일급 비밀인데요…… 사실 구상은 따로 안 합니다. 그냥 팝콘 튀듯, 툭툭, 튀어나오는 얘기를 부풀려서 쓰는 거죠. 전 타고난 작가거든요."

민은 빛나는 한강 물결보다 더 빛나는 눈빛으로 수현을 바라보다가 그녀에게 짧은 입맞춤을 했다. 수현이 미소를 지었다. 이윽고 그는 수현의 이마에 키스한 뒤, 그녀의 코를 지나 입술로 내려와 진하게 입을 맞추었다. 민의 쫄깃한 입술이 수현의 입에 한참을 머물러 있었다. 수현은 눈을 감은 채 그의 입술을 받아들였다.

민의 혀가 수현의 맞붙은 입술을 뚫고 들어온다. 수현의 고개가 저도 모르는 사이 뒤로 젖혀지고 만다. 민은 입술을 떼지 않은 채, 오른손을 그녀의 티셔츠 안으로 집어넣는다. 선선한 밤바람이 수현의 살에 닿는다. 민은 수현의 가슴을 애무하며 그녀에게 키스를 계속한다. 녹아버릴 것 같은 입맞춤이었다. 수현은 이대로 시간이 멈추었으면 좋겠다고 생각했지만, 좋은 날씨 덕에 산책 나온 사람들이 많았다. 저쪽에서 누군가 오는 소리가 들리자 두 사람은 아쉽게 떨어져야만 했다.

"남은 숙제는 이따 집에 가서 하지."

민은 수현의 옷을 바로 해주고는 그녀의 손을 잡고 일어났다. 둘은 천천히 한강변을 걸었다. 누군가가 빌려서 탄 뒤 반납하지 않은 자전거가 농구 골대 옆에 비스듬히 서 있었다. 민은 자전거 쪽으로 갔다. 민의 눈빛은 장난감을 보는 어린아이의 그것처럼 반짝였다.

민은 자전거에 수현을 태우고, 천천히 페달을 밟았다. 수현은 민의 허리를 꽉 잡았다. 시원한 바람이 수현의 뺨을 스쳐 가곤 했다. 오늘 하루가 참 길었다는 생각이 절로 들었다.

'좀 잠잠해지면 사실대로 이야기해야지.'

수현은 민의 넓은 어깨와 등을 보았다. 그의 뒷모습은 어쩐지 생소하게 느껴졌지만, 그럼에도 믿음직한 구석이 있었다. 현재와 가까운 미래를 온전히 맡겨도 좋을 뒷모습이라고, 수현은 생각했다. 그녀는 그의 허리를 좀 더 꼭 안았다.

"작가님."

"응?"

"등장인물들이 자기감정에 솔직할 때, 드라마가 드라마다워진다고 하셨죠?"

"어어."

"상어의 이빨, 앞 이야기랑 뒷이야기가 궁금해요. 그건 미니시리즈로 만들어도 손색없을 이야기죠."

"그건 참아줘. 뒷얘기는 말해줄 테니 명 감독 혼자만 알고 있길."

수현은 민의 등 뒤에 귀를 갖다 댔다. 민은 잠시 아무 말도 하지 않았다. 그러다 찬찬히 입을 열었다.

"방 안에 자기를 가두고 글만 쓰던 소설가 아버지는 각종 문학상을 휩쓰는 대작가가 되지. 하지만 아버지는 돈에 대한 개념이 없어. 생활에 대한 개념도. 가족이 함께하는 시간이, 대화라는 게 얼마나 소중한지 알지 못하지. 아들은 그런 아버지를 증오하지만, 아이러니하게도 글만 썼다 하면 각종 문학 공모전과 글짓기 대회를 휩쓰는 거야. 아들 역시 글을 안 쓰면 살 수 없는 이상한 족속이었거든."

잔잔한 바람에 민의 말들이 실려 왔다. 수현은 가만히 귀를 기울였다.

"글을 쓰다 병이 난 아버지가 입원을 하고, 어머니와 아들은 간호를 하지. 그런데 아들은 병원에서 문화적인 충격을 경험해."

민은 부드럽게 자전거를 운전하며, 말을 이었다.

"어느 날 저녁, 아버지의 병문안을 갔던 아들은 8인실 안에 아버지만 누워 있는 걸 보고 의아해하지. 그러다 병원 휴게실에서 최면이라도 걸린 듯, 일제히 일일드라마를 보는 환자들을 발견해. 그 사람들은 몸이 아픈 와중에도 드라마를 보면서 시름을 잊었던 거야."

수현은 환자복을 입은 채 TV를 보기 바쁜 한 무리의 환자들을 떠올려 보았다.

"아버지는 소설 쓰다 병이 깊어졌지만, 병실에서조차 외로울 수밖에 없었지. 아들은 그 순간, 돈도 안 되고 가족들을 괴롭히는 소설 따위는 쓰지 않겠다고 결심했지. 그러고 나서 1년 후에 상어의 이빨을 쓴 거였어."

"야설은 소설이 아닌가요?"

수현이 콕 짚어 말했다. 민은 피식 웃고 말았다. 그의 등을 통해 그의 감정이 오롯이 전해져 왔다. 오른쪽 대각선 하늘에는 초승달이 떠 있었고, 그 옆쪽으로는 흩뿌려 놓은 듯한 작은 별들이 빛나고 있었다. 수현은 민과 함께 있다는 사실에 묘한 안도감을 느꼈다.

"더 이야기해 줘?"

"충분해요. 근데 가끔, 지난날이 떠오를 때면 슬프지 않은가요?"

"슬프지 않으려고 노력하지. 자기 스토리에 갇혀 있으면 발전이 없잖아. 지금의 나는 그때의 나랑 다르지. 옛날의 나를 물고 늘어져 봤자 지금의 나만 고생스러울 뿐이야."

민은 방향을 바꿔 처음 자전거가 서 있던 곳으로 돌아왔다. 자전거에서 내린 두 사람은 손깍지를 끼고 걸었다. 민은 수현의 얼굴을 살폈다. 그녀의 얼굴에는 약간의 피곤과 충분한 행복감이 묻어 있었다. 그는 그녀의 손을 더욱 세게 잡았다. 그렇게 얼마간 산책을 했고, 민은 송 비서에게 전화를 했다. 이윽고 민의 벤츠 CLS63 AMG가 와서 섰다. 그가 뒷문을 열어 수현을 태우려던 참이었다.

민의 차 뒷좌석에는, 늦저녁 미용실에라도 다녀온 듯 풀 세팅

된 차림의 가을이 타고 있었다. 그녀의 긴 머리는 정성 들여 고데기라도 한 듯 풍성했고, 메이크업을 한 얼굴에서는 윤기가 흘렀다. 가을과 눈이 마주친 수현은 유령이라도 본 듯 놀라고 말았다. 민 역시 꿈에서도 생각지 못한 조우에 당황한 듯했다. 그는 초대하지 않은 손님을 맞이한 듯 가을을 보았다. 오로지 가을만이 달처럼 환한 얼굴이었다.

차에서 내린 가을은 민과 수현을 번갈아 보았다. 가을의 고급스런 옷차림이 더욱 도드라져 보였다. 헐렁하게 입은 감독 스타일의 수현과 달리, 가을은 샤넬 스타일이었다.

샤넬 스타일의 여자는 강남에 흔하다. 하지만 그중 자기 능력으로 샤넬을 사 입은 여자는 얼마나 될까? 가을은 흔치 않은 여자 중 한 명일 것이다. 수현은 문득 헛생각을 하고 있는 자신이 우습게 느껴졌다.

차에서 내린 송 비서가 민에게로 왔다. 그는 매우 멋쩍은 얼굴이었다.

"오늘 꼭 할 얘기가 있다고 해서……."

"……."

민의 얼굴에는 불쾌감이 역력했다.

"명 감독님, 오랜만이에요."

수현은 가을과 동갑이었지만 왠지 자신이 한참 어린애인 것처럼 느껴졌다. 가을은 민을 힐끔 보더니, 수현에게 살포시 미소를 지어 보였다. 우아하고 품격이 있었지만 다소 의식적인 데가 있었다.

"좀 괜찮으세요?"

"네?"

"아, 아니에요."

가을 역시 눈치가 빠른 편이었다. 민은 수현과 가을을 번갈아 보았다. 가을은 분명 불청객이었지만, 세 사람 중 가장 표정이 밝고 맑았다.

"일 이야기하려고 왔어요."

"송 비서를 통해서 하지 그랬나."

"직접 얘기해야 할 일이라서요."

수현은 한 폭의 그림 같은 민과 가을을 보았다. 그런데 문득 묘하게 불쾌한 기분이 들었다. 뒤를 돌아보니 송 비서가 이쪽을 보며 서 있었다. 순간, 그의 시선은 평상시의 그것과 상당히 다르게 느껴졌다.

'이게 대체 무슨 그림이람.'

수현은 남자의 과거에 대해 신경을 쓰는 편이 아니었다. 수현 역시 연애의 아픔과 슬픔, 단맛과 쓴맛을 고루 맛보았다. 그 결과 지금의 수현이 있고, 민을 만날 수 있었다. 하지만 마음이 가는 남자의 옛 연인을 보는 기분은 그리 상큼하지 않았다. 아니, 상큼하다면 이상한 거겠지. 수현은 민이 말했던 로맨스 담당 보조 작가가 가을이라는 사실을 직감적으로 알 수 있었다. 수현은 시끄러운 하루를 조용히 마무리해야겠다고 생각했다.

"두 분 이야기 나누세요. 전 먼저 집에 갈게요."

민과 가을이 동시에 수현을 보았다.

"피곤해요. 가서 좀 쉬어야겠어요. 들어가서 연락할게요."

민이 수현을 잡았다. 가을은 수현을 잡은 민의 손을 보았다. 수현은 가을의 눈동자가 미세하게 흔들리는 것을 느낄 수 있었다.

"데려다 줄게."

민이 수현에게 말했다. 그의 말에, 수현은 가볍게 고개를 저었다. 수현은 민에 대한 인간적인 신뢰가 있었기 때문에 그와 가을을 두고 가는 게 그리 불안하지만은 않았다.

"명 감독님, 조만간 또 뵐게요."

"네?"

수현은 여유로운 가을의 얼굴에 의아했다. 나랑 조만간 만날 일이 뭘까? 정녕, 민에 대한 미련이 남아 여기까지 찾아온 걸까? 아니면 말 그대로 일 이야기를 하려고 온 걸까? 잡생각이 실타래처럼 얽히려는 찰나, 지나가던 어린아이가 수현을 보며 외쳤다.

"어! 저 언니, 오늘 네이버 검색 1위한 언니다!"

"지안아, 사람한테 삿대질하는 거 아니에요."

"맞는데, 저 사람?"

머리를 양 갈래로 묶은 꼬마와, 아이의 부모가 시선에서 사라지자 수현은 눈살을 찌푸렸다. 가을이 픕, 웃음을 터뜨렸다.

"검색어 1위라니, 대체 무슨 말이지?"

"그냥 그런 일이 있었어요."

"명 감독님, 그냥 솔직하게 이야기해요. 숨겨봤자 어차피 알게 될 일이잖아요."

가을이 재미있다는 듯 수현을 보았다. 수현은 민을 똑바로 볼 면목이 없었다. 민은 주머니에서 자신의 스마트폰을 꺼내 인터넷에 접속했다. 아직도 상위권에 떠 있는 수현의 이름을 클릭해 기사를 확인한 민은 잠시 동안 아무런 말이 없었다.

"일단 장소를 옮기지."

송 비서가 운전하는 민의 차에 네 사람이 탔다. 조수석에 앉은 가을은 차창 밖 풍경을 감상하고 있었다. 뒷좌석의 민은 화석이라도 된 듯 굳어 있었다. 그 옆의 수현은 손이 매서운 누군가에게 오른쪽, 왼쪽 뺨을 번갈아가며 맞은 것 같은 기분이었다. 이윽고 민의 집 앞에 차가 멈춰 섰고, 네 사람은 차에서 내렸다. 민은 송 비서에게 가을을 데려다 주라고 이야기했다.

"지금 이야기하고 싶어요. 핵심만 말할게요."

가을은 덜 구워진 오징어다리처럼 끈질긴 여자였다. 민은 그녀를 한 번 보고는 왼손을 들어 시간을 확인했다.

"[연애의 조건], 후속작을 만들자는 제의가 들어왔어요."

"난 안 한다고 이야기했어."

"전 하고 싶어요. 그 캐릭터들 그대로요."

"분명히 말하지만, 난 후속작을 할 생각이 없어."

"싸우자고 온 거 아니에요. 당신은 하나도 변한 게 없네요?"

"먼저 들어가 있지."

민이 수현에게 말했다. 수현은 가을의 눈빛에서 민에 대한 마음이 남아 있음을 직감했다. 송 비서가 민의 집 대문을 열었고, 수현은 송 비서와 함께 안으로 들어갔다.

민은 대문이 닫히는 것을 확인한 뒤 가을에게 말했다.

"그 작품의 저작권은 나한테 있어."

"그렇게 나올 줄 알았어요. 저작권은 당신한테 있을지 몰라도 나, 그 작품 쓰는 동안 8kg이나 빠질 정도로 애썼다는 거 알잖아요? 당신은 그 작품 끝나고 나한테 뭐라 그랬었죠?"

"다 지난 일이야."

"……저 감독이랑 연애하나 본데, 명수현 감독이 당신의 그런 면을 알고도 사랑해 줄까요?"

"……!"

"이기적이고, 자기밖에 모르고, 통제욕이 있고, 등장인물 부리듯 여자친구를 부리는 사람이죠. 지금은 그런 점이 매력적으로 보일지 몰라도, 오래 같이 있다 보면 숨죽은 오이지가 되는 기분이라구요. 당신의 그런 점을 감싸 안아줄 사람은 나밖에 없을 거예요. 당신, 보조작가 안 쓰는 것도 당신 선택 아니잖아요. 저 말고는 아무도 당신 작업 스타일을 버티지 못했을 뿐인 거잖아요."

"멋대로 추측하지 마."

"난 소송 별로 좋아하지 않아요. 시간 들고, 돈 들고, 에너지 들고, 구설에 오르기 딱 좋고. 글 쓰고 여행 다니며 에너지 충전하고, 그 힘으로 또 다음 작품 구상하기에도 바쁘니까요."

"법대로 하든 말든 그건 당신 선택이야. 다시 말하지만, 난 그 작품 후속작을 할 생각이 없고, 당신이 하는 것도 원치 않아."

"언제나 그렇게 칼로 무 자르듯 하는군요. 당신은 잘나가는 작가일지는 몰라도, 인간에 대한 이해는 눈곱만큼도 없어요."

"당신이 나에 대해 뭘 그렇게 잘 알지?"

"평생 단 한 사람이라도 제대로 알 수 있을까요?"

"드라마 대사는 대본에 써야지."

가을은 문득 슬퍼졌다. 이 와중에도 민의 심경을 살피는 자신이 바보처럼 느껴지기도 했다. 오늘 송 비서에게 연락을 하기전, 미용실에 들러 한 시간이나 메이크업을 받은 가을이었다. 새로 산 샤넬 정장과 최정인 슈즈까지 깔 맞춤으로 매치했는데……. 민과 사귀는 동안에도 가을은 그에게 흐트러진 모습을 보인 적이 손에 꼽을 정도였다.

이 순간 가로등 불빛에 비친 가을의 얼굴은 천사 같았지만, 민은 집에 들어가 있을 수현을 생각하고 있었다.

"들어가 봐야 돼. 난 내 의사를 확실히 전했어. 앞으로는 찾아오지 않았으면 좋겠어."

"이 바닥 좁잖아요. A급 작가가 20명 정도밖에 더 돼요? 당신얘기는 어딜 가든 술자리 마지막 안주처럼 나오죠. 당신이 계속 방송하는 한, 난 당신 얘길 계속 들을 거고, 그럼 생각이 날 거예요."

가을은 차분하게 자기 할 말을 이어갔다.

"시간이라는 거 의식하지 않을 때에는 없는 것처럼 느껴지죠. 특히 글을 쓰는 우리는 시간을 시계로, 달력으로 계산하는 게 아니라 작품 수로 계산하게 되죠. 시간이라는 거, 무의미해요. 나한테는요."

"사람들은 제각기 다른 현실에서 살아. 난 당신이랑 같은 현실에 살았지만, 이젠 아니야."

"난 당신을 버텨낼 사람이 나밖에 없다고 믿어요. 팔 좀 줘봐요, 아직도 있나 확인해 보고 싶어요."

민은 가을의 손길을 뿌리쳤다. 가을은 언제나 민보다 한 수 위였다. 차분하기 그지없었고, 보기와 달리 강했으며, 타의 추종을 불허하는 끈기가 있었다. 그렇지만 가을은 민의 그림자를 더욱 돋보이게 하는 여자였다. 민은 가을과 있을 때마다 날카로운 모서리끼리 부딪히는 심정이 되곤 했다. 민은 끊었던 담배 생각이 났다. 가을은 차분히 민을 보았다. 민은 자신을 꿰뚫어 보는 듯한 가을의 시선이 불편했다. 두 사람은 말없이 한참을 그러고 서 있었다.

"당신이 진짜 작가라면 좀 더 솔직해지길 바랄 뿐이에요."

"내가 어디가 솔직하지 않다는 거지?"

"당신은 감옥 안에 스스로를 가두고 있어요. 사람은 사람을 만나면서 살아야 돼요. 사람은 사회적 동물이라고요. 당신 드라마 등장인물들은 인간미가 넘치지만, 그건 당신의 판타지에 다름 아닐 뿐이죠. 사람들은 당신을 대단하다고 말하지만 난 당신이 측은해 보여요. 안쓰러워 보여요. 당신을 너무 잘 아니까요."

"동정은 필요 없어."

"대화가 되질 않는군요. 갈게요. 가서 여행 짐 싸야 돼요."

민은 자기 눈을 똑바로 보는 가을의 시선을 애써 외면했다. 가을을 그대로 두고 돌아선 민은 집으로 곧장 들어가지 못했다.

그는 편의점으로 가서 말보로 레드를 한 갑 샀다. 담배를 입에 문 뒤 라이터가 없다는 사실을 깨달은 민은, 다시금 편의점 안으로 들어가 라이터를 사가지고 나왔다.

달은 구름 속으로 사라졌고, 민은 생각에 잠긴 채 그 자리에 서 있다 집 안으로 들어갔다.

수현은 무릎을 끌어안은 채, 민의 집 거실 소파에 홀로 앉아 있었다. 송 비서는 어쩐 일인지 민의 서재에 들어가 나올 생각을 하지 않았다. 그가 그러거나 말거나, 수현의 신경은 온통 밖에 있는 민과 가을에게로 쏠려 있었다.

'분명 미련이 듬뿍 남았으니까 찾아온 걸 거야.'

수현은 가로등 불빛 아래 서 있던 민과 가을을 떠올렸다. 가슴 한가운데가 답답해졌다. 수현은 한숨을 폭, 내쉰 뒤 소파 등받이에 머리를 대고 천장을 바라봤다. 별다른 장식이 없는 천장이었다. 수현은 고개를 젖히고 하늘을 보는 아기 새처럼, 한참을 그러고 앉아 있었다.

잠시 후 문이 열리고 민이 들어왔다. 담배 냄새를 없애고 들어온 민은 소파에 덩그러니 앉아 있는 수현을 보았다. 민이 수현을 보는 눈빛은 한 시간 전과는 사뭇 다른 것이었다. 수현은 민에게 에이준과의 일을 어떻게 설명해야 할지 생각해 보았다.

'변명할 필요 없어. 아무 일도 없었는걸.'

민은 수현을 지나 서재로 들어갔다. 이윽고 서재에서 나온 민과 송 비서는 잠시 이야기를 나눴고, 송 비서는 민에게 꾸벅 인사한 뒤 밖으로 나갔다.

"한가을 작가님은요? 갔어요?"

"송 비서가 지금 데려다 줄 거야."

"……"

두 사람 사이에는 왠지 모를 꺼림칙한 공기가 흘렀다. 차라리 아무 말이라도 했으면 좋겠건만, 민은 일언반구도 하지 않았다. 그의 과묵한 성격은 결정적인 순간 사람 속을 타게 만들었다. 수현은 그가 자신의 감정을 솔직히 말해주길 바랐다. 가을과 무슨 이야기를 나누었는지도 얘기해 줬으면 했다. 하지만 그의 입에서 나온 말은, 수현의 기대와는 정반대의 것이었다.

"송 비서가 돌아오면 집에 데려다 줄게."

"네?!"

"피곤해. 쉬고 싶군."

"그럼 아까 간다고 할 때 보내주시지 그랬어요!"

수현은 목소리를 높이면서도 민의 표정을 살폈다. 그는 편치 않아 보였다. 민은 남은 담배 냄새를 없애려는 듯, 접이식 유리창을 열었다. 수현은 유리창에 비친 그의 모습을 보았다. 이 상황에서도 그를 보니 가슴이 설레는 수현이었다. 감정은 상황과 상관없이 제멋대로 올라오곤 했다. 수현은 집에 가고 싶지 않았다. 민에게 상황 설명을 해 오해를 풀고, 다시금 그와 마주 보며 웃고 싶었다. 수현은 민 역시 같은 마음이기를 바랐다.

"그냥 내일 아침이면 지나갈 인터넷 기사예요. 민감하게 반응하실 거 없어요."

"그날인가."

그가 드디어 입을 열었다.

"네?"

"그 녀석을 만난 날 말이야, 강원도에서."

"……."

"왜 대답을 못하지?"

민의 목소리가 높아졌다. 그는 말하고 싶지 않았던 게 아니라, 자신의 감정을 꾹 눌러놨을 뿐이었다. 그는 괴로워 보였다. 수현은 어떻게든 해명하고 싶었다.

"사진이 이상하게 찍혔어요. 바닷가에서 잠깐 만난 것뿐인데,

에이준 파파라치가 따라붙었나 봐요. 요샌 인터넷 매체 수가 하도 많아서, 다들 경쟁 구도로 기사를 쓰다 보니까 순식간에 눈덩이처럼 불어난 것뿐이지 아무것도 아니에요. 정말 아무것도."

수현은 빠른 속도로 말했다. 하지만 민의 관심은 온통 수현이 에이준과 단둘이 만났었단 사실에 쏠려 있었다.

"그날이군. 소주를 마셨다고 했던 날."

"……맞아요."

"왜 거짓말을 한 거지?"

"계획적인 건 아니었어요. 일 생각을 하다가 답답해져서 바다에 갔었고, 거기서 그 애한테 전화가 왔어요. 근처에 있다고 온다는데 거절할 수가 없었어요."

"당신은 아직 어린애군. 이게 단순히 일회성으로 끝날 일 같아? 당신 커리어가 쌓일수록 사람들 입방아에 두고두고 오르내릴 일이야. 당신은 오늘 나랑 데이트를 할 게 아니라, 기자들한테 적극적으로 해명했어야 해. 강 건너 불구경하나? 나한테만 숨긴다고 될 일이었어?"

화가 난 민은 소파 주변을 서성이기 시작했다.

"이미 벌어진 일인데 어떡해요, 그럼. 제가 저번에도 말했듯이, 방송판은 소문 없이 굴러가지 않아요. 배우도 유명 작가도 아니고 일개 PD인 제 일이에요. 내일이면 자취 감출 일이니까 걱정 안 하셔도 된다고요!"

수현은 진심이었다. 어떻게든 지나가겠지, 생각했던 것이다.

하지만 민은 달랐다.

"당신은 상처받지 않았다고 생각하겠지. 채 하루도 지나지 않았으니까. 하지만 뭐가 상처인지는 나중에 알게 돼. 당신 분명히 상처받을 거야, 아플 거야."

민은 수현을 보았다. 수현은 아무런 말도 할 수 없었다.

"저는 아무렇지도 않아요. 그날 그 애랑은 정말 아무 일도 없었어요. 그리고 인터넷에 올라온 제 사진은 에이준 소속사에서 지워준다고 했어요."

"마냥 기다리기만 할 건가?"

"그래 봐야죠."

"그럼 이렇게 하지. 내 변호사를 소개시켜 줄 테니 내일 아침에 만나보도록 해."

그는 통보하듯 말한 뒤 소파에 앉았다. 그리고는 소파 테이블 위에 놓인 생수병을 열어 벌컥벌컥 들이켰다. 수현은 그의 옆모습을 보았다. 잠시 진정이 된 것 같아 아까보단 마음이 나아졌다. 하지만 여전히 짚고 넘어가야 할 게 있었다.

"……뭐 하나 물어봐도 돼요?"

"으응."

"한가을 씨가 아까 뭐라 그랬어요?"

민은 대답이 없었다. 다 마신 생수병 뚜껑을 닫고는 제자리에 두는 민이었다. 수현은 그와 가을이 나눈 대화에 대해 남김없이 알고 싶었다. 뜨뜻미지근하게 덮고 싶지 않았다.

"신경이 쓰이나?"

그가 수현을 보았다.

"제 기사만큼이나 신경이 쓰여요. 이 시간에 찾아온 건……
뭔가 중요한 일이었나 봐요?"

"같이 썼던 드라마 후속작을 만들자는 제의가 들어왔나 봐.
난 안 한다고 했고. 그게 다야."

민은 수현의 눈을 보며 말했다. 수현은 다소 부드러워진 민의
시선을 느낄 수 있었다.

"한가을 작가는 하고 싶은가 봐요?"

"그 드라마의 저작권은 나한테 있어. 인물부터 설정, 집필까
지 내가 다 했고, 한 작가는 로맨스 부분만 담당했을 뿐이야."

"[연애의 조건] 얘기하시는 거면, 한 작가님도 이름이 올라갔
던 걸로 기억하는데요. 작가님이 안 하실 거면 한 작가님이 하셔
도 그다지 상관없을 것 같은데……."

수현은 정말이지 민이 일적인 측면에서는 너무나 냉정하다고
생각했다.

"이건 내 일이랑 관련된 문제야."

그는 입을 다물었고, 수현은 더 이상 묻지 않았다. 그렇게 얼
마간 둘은 각자의 자리에 앉아 있었다. 수현은 민을 보았다. 민
은 속을 알 수 없는 조각상처럼 가만히 앉아 있었다. 그에게서
담배 냄새가 났다. 수현은 코를 킁킁거렸다. 민이 수현을 보았
다.

"말보로 레드?"

"……어떻게 알았지?"

"그냥 때려 맞혔어요."

민과 수현은 눈싸움이라도 하듯, 서로의 얼굴을 보았다. 그러다 수현은 저도 모르게 피식 웃고 말았다. 둘의 표정은 서서히 변화했고, 수현은 장난기 어린 표정을 지어 보였다. 민은 못 말리겠다는 듯 보다가 수현 쪽으로 왔다. 그리고 그녀의 바로 옆에 앉은 뒤, 이어 그녀를 자신에게 기대게 했다. 그의 팔에 머리를 댄 수현은 오늘 하루의 스트레스도, 걱정도, 가을에 대한 질투도 모두 접어두기로 했다. 민의 품은 더없이 따뜻했다. 수현은 눈을 감은 채 이 순간의 느낌을 만끽했다.

"5분만 이렇게 있다가 씻고 와서 푹 쉬세요. 피곤해 보여요."

"으응."

민은 수현을 더욱 꼭 안아주었다. 아직까지 머릿속이 여러모로 복잡한 그였지만, 더 이상 그녀를 불편하게 하고 싶지는 않았다. 화가 진정되고 나니 그녀 입장에서 생각하게 되는 민이었다.

샤워를 마친 민은 젖은 머리를 털어 말린 뒤, 수현의 무릎에 머리를 기대고 누웠다.

"조금 후에 실컷 키스해 주지."

민이 눈을 감은 채, 장난기 어린 말투로 이야기했다.

"많이 피곤하죠?"

"사실 그렇긴 해."

"그럼 그냥 자요."

"자장가 불러줘."

"……."

"안 불러줄 거야?"

잘 자라, 우리 아가, 앞뜰과 뒷동산에
새들도 아가 양도 다들 자는데,
달님은 영창으로
은구슬 금구슬을 보내는 이 한밤.
잘 자라, 우리 아가, 잘 자거라.

가사를 기억하고 있는 것이 신기한 수현이었다. 수현은 민의
길고 긴 속눈썹을 보았다. 그는 어느새 잠이 들어 있었다.

대본 집필을 마친 뒤 강원도에서 서울까지 한달음에 달려온
민이었다. 수현과 데이트를 하고, 자전거를 태워주고, 가을까지
상대했던 터라 피곤하지 않을 수 없었을 것이다. 수현은 민의 뺨
에 살며시 키스를 했다. 그의 뺨은 부드러웠고 향긋했다. 수현은
잠든 그를 한참 동안 바라보다가 무릎을 살며시 뺐다. 그리고 인
기척을 내지 않고 민의 방으로 가서 이불과 베개를 가지고 왔다.
수현은 민에게 베개를 베어주고 이불을 덮어주었다. 그는 아이
처럼 새근거리며 잘 잤다.

'이럴 때 보면 작가가 아니라 살짝 나이 든 고등학생 같아.'

수현은 살며시 미소를 지은 뒤 민의 맞은편 소파에 비스듬히 누웠다. 잠시 후, 자기도 모르는 사이 잠이 든 수현이었다. 수현 역시 너무나 긴 하루를 보냈던 탓이다.

꿈속에서 수현은 세러데이 성 기자와 싸워 기사를 내렸고, 자신의 사진이 올라온 사이트 담당자에게 전화해 게시글을 삭제하도록 했다. 네이버 검색어는 순식간에 내려갔고, 에이준의 소속사는 수현과 에이준이 아무 사이도 아니라는 보도자료를 냈다. 만족스러워진 수현은 입가에 미소를 띤 채 더욱 깊은 잠 속으로 빠져들어 갔다.

햇살이 눈부신 아침이었다. 수현은 게슴츠레 눈을 떴다. 자신의 코앞에 와 있는 민의 얼굴에 화들짝 놀란 수현이었다.

"……!"

"이제 정신이 좀 드나?"

민이 미소를 보였다.

"일어나자마자 내 변호사하고 통화를 했어. 자세한 건 이따 얘기하지."

수현은 여전히 졸린 상태였다.

"잠이 안 깨요."

"잠을 깨게 해줄게."

민은 수현의 티셔츠 안으로 손을 넣고, 자연스레 브래지어 호크를 풀었다.

"……난 일어난 지 5분밖에 안 됐다고요!"

민은 장난꾸러기 남자아이처럼 수현을 보았다. 수현은 못 말린다는 듯 민을 보았다. 민은 수현의 티셔츠를 위로 올린 뒤 하얗고 맨질맨질한 수현의 가슴을 정성스레 애무하기 시작했다. 수현은 쑥스러워졌다. 아침부터 이런 짓을 해보기는 처음이었다. 그녀는 티셔츠를 다시 내리려고 했지만, 민은 어제 밤 못한 숙제를 하려는 듯 막무가내였다. 그는 수현의 코앞으로 와서 키스를 했다. 한 번, 두 번…….

"이젠 잠이 깼지?"

'이 닦고 와서 계속하고 싶은데…….'

수현은 세수도 안 한 자신의 얼굴을 민이 뚫어져라 보는 것이 창피했다. 그녀는 민을 살짝 밀어냈다.

"잠시만, 씻고 올게요."

"기다리기 싫은데?"

"안 돼욧! 우린 아직 연애 초기예요. 10년을 함께 산 부부가 아니라고요!"

수현은 강하게 얘기한 뒤, 머쓱해하는 민을 뒤로하고 욕실로 향했다. 몸 구석구석을 깨끗이 닦고 이도 닦은 수현은 머리를 말린 뒤 커다란 타월로 몸을 감고 민에게로 왔다.

"이제 다시 시작하셔도 돼요."

민은 못 말린다는 듯 수현을 보았다. 민은 수현의 타월 끄트 머리를 조심스럽게 잡더니 그녀의 눈을 보았다.

"늘 느끼는 거지만 당신은 참 작군. 이걸로 몸이 다 감기다니."

"어릴 때 잘 안 먹어서 그래요."

"우유라도 실컷 마시지 그랬나."

"그러게요. 지금이라도 좀 마실까요?"

수현이 민을 보고 웃었다. 민은 타월을 잡은 손을 놓고 일어나 수현 뒤로 왔다. 그는 수현을 세게 안았다.

"난 조금 두렵기도 해. 당신이 점점 좋아지니까."

"원래 뭔가를 좋아하면 두려움이 따르는 법이에요."

"그건 그렇지. 하지만 당신하고의 관계는 더 두렵게 느껴져."

"왜죠?"

"우린 둘 다 일에 대한 욕심도 많고 의지도 강하지. 관계는 한쪽이 조금이라도 희생하지 않으면 계속되기 어려워. 난 그래서 이번에 희생을 배워보기로 결심했지. 태어나 처음으로."

"이제까지는 단 한 번도 참아야겠다, 희생해야겠다 이런 생각을 안 해보셨나 봐요."

"당연하지."

"천상천하 류민 독존으로 사셨군요!"

수현이 못말린다는 듯 말했다.

"근데 왜, 저한테는 희생한다는 말을 하죠? 난 당신이 나 때문에 희생하는 걸 원하지 않아요. 그냥 친구 같은 관계를 원할 뿐이라고요."

"아니, 난 당신한테 희생할 거야. 지금 시간을 봐."

민은 수현의 고개를 잡고, 시계 쪽으로 향하게 했다.

"이제 막 여덟 시가 됐지. 내 변호사와의 약속 시각은 아홉 시
야. 아홉 시 정각이 되면 그가 우리 집으로 올 거야. 우린 그전에
해야 할 일들이 많아. 아침을 준비하고 먹어야지. 준비하는 데
10분, 먹는 덴 20분쯤 걸릴 거야. 그럼 몇 분이 남지?"

"30분이죠."

"영특하군. 우린 그 안에 사랑을 나눠야 해."

민은 수현의 타월을 벗겨냈다. 살구색 브래지어를 하고, 팬티
를 입은 수현의 하얀 몸이 드러났다. 민은 수현을 가지고 싶은
욕망을 참을 수가 없었다. 그의 아랫도리는 한참 전부터 묵직해
져 있었다. 민은 한 손으로 수현의 머리카락을 잡은 뒤, 다른 한
손으로 재빠르게 그녀의 팬티를 벗겨냈다.

"······천천히 해요."

"그럴 수가 없어."

민은 입고 있던 바지와 티를 벗은 뒤, 팬티 역시 벗어버렸다.

"희생은 30분 뒤부터 하기로 하지."

"마음대로 하세요."

민은 촉촉이 젖어 있는 그녀 안으로 들어왔다. 수현은 중심을
잃고 쓰러질 뻔했다. 민이 뒤에서 수현의 허리를 끌어안았다. 수
현은 뜨겁게 달아오른 민의 몸을 오롯이 느꼈다. 민은 부지런히

몸을 움직였다. 수현은 정신을 차릴 수가 없었다. 이윽고 수현은 소파를 두 손으로 짚었다. 민은 리드미컬하게 자신의 몸을 움직였다. 여전히 소파를 짚은 자세의 수현은 민을 볼 수 없었지만, 그가 뜨겁게 달아올라 있다는 것을 알 수 있었다.

"기분이 어때?"

"아직 꿈꾸는 기분인데요?"

"꿈에서 깨게 해주지."

수현의 몸에서 나온 민은 그녀를 소파에 눕혔다. 그리고는 수현 위로 올라온 뒤, 다시금 그녀 안으로 들어왔다. 폭신한 소파 위의 두 사람은 서로를 마주 보며 포개져 있었다.

"……아직도 꿈꾸는 것 같아요."

"어떻게 희생해 줄까?"

수현은 대답 대신 민의 입술에 키스했다. 민은 수현의 가슴을 세게 깨물자 그녀는 나직이 탄성을 내뱉었다. 그렇게 그와 하나 된 채로 민의 아래에 누워 있는 수현이었다. 민이 수현을 조심스레 일으켰다. 그리고는 자신의 몸 위에 그녀가 올라앉도록 했다.

"움직여 봐."

"어떻게요?"

"위에서 아래로, 천천히."

수현은 민의 지시에 따라 몸을 움직였다. 온몸이 뜨거워지는 기분이었다. 수현은 고개를 뒤로 젖혔다. 민은 수현의 가슴을 두 손으로 애무했다.

민은 고개를 돌려 시계를 보았다. 벌써 여덟 시 반이었다. 민은 수현의 허리를 잡고, 그녀가 더욱 빨리 움직이도록 했다.

"당신은 시간 잡아먹는 귀신이군."

"여전히 여유가 있네요? 전……."

수현은 더 이상 말을 이을 수 없었다. 이윽고 민은 수현을 뒤돌아 앉게 했다. 수현은 등 뒤에서 자신을 안은 민의 손길을 만끽했다. 민의 손가락은 불에 덴 것처럼 뜨거워져 있었다.

"있죠, 아침은 안 먹어도 될 것 같아요."

"나도 같은 생각이야."

민이 수현의 등허리에 키스했다. 수현은 나직이 비명을 질렀다.

"당신은 구석구석이 성감대군. 마치 보물찾기를 하는 기분인걸."

민은 두 손으로 수현의 가슴을 세게 쥐고는 자신의 몸을 위아래로 움직였다. 수현은 민의 포로가 된 것 같은 기분을 느꼈다. 달콤하고 뜨거운 시간이었다. 이윽고 민의 손이 수현의 목덜미를 잡았다. 수현은 이내 나른해졌다.

두 사람은 몇 번이고 하나가 되었고, 시간은 빠르게 지나갔다. 아홉 시 10분 전이 되자 민은 아쉬움을 뒤로하고 수현의 밖으로 나와야 했다.

"변호사가 빨리 가기를 바라야겠군."

샤워를 마친 민과 수현이 소파로 돌아와, 뱀 껍질처럼 널브러진 옷들을 찾아 입었을 때 시계가 아홉 시 정각을 가리켰다. 그리고 동시에 초인종이 울렸다.

"역시 시간 감각이 칼이군."

민이 문을 열자 정장 차림을 한 오 변호사가 들어왔다. 민은 그와 악수를 나누었다. 차분한 차림새에 안경을 낀 오 변호사는 민과 수현에게 정중히 인사했다. 민은 직접 내린 원두커피 세 잔을 가지고 나왔고, 세 사람은 모닝커피를 마시며 이야기를 나누었다.

"말씀드린 문제를 해결했으면 하는데요, 최대한 빨리."

"포털 측은 기사를 자체 생산하지 않고 자동 송고 시스템이라 책임이 없다고 주장하는데요. 일단 포털 측과 이야기를 나누어 본 뒤 오늘 오전 내로 명수현 씨에 관한 기사와 기타 사진들을 게시 중단하도록 조치하겠습니다."

"오늘 오전 내로, 확실히 부탁합니다."

"네, 알겠습니다."

"포털을 상대로 명예훼손 소송을 낼 생각도 있는데."

"보통 손해배상 소송은 빠르면 8~10개월에서 2년까지도 걸립니다."

"작가님, 전 소송 안 해요. 그냥 제 사진들만 지워줘도 괜찮을 것 같아요. 문제를 키우고 싶지 않아요."

"명 감독이 이번 일로 받은 정신적인 타격에 대해 보상을 받아야지."

민은 단호했다.

"아뇨, 괜찮아요. 변호사님, 저는 소송 생각은 없어요. 송사에 휘말릴 여유도, 보상을 받을 마음도 없어요. 그냥 살다 보면 있을 수 있는 풍랑이라고 생각해요. 그냥 간단하게 처리 부탁드릴게요."

수현은 힘주어 말했고, 민은 그런 수현을 보았다. 세 사람은 말없이 커피를 마셨다. 어느새 시계는 아홉 시 40분을 가리키고 있었다.

수현은 오 변호사와 이야기하는 민을 보며, 마음 깊은 곳으로부터 믿음이 솟아오르는 것을 느꼈다. 수현은 그 어떤 세파에도 흔들리지 않을 것 같은 민의 옆모습을 보았다. 수현보다 두 살 많을 뿐인데도 그는 꼭 큰오빠 같았다.

'무슨 일이 있어도 충성해야겠어.'

수현은 민을 보며 마음속 깊이 다짐했다. 그렇게 수현과 민의 아침 시간은 빠르게 흐르고 있었다.

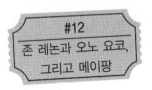

#12

**존 레논과 오노 요코,
그리고 메이팡**

　현실로 돌아온 수현은 하루에 서너 시간밖에 못 잘 정도로 바빠졌다. 민의 대본을 검토하고, 촬영 장소를 섭외하고, 배우 매니저들을 만나 출연 계약서에 확인 도장을 받았다. 더불어 삼촌 태호의 빚쟁이들과 수시로 통화를 하며, 그들을 안심시키는 일까지 도맡아 했다. 이제 수현은 민과 데이트를 하던 시간이 눈물나게 그리워졌다.

　문을 닫을 뻔했던 명 프로덕션은 태호의 인맥을 동원한 몇몇 작가와의 계약과 투자 건으로 간신히 맥을 유지할 수 있었다. 역시나 죽으란 법은 없는 것이었다. 수현은 언제나처럼 추리닝 차림으로 명 프로덕션 사무실에 전세라도 낸 듯 앉아 민의 대본을 분석하고 있었다.

'아무리 생각해도 정말 필력 하나는 타고났어.'

민의 대본에는 명대사뿐만 아니라 감독과 배우들, 스탭들에 대한 배려가 담겨 있었다. 드라마 대본은 소설과는 달라서, 철저히 찍는 사람을 생각하며 집필해야 하는 것이다. 민의 대본은 시청자 입장에서도, 감독 입장에서도 더할 나위 없이 반가운 작품이었다.

소파에 앉은 수현은 얼린 요구르트를 베어 먹어가며 민의 대본을 체크하고 있었다.

'어떻게 해야 이 대본에 누를 끼치지 않을 수 있을까.'

모나미 볼펜을 입에 문 수현은 골똘히 생각에 잠겨 있었다. 그때 반갑지 않은 목소리가 들렸다.

"감독님, 잘 지내셨어요?"

언제나처럼 여성미가 철철 넘치는 가을이었다. 수현은 탁자에 올렸던 다리를 잽싸게 내렸다. 벌써 몇 개째 해치워 수북이 쌓여 있는 빈 요구르트 병들과, 이틀째 감지 못해 떡이 질락말락하는 머리카락 그리고 민낯.

'이 여자는 왜 내가 이런 상태일 때만 나타나는 것인가.'

방송판은 좁디좁기 그지없었다. 한 다리 건너면 바로 아는 사람이기 일쑤였고, 그래서 이곳은 살얼음판처럼 위태로운 곳이기도 했다. 말을 조심하는 것은 필수요, 일이 엎어져(방송 예정이던 드라마가 준비 도중 무산되는 것) 화병이 날 지경에 처해도 함께 일했던 작가나 감독에 대한 말을 옮기는 것은 금물이었다.

민에 대한 감정이 무르익을수록 수현은 가을을 보는 것이 불편해졌다. 비록 지난 시간이지만 내 남자와 몸과 마음을 나누었을 여자. 게다가 어느 모로 봐도 멋지고 예쁜 여자. 수현은 남과 비교하며 인생을 사는 타입은 아니었지만, 가을은 그만큼 빛났고 자기 절제가 뛰어난 여자로 보였다.

"감독님은 참 운이 좋으시네요. 류 작가, 아무 감독하고나 일하는 사람 아니거든요."

소파에 앉은 가을이 말했다.

"……네에."

수현은 지저분하게 널려 있던 요구르트 빈 병들을 정리해 쓰레기통에 넣었다. 물수건을 찾아 탁자 위도 닦았다. 가을은 동그란 눈으로 수현을 보더니 말했다.

"저도 요구르트 얼린 거 좋아하는데. 하나 먹을 수 있어요?"

수현은 냉동실에서 얼린 요구르트를 하나 꺼내왔다. 그리고 가을 앞에 내밀었다. 가을은 살구색 손톱으로 요구르트를 돌려 뜯고는 아이스크림 먹듯 먹기 시작했다. 수현은 가을을 보았다. 가을은 차분했고 전쟁터 한복판에 데려다 놔도 이성적인 작전을 짤 것 같은 여자로 보였다.

가을에 대한 이야기를 많이 들었다. 젊은 나이에 잘나가는 작가. 류민의 보조작가 출신으로 이 동네에 들어와 메인작가가 되자마자 승승장구. 칼 대본에 칼 연기 지도. 자기 절제가 투철하기 그지없는 그녀는 미모까지 뛰어나 드라마 '인어아가씨'의

아리영(극 중 드라마 작가 역할이었음)을 떠올리게 했던 것이다.

"근데 무슨 일이시죠, 저희 사무실엔?"

"앞으로 자주 오게 될 것 같아요. 저, 명 대표님이랑 20부작 계약했거든요. 여의도 작업실도 답답하고 해서, 사무실에 와서 작업할까 생각하고 있어요."

요구르트를 내려놓고 가을이 말했다.

"한 작가님, 저 지금 일하는 중이거든요. 이제 촬영 날짜도 얼마 안 남았고, 준비해야 할 일도 많아서요."

"네, 알아요. 방해하려고 온 거 아니에요. 그냥 궁금해서 왔어요. 류 작가랑 잘 만나고 있어요?"

수현은 순간 가을의 눈빛에서 아주 예민한 기운이 뿜어져 나오는 것을 알아차릴 수 있었다.

"……."

수현은 드라마의 삼각관계 설정을 폄하했었다. 한 번도 그런 상황에 처해본 적이 없기도 했거니와 한 남자를 놓고 두 여자가 싸우는 모습은 왠지 진부하고 없어 보였기 때문이다. 수현은 가을과 가급적이면 마주치지 말아야겠다고 생각했다.

하지만 가을은 수현과 정반대의 생각을 하는 것 같았다. 그녀는 찜해둔 쇼윈도 너머의 명품 가방을 보듯 수현을 꼼꼼히 보았다. 수현은 눈싸움하듯 가을을 마주 보았다.

"사생활에 대해서는 묻지 않으셨으면 좋겠어요. 여긴 일터예요."

"감독님, 너무 굳은 채로 저 대하지 않으셨으면 해요. 저, 감독님하고 싸우러 온 거 아니에요."

가을은 얼린 요구르트를 깨물어 먹었다. 수현은 그런 그녀를 보다가 사무실 안쪽에 붙어 있는 [수상한 연인] 포스터를 보았다. 드라마가 망한 뒤 태호가 '다 찢어버리겠다'며 눈에 불을 켜던 포스터였다. 그 안의 에이준은 세상을 다 가진 것 같은 얼굴로 웃고 있었다. 수현은 잠시 포스터를 보다 가을에게로 시선을 돌렸다.

"에이준이랑은 계속 연락하세요?"

"……노코멘트할게요."

가을은 차분했지만 사람을 긴장시키는 분위기를 뿜어내고 있었다. 수현은 가을과 함께 있는 것이 못내 불편했다. 수현은 수현 나름대로 고집이 매우 셌고, 가을은 가을 나름대로 자기 세계관이 확실했다. 분명 수현을 혼란에 빠뜨리기 위해 뭔가 얘기할 준비를 하고 온 게 틀림없었다. 수현은 가을의 눈동자를 보다가 나직이 한숨을 쉬었다.

"요즘 시청자들은 드라마 시작하고 5분쯤 보다가 재미없으면 바로 채널을 돌리더라고요."

수현이 말했다.

"그게 시청자의 특권이죠."

"시간 낭비하는 거 좋아하는 사람은 없어요. 저도 지금 이 시간이 소중해요. 촬영 준비하기도 빠듯하거든요. 작가님도 마찬가지일 거예요."

"네, 이거만 먹고 갈게요."

가을은 또다시 생쥐가 얼음을 갉아먹듯 자신의 요구르트를
베어 먹었다.

'작가들은 하나같이 고집이 황소심줄이구만!'

수현은 민과의 첫 만남을 회상했다. 자신을 골탕 먹이던 그의
모습도 떠올렸다. 홍대 거리를 걷고, 한강변에서 자전거를 타고,
그의 집에서 사랑을 나누던 시간들⋯⋯. 의식하지 않아도 아주
자연스럽게 떠오르는 기억들.

"류 작가님이랑 만난 지 얼마나 됐어요?"

가을이 직구를 던졌다.

"얼마 안 되긴 했지만 저희 서로 많이 좋아해요."

수현은 의식적으로 입가에 미소를 띤 채 대답했다.

"네, 얼마 안 됐을 땐 다 좋죠."

"⋯⋯!"

가을은 연설문을 머릿속으로 떠올리는 보수당 여성 정치인인
양 자세를 가다듬고 본론의 장을 열었다.

"작가들은요, 맨 정신으로는 살 수 없는 족속들이거든요, 저
도 작가지만."

"저도 어느 정도는 알고 있어요. 머릿속으로 다른 세상을 보
지 못한다면 글로 써내지도 못하겠죠. 근데 그 말씀은 왜 하시는
건데요?"

수현은 가을에게 지지 않으리라고 결심했다. 수현은 머리에 붉은 띠를 두른 해고 노동자마냥, 결의를 다졌다.

'어떤 말을 한다 해도 어떤 추억을 들이민다 해도, 저 여자는 류 작가의 과거일 뿐이야.'

수현은 가을이 이러는 이유를 짐작할 수 있었다. 그녀는 아직도 민을 사랑하고 있었다. 가을의 눈을 보면 알 수 있었다.

'어떻게 하면 이 클리세스러운 상황에 종지부를 찍을까.'

마음속으로 고민하던 수현은 불쾌한 감정을 내려두고 가을의 이야기를 듣기로 결심했다. 외면하기에 그녀는 너무도 진심이었던 것이다. 별로 보고 싶지 않은 이야기지만 작가가 진정성을 담아 써 내려간 대본처럼.

"감독님은 어떤 뮤지션을 좋아하세요? A2—PLUS?"

"뭐라고요?"

"농담이에요."

수현은 뚜껑이 열릴 뻔했다. 방심하고 있는 사이 펀치를 맞은 기분이었다. 수현은 눈에 불을 켜고 가을을 보았다.

"감독님은 아직 애네요."

"뭐라고요?"

"류 작가한테 그런 말 들은 적 없어요?"

가을은 요구르트를 다시금 한입 먹고 새초롬한 미소를 지어 보였다. 수현은 가을에게 농락당하는 것 같은 기분을 느꼈다. 가을은 자존감이 보통 아닌 여자였다. 자기애로 똘똘 뭉친 주인공들이 나오는 자기가 쓴 드라마 같은 여자였다.

"전 존 레논 좋아했어요, 꽤 예전부터. 대본이 안 풀릴 때마다 비틀즈 노래를 들었었죠."

"비틀즈 싫어하는 사람도 있어요?"

"그렇게 획일적인 사고방식에서 못 벗어나니까 아직 무명 감독이신 거예요."

수현은 가을의 말투에서 민을 느낄 수 있었다. 둘은 잘났다는 점이, 빈틈없다는 점이, 묘하게 날이 서 있다는 점이 닮았다. 그러고 보니 말투도 비슷한 것 같았다. 수현은 가을을 좀 더 세밀하게 관찰하기로 했다.

"존 레논이랑 오노 요코 사랑 얘기, 아시죠?"

"모를 리가요. 몇 년 전에 신문에 대문짝만 하게 나온 오노 요코 인터뷰를 본 적이 있어요. 존 레논이 죽은 지 수십 년이 됐는데도 아직 그리워하더라고요. 멋지고 부러운 사랑이죠."

가을은 입가에 미소를 띤 채 조곤조곤 말을 이어갔다.

"감독님, 세상 사람들은요 잘 알려진 사랑 이야기만을 기억해요. 승리한 사람을 영웅으로 기록하는 역사책처럼 말이죠. 존 레논이랑 오노 요코랑 별거했던 시간이 있었다는 걸 아는 대중은 드물죠."

"……."

수현은 가을에게 묘하게 말려들고 있는 자신을 감지했다. 그녀의 말투에는 사람을 잡아끄는 데가 있었다. 수현은 가을이 왜 성공한 드라마 작가가 됐는지 알 것 같았다.

"존 레논이랑 오노 요코랑은 1년가량 떨어져 있었어요. 그 기간에 존 레논은 자기 비서 메이팡이랑 동거를 했었죠. 하지만 오노 요코는 존 레논을 깊이 사랑했어요. 아니, 사랑 이상의 깊은 감정이었다고 말하는 게 맞겠네요. 요코는 남자로서의 존 레논뿐 아니라 그의 예술도 존경하고 사랑했던 거예요. 그래서 메이팡에게 그랬대요, 존 레논이랑 잠자리를 가져도 좋다고."

"……그래서요?"

"이 얘길 아는 사람들은 드물죠. 대중들은 판타지와 동화만을 기억하니까. 비하인드 스토리를 듣고 나면 어떻게 그런 게 사랑일 수 있냐고들 하겠죠? 하지만 전 오노 요코 심정을 십분 이해해요."

"그러니까 지금 류민 작가님은 존 레논. 작가님은 오노 요코고, 저는 존 레논 비서라는 말씀이세요?"

"오래가지 못할 거예요, 류 작가랑."

가을이 방점을 찍었다. 수현의 심경 따윈 아랑곳하지 않고 그녀는 말을 이어갔다.

"내 마음만 생각해서 여기 온 거 아니에요. 같은 여자로서 걱정이 돼서 그래요. 류 작가를 저만큼 감당할 만한 여자는 없어요. 그나마 저는 10년 넘게 그 사람 옆에 있었고, 그 사람이랑 작업도 오래 해왔어요. 우린 서로에 대해 속속들이 알고 있어요. 난 그 사람이 집에서 나와 혼자 자취하던 시절부터 지금까지 그 사람 역사를 모두 알고 있어요. 우린 한참 동안 연락을 안 하고 지내다가도 아무렇지 않게 만나서 작품 얘기를 하곤 했죠. 지금은 서로한테 지쳐 있는 상태라서 류 작가이 명 감독님을 더 신선하게 느꼈을지 몰라요. 하지만 전 알아요, 시간이 지나면 감독님은 스스로 떨어져 나갈 거란 걸."

"⋯⋯."

수현은 마치 채널 선택권을 빼앗긴 시청자처럼 앉아 이야기를 들을 수밖에 없었다. 그저 듣는 것밖에는 할 수 있는 일이 없었던 것이다. 자신의 말을 하는 가을을 보며 수현은 음소거 버튼을 누르고 싶은 마음이 굴뚝같아졌다. 하지만 그녀는 이내 가을의 이야기로 풍덩 빠져 들어갔다.

어릴 적 수현은 삼촌의 만류로 값싼 군것질거리를 입에 대지 못했었다. 아폴로, 쫀드기, 꿀맛나, 밭두렁⋯⋯. 수현은 삼촌이 출장을 간 틈을 타 그것들을 먹어댔고, 급기야는 가방에 그것들을 잔뜩 담아와 책상 서랍에 숨겨놓고 먹기까지 했다. 두려우면서도 그 맛은 달콤했고 눈치를 보면서도 줄어드는 게 아쉬웠다.

가을의 말들은 꼭 그때 먹던 군것질거리 같았다. 먹지 말아야 한다는 걸 알면서도 궁금했고, 먹기 시작하면 멈출 수 없는⋯⋯. 수현은 가을로부터 민의 지난 시간들을 생생히 전해 들을 수 있었다. 그리고 처음으로 열렬하게 질투라는 감정을 느낄 수 있었다.

"류민수 작가는요, 꼭 바닷가재 같아요. 딱딱한 껍데기에 싸여 있지만 속살은 누구보다도 부드럽죠. 그렇게 부드럽고 여린 감성으로는 일반적인 사회생활을 하기 쉽지 않죠. 류 작가는 그 사실을 고등학교 때 알았대요. 그래서 한국 사회에서 조직원으로 살아가지 않아도 되는 직업을 택하기로 마음먹었대요. 어쩌면 택한 게 아니라 선택당한 걸 수도 있겠지만요."

가을은 수현의 기분 따윈 아랑곳하지 않고 말을 이어갔다.

"그 사람이랑 처음 만난 건 12년 전이었어요. 우리 아버지는 피씨방을 운영했었고, 전 학교를 마치면 거기 가서 일도 돕고 인터넷 강의도 듣곤 했죠. 류 작가는 우리 피씨방 앞에 있는 하숙집에서 살았었어요. 고등학교 때 이미 집을 나와서 대학 1학년 1학기 때 자퇴하고 하루 종일 글만 썼어요, 두더지처럼."

"……."

"류 작가는 스무 살 때도 정신연령이 마흔이었어요. 꼭 눈 가린 경주마처럼 자기 글을 쓰는 데에만 관심이 있었죠. 옆도 뒤도 안 보는 스타일이었어요. 보통 사람들은 그렇게 못 살잖아요. 다른 사람과 다른 인생을 살게 될까 두려워서."

"……."

"류 작가가 어려웠던 시절에는 밥값도 부족해서 컵라면으로 끼니를 때우곤 했어요. 난 류 작가를 보면서 나랑 아주 비슷한 사람이라는 걸 감지했고, 우린 친구가 됐어요. 난 학교에서 은따라 친구가 없었거든요. 그래서 수업 끝나면 야자도 제끼고 늘 류 작가랑 둘이 놀았어요. 드라마 얘기, 소설 얘기 하면서. 그러다가 류 작가는 그해 여름 드라마 공모전에 당선이 됐고, 난 류 작가를 질투하기 시작했어요. 나도 작가가 되는 게 꿈이었거든요. 유일하게 언어영역만 잘했거든요."

수현은 더 이상 듣고 있을 수가 없어졌다.

"작가님."

"네?"

"류 작가님이 그랬었어요. 자기 스토리에 얽혀 있으면 발전이 없다고. 사람들은 모두 살면서 사랑을 하고 상처를 받고 이별을 해요. 하지만 지난 사랑은 지난 사랑일 뿐이에요. 추억 속에서 색을 덧입히고 다른 모형으로 조립해 봤자 본인만 힘들어요. 저는 지금의 류 작가님을 좋아해요. 진지하게 생각하고 앞으로 어떤 어려움이 와도 같이 헤쳐 나갈 거예요. 저는 지금이 좋아요. 앞으로도 좋았으면 하니까 노력할 거라고요."

"끝까지 들어보세요. 한국 사람 말은 끝까지 들어야 해요. 성격 급한 감독들이 주로 시청률을 잘 못 내더라고요."

"폄하하지 마세요."

"제 이야기 끊지 마세요. 전 진지하게 말하고 있어요. 진지하게 좀 들어주셨으면 좋겠어요!"

가을이 목소리를 높였다. 적반하장이라고 수현은 생각했다. 그러나 작정한 가을은 괘념치 않고 자기 할 말을 이어갔다.

"류 작가는 사회부적응자 같았어요. 누구랑 있어도 가까워지거나 그 사람을 진심으로 이해하거나 할 수가 없었대요. 제대로 된 대화를 나누기 힘들어했기에 사람들을 만나면 주로 이야기를 듣는 편이었어요. 어쩌면 류 작가가 그렇게 많은 글을 쏟아낸 건 그 누구한테도 할 수 없는 말들이 많은 사람이었기 때문일 수 있어요. 난 그걸 느낄 수 있었어요."

"……."

"그 사람은 쉽지 않은 사람이에요. 대부분의 사람들은 자기가 사는 현실을 뼛속 깊이 의심하지 않잖아요? 그냥 살아 있으니까 살고, 먹고살아야 하니까 일하는 사람들이 90%쯤은 될 거예요. 자기 무의식이라든가 고통이라든가 괴로움이라든가 그런 것들을 진지하게 후벼 파며 살지는 않아요. 하지만 류 작가는 좀 달라요. 그 사람은 자기감정에 지나치게 충실하고 가끔은 도무지 이해할 수 없는 혼자만의 세계로 빠져들어 가곤 해요. 류 작가, 돈도 잘 벌고 얼굴도 잘났잖아요. 왜 들러붙는 여자들이 없었겠어요. 하지만 그 사람은 호감 없는 사람은 날아다니는 날파리만큼도 신경 쓰지 않았어요. 인간에 대한 사랑이 없어서라기보다는 그냥 본능적으로 그랬어요. 그 사람은 자기가 보고 싶은 것만 봤어요. 그런 사람이 나랑 10년 넘게 만나고 자기 마음을 이야기했어요. 우린 일종의 권태기를 겪고 있다고 생각해요. 명 감독님은 한 사람을 오래 만나본 적 있어요?"

"……아니요."

수현은 마음이 아팠다. 수현은 누군가를 오랫동안 사랑해 본 적도, 사랑을 이어나가기 위해 노력해 본 일도 없었다. 창작하는 사람으로서 경험 부족은 일종의 콤플렉스였다. 그런데 눈앞의 이 여자는 내가 처음으로 진지하게 사랑한 남자와 10년 치 이상의 추억을 가지고 있다. 그건 어떻게 빼앗아 올 수도 없는 것이다.

"사람들은 드라마 전체 줄거리를 기억하지 않아요. 예를 들어서 김삼순을 보고 1회부터 16회까지 일일이 기억하진 않아요. 삼순이가 진헌이랑 케이블 카를 타고, 포장마차에서 소주를 마시던 장면, 첫 키스를 하던 장면, 한라산에서 만나던…… 그런 장면장면들로 기억할 뿐이죠. 저 역시 마찬가지예요. 내 인생에 지울 수 없는 기억의 장면들 속에는 늘 류 작가가 껴 있어요. 나, 그 사람 너무 힘들었어요. 자기 세계가 지나치게 강해서 참 외로웠거든요. 혼자 있는 것보다 더 외로웠어요. 그래서 헤어질까도 생각해 봤어요. 근데 내 드라마에서 그 사람을 지우고 나면 아무것도 아닌 게 돼버리는 거예요. 명장면이 없어요. 그 사람 빼고 나면요."

수현과 가을은 잠시 말이 없었다. 뭐라고 섣불리 말했다가는 가을이 10년간의 추억을 3박 4일간 이야기할 것 같은 분위기였다. 수현은 여전히 차분한 가을을 보았다. 그녀는 머리카락 한 올 흐트러지지 않았다. 고운 얼굴, 얇은 입술, 수현을 보는 시선…….

"저, 솔직히 말할게요. 작가님 이야기 듣는 거 너무 마음 아파요."

"이런 얘기 듣고 즐거워하면 이상한 거겠죠."

가을은 가방에서 립글로스를 꺼내 입술에 바른 뒤 위아래 입술을 비벼 립글로스가 고루 스며들도록 한 다음 반짝이는 입술로 말했다.

"계속 만나실 거예요?"

"당연하죠. 전 서른이에요. 나이 서른에 정말 가슴이 뛰는 사람을 만났어요. 작가님 같으면 이 사랑이 소중하지 않겠어요? 전 작가님이 오늘 저한테 무슨 이야기를 하던 잘 지켜 나갈 거예요. 내가 직접 겪고 느낀 그 사람 아닌, 다른 사람들이 말하는 그 사람은 저한테 중요하지 않아요."

수현은 진심을 이야기했고, 더 이상 할 말이 없어진 가을은 마네킹처럼 그 자리에 앉아 있었다. 그렇게 다시 태어나도 친해질 일이 없을 것만 같은 두 여자는 조용하고 불편한 공기를 나누어 마시고 있었다.

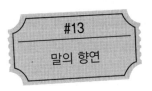

#13
말의 향연

집으로 돌아오는 버스 안에서 수현은 내내 마음이 착잡했다. 버스에는 수현을 포함해 승객이 단둘뿐이었다. 수현은 버스 맨 뒷좌석에서 창밖을 내다보고 있었다. 수현이 가장 좋아하는 자리였다. 조용히, 그냥 아주 조용히 앉아 있고만 싶었다, 집에 도착할 때까지. 하지만 가을이 읊은 말의 잔상들이 자꾸만 수현의 가슴을 찔렀다. 가만히 눈을 감았다. 다행히 수현이 내릴 곳은 종점이었다.

방송 일을 하며 수현은 말에 휘둘리지 말아야겠다고 결심했었다. 말과 글로 먹고사는 사람들이 많은 이곳은 말이 와전되는 일이 잦았다. 예를 들면 이런 식이었다.

A: OOO 작가가 성격이 좀 까칠한 편인가 보더라고.

B: 그래? 보기랑 다르네.

A: 대본을 얼마나 꼼꼼히 쓰는지 같이 일했던 사람들이 다 혀를 내두르더라.

다른 날.

B: OOO 작가가 성깔이 보통 아니라던데? 인간성이 별론가 봐. 대본도 엄청 늦게 준대. 같이 일한 사람들이 못 버티고 도망간대.

C: OOO 작가가?

또 다른 날.

C: OOO 작가 얘기 들었어? 그 작가, 같이 일하는 보조작가들을 시녀처럼 부린다던데?

D: 시녀처럼?

C: 응. 같이 일했던 애들이 하나도 못 버티고 다 도망갔대.

D: 그 정도야?

그리고 다른 날.

D: 내가 얼마 전에 OOO 작가 얘기를 들었는데, 보조작가를 자기 작업실에 가둬두고 때리기도 한다네?

A: 정말? OOO 작가가? 그런 얘긴 누가 하고 다니는 거야? 사람들 참.

이 소문을 전해 들은 OOO 작가는 한동안 화병 치료를 다녔다는 후문이 있다.

아무튼 꼭 방송판 아니라 일반 직장도 마찬가지겠지만 사람들이 모이면 말들을 하게 마련이고, 그러다 보면 그 자리에 없는 사람 얘기가 나오는 것은 자연스런 코스였다. 사람들의 최고 관심사는 결국 사람이니까.

수현은 날아다니는 말의 화살들이 반갑지 않았다. 그런 자리가 있으면 들어주되 말은 하지 않는 편이었고, 말을 옮기는 등의 귀찮은 짓도 하지 않았다. 하지만 오늘 수현은 가을에게 무방비 상태에서 말 폭격을 당하고 말았다. 귓가에서 아직도 가을의 목소리가 들리는 것만 같았다.

버스 뒷좌석에서 창밖을 내다보았다. 어둑어둑한 밤거리에는 드문드문 사람들이 보였다. 불 켜진 떡볶이집이 눈에 들어왔다. 수현은 이 와중에도 배가 고팠다. 하차벨을 누르고 버스에서 내리는 수현. 그 순간 핸드폰 벨이 울렸다. 민의 전화였다.

〈왜 연락이 없지?〉

"하루 종일 정신이 없었어요. 폭탄을 좀 맞느라."

〈폭탄? 무슨 폭탄?〉

"말하자면 길어요."

〈지금 어디야? 내가 그리로 갈게.〉

"……아직 저녁을 안 먹어서요. 이따 저녁 먹고 전화할게요."

수현은 자기가 생각해도 조금 냉정하다 싶을 만큼 무뚝뚝하게 전화를 끊었다. 말에 흔들리지 말아야겠다고 늘 다짐하곤 했지만 이번만은 그러기가 힘들었다. 수현은 떡볶이집 안으로 들어가 자리를 꿰차고 앉았다. 국물이 흥건한 떡볶이 한 접시와 순대, 그리고 어묵 국물이 나왔다. 수현은 말없이 떡볶이를 입안에 넣으며 다시금 가을을 떠올렸다.

가을은 예상 밖의 수현의 반응에 다소 맥이 빠진 모습이었다. 그녀는 결의를 다지려는 듯 녹아내린 요구르트를 마시고는 다시 수현을 보았다.

"감독님은 류 작가가 지금 자리에 있지 않았어도 사랑했을 것 같아요?"

"글쎄요, 그런 생각은 안 해봐서요."

수현은 가을과 눈싸움하듯 시선을 교환했다.

"혹시 류 작가 집이랑 별장에도 가본 적 있어요?"

"지금 시간 일곱 시 45분이에요. 여덟 시까지 얘기할 시간 드릴게요. 저 저녁 아직 안 먹었어요."

"류 작가 별장은 여전하든가요? 봄, 여름, 겨울이는 잘 있죠?"

"……!?"

수현은 순간 숨이 턱 막혔다.

"거기 원숭이 있죠. 걔가 봄이에요. 4월에 태어났거든요. 구관조도 있죠? 걘 여름이에요. 시베리안 허스키, 걔가 겨울이고요. 제 이름 따서 지은 애들이에요. 우린 일 끝나면 강원도 가서 카지노에서 돈도 따고, 바닷가도 구경하고, 그 별장에서 몇 박 며칠을 쉬다 오곤 했어요. 그 별장 정원은 제가 가드닝한 거예요."

"……."

"저 재수 없죠."

"……잘 아시네요."

"오늘 작정하고 왔거든요. 내 이미지 따위, 명 감독님 마음이 얼마나 아프든 말든 상관하지 말고 후회 없이 털고 가자, 라고."

"……과거랑 현재가 같으리란 법은 없어요. 사람은 변해요. 올챙이만 개구리가 되는 게 아니라 사람도 진화한다고요. 과거에서 그만 벗어나세요."

"대과거도 아니고, 명 감독님 만나기 전까지만 해도 나랑 잘 만났었어요."

"어쨌든 지난 건 과거예요."

"과거가 과거로 남을지 다시 이어질지는 아무도 몰라요. 나는 류 작가가 작가가 아니어도, 아무것도 아니라도 좋아요. 그 사람도 마찬가지였어요. 우리는 아무것도 아니고 미래에 대해서 그 어떤 장담을 할 수 없을 때 만나서 사랑했어요. 류 작가가 이름을 알리고 난 뒤에는 수많은 여자들이 그 사람의 돈, 명예, 직업을 보고 달려들었지만 그 사람은 눈 하나 깜빡 안 했어요. 난 그 사람이 망하고 망해서 알거지가 된다고 해도 내가 먹여 살릴 자신 있어요."

"10분 남았어요."

"우린 결혼하기로 했어요. 류 작가 집이랑 별장에 있는 소파 있죠? 그거 색깔만 다른 거예요. 딱 내 취향으로 골랐거든요."

"……."

"맨날 방에 박혀 글만 쓰지 말고 책만 읽지 말고, 남들 사는 것처럼 결혼도 하고 애도 낳고 평범하게 살아보자 약속했었어요."

"……."

수현은 순간 멈칫했다. 수현은 여태껏 누군가와 미래를 약속해 본 적이 없었다. 민이 가을을 그 정도로 깊이 생각했을 줄은 몰랐다. 수현은 이제 가을의 말에 휘둘리고 있었다.

"그런데 왜 헤어지신 거예요?"

"류 작가한테 물어보세요."

"……."

수현은 갑자기 온몸에서 힘이 쭉 빠지는 느낌이 들었다.

'난 류 작가에 대해서 얼마나 아는 걸까?'

갑자기 이런 생각을 하니 살맛이 뚝 떨어졌다. 수현은 시계를 쳐다보았다. 여덟 시 5분 전이었다.

"작가님, 이제 가세요."

"……아직요."

"목적 달성하신 거 아니에요? 가시라고요!"

수현이 목소리를 높였다.

"아직 시간 남았잖아요. 할 말도 남았고요."

가을은 다시금 입을 열었다. 마치 연장전 5분을 남겨놓고 힘껏 발차기를 하는 축구선수처럼.

가을, 그녀는 힘차게 마지막 골을 날릴 준비를 했다.

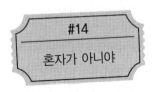

#14

혼자가 아니야

길음역 국대 떡볶이집. 수현은 떡볶이 국물에 순대를 찍어 부지런히 먹었다. 쫄깃한 염통과 퍽퍽한 간도 열심히 먹었다. 수현은 어려서부터 스트레스받는 일이 있을 때마다 먹는 걸로 풀곤 했다.

"아가씨가 참 복스럽게 먹네."

인심 좋아 보이는 아주머니가 갓 튀겨낸 튀김 접시를 수현 앞에 내밀었다. 수현은 전투적으로 튀김을 씹어 삼켰다. 어묵 국물 그릇을 들어 꿀꺽꿀꺽 부지런히 마셔댔다.

아무런 생각도 하고 싶지 않았다. 하지만 가을의 마지막 말이 못내 마음에 걸렸다. 10년 넘게 사랑했던 두 사람은 왜 저렇게까지 멀어져 버린 걸까? 민은 10년 넘게 사귄 여자도 냉정히 잘라

버릴 만큼 냉혈한인 걸까? 가을 역시 수현처럼 민의 별장에서, 집에서 그와 사랑을 나누었을까? 그런 생각을 하니 수현은 가슴에 응어리가 질 것 같았다.

분식으로 끼니를 때운 수현은 터덜터덜 걸어서 집 앞으로 왔다. 집에 들어가고 싶지 않았다. 태호가 분명 가을과 잘 만났느냐고 말을 걸어올 것이다. 그는 새로이 결의를 다지고 있었다. 사람이 바닥을 한번 치고 나면 올라갈 일밖에 없다는 사실을 증명해 내겠다며, 매일 아침 약수터를 오르며 새 하루를 여는 그였다. 수현은 태호에게 도움이 되고 싶었다. 이런 일로 기운을 빼느라 일할 에너지를 낭비하고 싶지 않았다. 하지만 지금은 아무 생각 없이 쉬고 싶었다, 절실히.

수현은 동네 놀이터로 향했다. 아무도 없는 그곳엔 놀이기구들만 드문드문 있었다. 그네에 앉아 천천히 발을 굴렀다. 날씨는 수현의 마음처럼 꾸물꾸물했고, 수현의 마음은 텅 빈 놀이터보다 더 허전했다.

'생각을 너무 많이 하면 안 돼. 사람이 괴로운 건 생각 때문이야. 아무 일도 안 일어났어, 아무 일도.'

하지만 수현의 마음은 끊임없이, 수현에게 속삭였다.

'한가을, 너보다 예쁘고 능력도 있잖아. 게다가 10년 넘게 류민이랑 사귀었다니 아마 너보다 류민에 대해서 백 배는 더 잘 알 거야.'

'솔직하게 말해서 류민이랑 너 사이에 뭐가 있니? 그냥 작품 준비하다 서로 좋아져서 데이트 몇 번 하고, 몇 번 잔 게 다잖아. 10년 넘게 사귀었던 여자랑도 헤어진 남자야. 언제 어떻게 될지 어떻게 알아?'

'아냐, 그래도 날 그런 눈빛으로 보던 남자잖아. 내 느낌을 소중하게 생각해야지, 남의 말에 휘둘리기 시작하면 끝이 없어.'

'내 눈에 좋아 보이면 남의 눈에도 좋아 보이는 게 세상 이치인 법. 커다란 다이아가 왜 비싼 건데. 흔치 않아서잖아! 내 눈에 왕자님으로 보이면 다른 여자들한테도 왕자님일 거야. 평생 불안해하면서 살 자신 있어?'

'헛생각 그만하고 집에 가서 발 닦고 잠이나 자!'

수현은 발 구르던 것을 멈췄다. 이윽고 그네가 멈춰 섰고, 그녀는 한참을 그 자리에 앉아 있었다. 민에게 전화를 해야 했지만 망설여졌다. 가을의 마지막 말이 못내 마음에 걸렸기 때문이다. 그때 수현의 핸드폰 벨이 울렸다.

〈너 어디냐?〉

삼촌이었다.

"집 앞에 다 왔어요. 삼촌은 집이세요?"

〈숙모랑 영화 보러 나간다. 늦지 않게 집에 와라.〉

"왜요, 무슨 일 있어요?"

〈옥상 가서 상추랑 방울토마토 좀 들여놔라. 이따 비 올지도 모른단다.〉

수현은 집으로 향했다. 상추와 방울토마토를 들여놓은 뒤, 따끈한 물에 목욕을 하고 숙면을 취할 생각이었다. 잠이 잘 올지는 모르겠지만.

'다시 전화하기로 했는데…….'

하지만 지금 민을 만난다면 다투게 될지 모른다. 마냥 사랑을 나눠도 모자랄 시기에 싸우고 싶지 않았다. 수현은 엘리베이터가 없는 3층 빌라 계단을 천천히 걸어 올라갔다. 옥상 귀퉁이에 놓인 상추와 방울토마토 화분을 품에 안은 그녀는 막 내려가려던 참이었다.

"누나, 생일 축하해요!!"

"명수현, 왜 태어났니~"

깜짝 놀란 수현은 뒤를 돌아보았다. 옥상 물탱크 뒤쪽에 숨어 있던 경아, 정연, 탄실, 그리고 에이준이 환한 얼굴로 수현을 반기고 있었다.

"수현아, 계란 한 판 축하!"

"어딜 싸돌아다니다 이제 왔어?"

"수현, 생축!"

"누나, 태어나 줘서 고마워요!"

수현은 정신이 없었다. 에이준은 아무 일도 없었다는 듯 마냥 밝은 얼굴이었다. 그에게 뭐라고 한마디 해야겠다 생각했지만, 자신도 잊고 있던 생일을 축하해 주는 이들 앞에서 생각도, 말도 모두 사라져 버렸다.

"뭐 할 말 없어?"

경아가 말했다.

"으응, 나 내 생일인 줄도 몰랐다. 깜빡했어."

수현은 아직도 얼떨떨했다.

"으이구~ 얼른 촛불 불어. 소원 빌고."

에이준이 먹음직스러운 수제 초코케이크를 들고 왔다. 30이란 숫자 초가 유난히 커 보였다. 수현은 에이준과 친구들의 생일 축하 노래를 BGM으로 촛불을 껐다. 마음속으로 소원도 빌었다. 수현이 소원을 비는 동시에 친구들이 폭죽을 터뜨렸다. 탄실은 수현의 머리카락에 붙은 폭죽 종이꽃가루를 떼어냈다.

"소원 뭐 빌었어?"

"비밀!"

수현은 탄실에게 미소를 지어 보였다. 에이준과 수현의 눈이 마주쳤다. 수현은 에이준이 어떻게 이 자리에 와 있는 건지가 궁금했다. 수현의 생일을 아는 사람은 가족과 친한 친구들뿐이었다. 그나마 사회생활을 시작한 뒤로는 자기 생일도 잊고 지냈던 수현이었다. 음력으로 하다 보니 미리 체크해 두지 않으면 기억하기가 어려웠던 것이다.

"누나, 선물이요."

에이준이 커다란 쇼핑백을 내밀었다. 'FENDI' 로고가 선명하게 보였다. 열어보니 쑥색 미디움 숄더백이었다. 수현은 에이준을 보았다. 에이준은 기억상실이라도 걸린 듯 해맑은 얼굴이었다.

"이걸 내가 받아도 돼?"

"당연하죠. 누나, 생일 축하해요."

"……고마워."

탄실이가 이 장면을 사진으로 찍었다.

"어디 올리진 않을 테니까 걱정하지 않아도 돼."

사람 좋게 허허 웃는 탄실.

"삼촌, 숙모랑 오늘 외박하신대."

경아가 촉새처럼 말했다.

"그래서 우리가 오늘 노동 좀 했어."

"뭔 노동?"

"내려가 보면 알아!"

수현은 친구들, 에이준과 함께 3층 집으로 내려왔다. 불을 켜니 온 집 안이 색색의 풍선들로 가득했다. 수현은 입을 다물 수 없었다.

"수현아, 네 덕에 나 에이준이랑 같이 풍선 불었잖아."

정연이가 속삭였다. 수현은 '러브하우스' 출연자마냥 집 안 곳곳을 둘러보며 감탄을 금치 못했다. 방금 전까지 수현은 세상에 홀로 있는 듯 외로웠다. 하지만 지금은 혼자가 아니다. 수현은 친구들을 보며 미소를 지었다.

"불금 한번 보내볼까?"

"에이준도 같이?"

"당연하죠!"

"근데 너희들 정말 아무 일 없었던 거야?"

경아가 미심쩍다는 듯 말했다.

"홍경아, 분위기 깨지 말고 가서 맥주나 가지고 와!"

정연이가 받아쳤다.

"나는 맥주 마시면 화장실 자주 가니까 소주는 어떨까 싶은데."

탄실이가 자못 심각한 얼굴로 말했다. 순간 수현은 눈물이 날 정도로 눈앞의 친구들이, 에이준이 사랑스럽게 느껴지는 것이었다. 아마 이 순간 집 안에 자신 혼자였다면, 아무도 없는 집 안에서 어두운 상상의 나래를 펼치고 있었을지 모른다.

"내가 가서 소주 사올게."

수현이 말했다.

"누나, 저랑 같이 가요."

모두의 눈이 에이준에게로 쏠렸다.

"저기요, 아이돌이시거든요."

"괜찮아요. 위장용 복면이 있거든요."

에이준은 가방에서 우스꽝스러운 복면을 꺼내 썼다. 눈, 코, 입만 작게 뚫린 검정 복면이었다. 수현은 픔, 웃음을 터뜨렸다.

"갑시다, 소주 사러."

복면을 쓴 에이준이 변조한 목소리로 말했다.

수현은 에이준과 집 앞의 마트에 왔다. 사실 소주는 핑계였는지도 모른다. 수현은 에이준과 얘기할 시간이 필요했다.

'그 사건' 이후로 어쩌면 인연이 끊길 수도 있었다. 하지만 그녀는 에이준의 마음결을 알고 있었다. [수상한 연인]을 촬영하는 내내 수현과 스탭들을 배려하고, 작품이 처참하게 망한 뒤에도 수시로 전화를 해 수현을 챙기던 아이였다. 어이없는 스캔들 때문에 이 아이와 연을 끊을 수는 없었다. 어린 남자아이의 설익은 말과 행동이 다소 부담스럽게 느껴질 때도 있었다. 하지만 수현은 기본적으로 에이준에 대한 인간적으로 좋은 감정을 가지고 있었던 것이다.

"누나, 저 과자 사주세요."

"으이구, 아직 어리구나."

수현과 에이준은 양손 가득 장을 본 뒤 마트를 나섰다. 수현은 복면 쓴 에이준의 얼굴을 보았다. 웃음이 나왔다.

"근데 애들이랑 어떻게 만났어?"

"저는 누나 생일인 거 한참 전부터 알고 있었어요. 제가 [수상한 연인] 찍을 때 누나랑 스탭들 생일 전부 다이어리에 적어놨거든요. 그래서 명 대표님한테 선물만 전해달라고 하고 가려고 했는데, 누나 친구분들이 서프라이즈 파티를 준비하고 있더라고요."

수현은 에이준과 함께 동네 놀이터로 들어왔다. 여전히 사람이 없었지만 아까처럼 쓸쓸하지는 않았다.

"잠깐 벗지 그래?"

"아뇨. 혹시 누가 보면 또 난리나요."

"……"

"괜찮아요. 뭐든 하다 보면 적응이 되게 마련이잖아요? 이것도 익숙해서 나름 쓰고 있을 만해요. 그런데 누나 뭐 안 좋은 일 있었어요?"

"안 좋은 일은……."

수현은 말끝을 흐렸다. 가을 생각이 다시금 스멀스멀 올라왔다. 수현은 애써 생각을 떨쳐 내려는 듯 고개를 저었다. 에이준이 수현을 보았다.

"누나 만나는 사람이 생일인데 뭐 안 해줬어요?"

"……아니, 내가 생일이라고 말 안 했어. 사실 나도 내 생일 잊고 있었는데, 뭐."

"에이, 재미없다."

에이준은 미끄럼틀 쪽으로 가더니 성큼성큼 올라가 미끄럼틀을 타고 내려왔다. 그네도 한 번 타고, 정글짐에도 올라갔다 내려왔다. 그러더니 순식간에 수현에게로 왔다.

"누나는 안 타요?"

"사실 아까 혼자 그네 탔어."

"생일날 혼자 그네 타면서 무슨 생각을 하셨습니까?"

"……"

수현은 의식적인 미소를 지어 보였다. 분명 기뻐서 짓는 미소는 아니었다.

"누나, 저한테 할 말 없어요?"

"하기 시작하면 많을 것 같았는데 지금은 별로 없어. 생각해 보면 네가 무슨 잘못이겠어. 나랑 같은 피해자 입장인걸."

"전 누나가 앞으로 저 안 본다고 할까 봐 걱정이었어요. ...... 지금 만나는 사람이 잘해줘요?"

"그럼."

"그 사람이랑 결혼할 거예요?"

"글쎄."

에이준은 아무 말도 없었다. 수현은 에이준이 양손에 든 불룩한 검은 비닐을 하나 빼앗아 들었다.

"집에 가자."

"누나, 제가 눈치 하나로 여기까지 온 놈이거든요. 누나 딱 보니까 지금 무지하게 복잡한 것 같은데 5분만 아무 생각 말고 앉아 있다 가요."

"......"

"아무리 생각해 봤자 해결되지 않는 문제는 그냥 둬요. 일주일만 지나 봐요, 오늘 무슨 생각 했나 전혀 기억 못할걸요?"

결국 수현은 에이준과 빨간색 벤치에 앉았다. 처음처럼, 새우깡, 쌀과자가 잔뜩 든 봉지를 품에 안고선. 수현은 눈을 감았다. 감은 눈 속에서 수현은 애써 피어오르는 생각들을 잠잠해지도록 다스렸다.

"누나, 노래 불러줄까요?"

"응. 이왕이면 선택으로 불러줘."

너와 나의 달콤했던 선택, 그 순간 우리는 하나였지. 나 없는 너 없는 그저 우리의 따뜻한 행복한 시간이야. 닮았어— 달콤했어— 닮았어, 미소가 아름다운 그녈 보면, 태어나서 가장 잘한 선택은 지금 이 순간의 바로 너야.

에이준은 자장가 부르듯 자신의 히트곡을 불러주었다. 수현은 에이준의 목소리에 힐링받는 느낌이었다. 수현은 귀여운 복슬강아지 보듯 에이준을 보았다. 에이준은 아무런 답도 하지 않았다. 수현은 에이준이 복면 안에서 어떤 표정을 짓고 있을지가 궁금해졌다.

"누나, 어떤 상황이 된다고 해도 나만 바짝 정신 차리면 되더라고요. 어차피 나한테 잡스러운 소릴 하는 인간은 다른 데 가서도 잡스럽게 행동할 거고, 그 사람은 24시간 내내 자기 자신이랑 같이 있어야 되는 거니까 젤 불쌍한 인간인거거든요."

"푸핫."

"왜 웃어요?"

"너 욕하는 거 첨 봐서 웃는다. 그 사람도 24시간 내내 그럴라구? 살다 보면 이리저리 때도 묻고 남한테 자기 스트레스도 풀고 뭐 그렇게들 되더라. 자기 거 놓치고 싶지 않아서 심한 말도 하고. 나 역시도 그런 적이 없진 않을 테고."

수현은 다시금 가을 생각이 떠올랐지만 재차 마음을 진정시켰다.

"아무튼 가자, 집에. 탄실이한테 소주 대령해야지."

"근데 탄실이 누나 이름에 있는 탄 자는 무슨 탄 자일까요?"

수현은 에이준과 사이좋게 집으로 향했다. 비가 올지도 모른다더니 날씨가 점점 축축해지는 것도 같았다. 수현은 잡스러운 생각을 접어둔 채 씩씩하게 발걸음을 옮겼다. 복면 속의 에이준은 그런 수현을 보며 미소 지었고, 정다운 남매 같은 둘은 비슷한 속도로 걸어갔다.

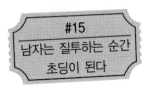

#15
남자는 질투하는 순간
초딩이 된다

"소주랑 레몬이랑 토닉워터를 섞어서 소레토를 만들어 먹는 거야. 이게 술 못 먹는 사람들한테는 그만이거든!"

경아가 부지런히 소레토 제조를 했다. 탄실은 그 곁에서 미스터피자 홈런박스에 담긴 새우를 골라 먹고 있었다. 맥주와 과자 봉지들, 귤과 포도를 담은 바구니, 탄실이 먹고 싶다고 해서 사온 순대와 떡볶이 그릇이 수현의 거실을 채우고 있었다. 한마디로 너저분한 분위기였다. 다들 알딸딸해진 채로 넋이 반쯤 빠져 있었다.

수현은 시계를 보았다. 어느덧 열한 시였다.

"영화 볼까?"

"영화는 무슨. 수다나 떨자."

"근데 뭐 하나만 물어봐도 돼요?"

경아가 에이준에게 묻자 피자를 입에 문 에이준이 고개를 끄덕였다.

"정말 얘랑 아무 일도 없었어요? ……하긴, 맨날 보는 애들이 샤방샤방하고 복숭아 같은 쭉쭉빵빵이들일 텐데, 앞에 3자 달린 얘가 눈에 차겠어요. 하하."

수현이 경아를 찌릿, 째려보았다.

"에이, 아니에요. 제가 좋다고 했는데 수현 누나가 어린 남자는 남자로 안 보인다며, 흑흑."

에이준은 피자를 손에 든 채 장난스럽게 대답했다. 경아는 고개를 갸우뚱했다. 그러더니 이내 입을 가리며 하품을 했다. 아닌 게 아니라, 모두들 조금 있으면 아무 데나 쓰러져 잠들 태세였다.

탄실은 한 켠에서 남은 순대와 간에 떡볶이 국물을 묻혀 먹고 있었다. 수현은 이 알딸딸한 아이들을 보다가 문득 민 생각이 났다. 잠시 동안 그를 잊고 있었던 것이다. 수현은 배터리가 방전된 핸드폰을 충전기에 꽂은 뒤, 핸드폰 전원을 켰다.

'헐!'

부재중 전화가 열다섯 통이었다. 모두 민이었다. 수현은 정신이 번쩍 들었다. 수현은 방 안으로 들어가 문을 닫고 민에게 전화를 걸었다.

〈무슨 일 있나?〉

"아뇨, 일은요. 전화 많이 했었네요?"

〈저녁은 다 먹었고?〉

"……네, 전화하기가 좀 그래서 내일 하려고 했었어요. 친구들이 갑자기 집에 왔거든요."

〈……그래?〉

민의 목소리는 다소 떨떠름했다. 수현은 충분히 느낄 수 있었다. 하지만 구구절절 설명하고 싶지 않아 입을 다물고 말았다.

민이 이런 수현의 마음을 알 리 없었다. 그는 작은 약속에 민감한 남자였다. 수현이 보고 싶어 몇 시간이나 전화를 기다린 그였다. 민은 하고 싶은 건 미루지 못하는 성미였다.

〈지금 만나지. 내가 그쪽으로 갈게.〉

"친구들 와 있어요. 이제 다 같이 씻고 자려던 참……."

〈집 앞으로 갈게. 집 주소 카톡으로 찍어줘.〉

"작가님!"

민은 전화를 끊었다. 수현의 얼굴이 발그레 달아올랐다. 술기운인지 당황해서인지는 수현 자신도 몰랐다. 솔직히 오늘은 민을 보고 싶지 않았다. 내일 일어나 말끔한 상태로 만나고 싶었는데.

수현은 민에게 전화를 했다. 하지만 그는 수현의 전화를 받지 않았다. 이윽고 진동이 울리더니 카톡이 들어왔다. 오늘 꼭 만나야겠다며 문자로 주소를 찍으라는 민이었다. 수현은 하는 수 없이 그가 하라는 대로 했다.

'집 앞에서 잠깐 보고, 내일 다시 만나면 될 거야.'

거실로 나와 보니 가관이었다. 한 컨에는 오늘 저녁 먹어치운 음식들의 잔해가 담긴 쓰레기봉투가 굴러다니고 있었고, 경아와 탄실은 얇은 요를 깔아놓고 베개도 없이 잠이 든 채였다. 정연이는 청소를 하고 있었고, 에이준은 식탁 앞에 앉아 남은 음식들을 정리정돈하고 있었다.

"내가 할게. 넌 이제 그만 집에 가."

"집에 가라고요?"

"으응."

에이준이 유기견 같은 눈망울로 수현을 보았다.

"저, 하루만 재워주세요."

"그래, 수현아. 비도 올 것 같은데 그냥 너랑 나랑 삼촌 방에서 자고, 에이준은 네 방에서 재워."

정연이가 수현을 보며 말했다.

'그 사람, 집에 들어온다고 하는 건 아니겠지.'

수현은 저도 모르게 찜찜한 기분이 되었다.

청소를 마친 세 사람은 각자의 방으로 들어가 잘 준비를 했다. 수현과 정연은 태호와 영서의 방에 이불을 깔고 누웠다.

'왜 연락이 없지.'

수현은 창밖으로 보이는 검은 하늘을 보았다. 그때 핸드폰 진동이 울렸다.

〈누나, 잠깐 이 방으로 좀 건너와요.〉

에이준이었다. 수현은 메시지에 답을 하지 않고 정연에게 베개를 가져 온다는 핑계를 대고 자기 방으로 갔다. 에이준이 침대 위에 덩그러니 누워 있었다.

"안 자고 뭐 해?"

수현이 장롱에서 베개를 꺼내 들고 물었다.

"응. 그냥 공상 망상 중이에요."

"무슨 공상 망상?"

"그걸 말할 수 있으면 공상 망상이 아니지요."

에이준이 헤헤, 웃으며 수현을 보았다. 수현은 얼룩말이 그려진 하늘색 쿠션을 안은 채 침대에 누운 에이준을 보았다. 에이준의 뽀얀 얼굴에서는 빛이 나는 듯했다.

"너, 여자보다 피부가 더 좋아. 뭘 먹으면 그렇게 돼?"

"마음을 곱게 쓰면 돼요."

"……잘 자. 불 끈다?"

"5분만 있다 가면 안 돼요?"

"……."

수현은 책상 앞 의자에 앉아 에이준을 마주 보았다. 에이준은 길 잘 든 커다란 강아지처럼 초롱초롱한 눈망울로 수현을 보았다. 마치, 분부만 내려주시면 뭐든 하겠다는 듯한 얼굴이었다.

"물어보고 싶었어요. 오늘 좋았어요?"

"으응. 좋았어. 행복했어."

"누나 남자친구는 뭐 한대요? 생일인데 서프라이즈도 안 해 주고?"

"집 앞으로 온대, 지금."

에이준이 시계를 보는 동시에 수현의 핸드폰 진동이 울렸다. 민이었다.

〈지금 집 앞. 날 추우니까 옷 두둑이 입고 나와.〉

수현은 전화를 끊고 에이준을 보았다. 묘한 실망이 서린 얼굴이었다. 수현은 잠시 생각하다 입을 열었다.

"혹시 해서 하는 말인데……."

"누나, 걱정 마요. 저 그냥 여기 짱 박혀 있을게요."

"……으응."

"생일날, 전 국민적인 스캔들이 났던 아이돌 사고뭉치가 여자친구 방에 있는 걸 알게 된다면 나라도 가만 안 있을 거예요."

"그니까 얼른 자. 미안."

"미안하다는 말은 왠지 듣기가 싫어요."

"……나갔다 올게."

"방에 불 끄지 마요. 전 어두운 거 싫어하거든요. 굿 나잇."

에이준은 문을 닫고 나가는 수현의 뒷모습을 보았다.

수현은 마음이 편치 않았다. 쿠션을 정연에게 가져다주고 난 뒤 수현은 조심스레 문을 닫고 빌라 앞으로 나갔다. 민의 차가 보였다. 민은 차를 대놓고 밖에 나와 서 있었다.

"작가님."

민이 수현을 돌아보았다. 수현은 그를 보았다. 그는 청바지에 가벼운 점퍼 차림이었다. 수현은 민이 평소보다 앳돼 보인다는 생각을 했다.

'방송국에서나 작가님이지, 모르고 길에서 보면 대학원생쯤으로 알겠어.'

민의 얼굴을 보자, 몇 시간 전의 불쾌한 만남이 몇 년 전쯤에 있었던 일마냥 아득하게 느껴졌다. 하지만 개운치 않은 기분이 드는 건 여전했다.

"뭐 하고 있었나?"

민이 부드러운 시선으로 수현을 보았다. 수현은 그를 보며 미소를 지었다.

"친구들이랑 생일파티 했어요. 이것저것 실컷 먹고, 수다도 떨고."

"생일? 누구 생일?"

"……제 생일요."

민의 한쪽 눈썹이 찌푸려졌다. 수현은 아차, 싶었지만 뭐, 자신도 잊고 있던 생일이었으니 어쩔 수 없다.

"왜 미리 말 안 했지?"

"저도 잊고 있었어요."

"잊을 게 따로 있지, 본인 생일을 잊나?"

"음력이거든요. 그리고 올해는 진짜 너무너무 정신이 없었어요. 미리 달력에 표시도 못해둬서 그냥 지나갈 뻔한 거 있죠."

"아직 열두 시 안 됐군. 어디 가서 케이크라도 사줄게."

"아뇨. 지금 케이크 파는 데 없을 거예요. 난 오늘 얼굴 본 걸로 괜찮아요."

수현이 민을 보았다. 그렇지만 그녀, 가을의 마지막 말이 아직까지 마음에 남아 있었다. 언젠가는 확인하게 될 거라고 생각하니 목에 가시라도 걸린 것 같았다.

"드라이브나 갈까?"

그가 말을 마치자마자 빗방울이 툭, 머리 위로 떨어졌다. 수현은 고개를 뒤로 젖히고 하늘을 올려다보았다. 삼촌 말대로 비가 올 모양이었다. 수현은 민을 보았다.

"혹시 모르니까 올라가서 우산 가지고 올게요."

"내 차에 있어. 그냥 타."

민은 수현의 빌라를 올려다보았다. 3층 수현 방에만 불이 환하게 켜져 있었다.

"당신 집이 몇 층이야?"

"저기 불 켜진 집. 3층이요."

"저 방은 누구 방이야?"

"제 방이에요."

"삼촌은 집에 계신가?"

"아뇨. 외출하셨어요, 숙모랑."

"부모님은 같이 안 사시는 모양이지?"

"……."

말을 꺼낸 민은 잠시 수현의 표정을 살폈다. 수현은 1초가량 얼굴이 어두워지는 듯했으나 이내 의식적으로 미소를 지었다. 민은 그녀의 표정 하나하나를 정확하게 읽어낼 수 있었다. 수현은 천성이 거짓말을 못하는 여자였다. 입은 웃고 있어도 눈으로는 진짜 이야기를 하고 있었다.

"저한테는 삼촌이랑 숙모가 아빠, 엄마예요."

"삼촌은 삼촌이고 숙모는 숙모지, 어떻게 아빠, 엄마가 되지?"

"……."

"생일날 가장 생각나는 사람은 부모님일 텐데."

"아픈 데 찌르지 마세요."

"나한테까지 감출 필요는 없잖아."

"……."

수현은 말없이 가만히 서 있었다. 빗방울이 툭, 툭, 툭, 떨어졌다. 민은 점퍼를 벗어 수현에게 덮어주었다.

"얼른 차에 타."

수현은 민의 차에 탔다. 민은 헤드라이트를 켠 채 출발했다. 그런데 이게 웬걸! 헤드라이트 불빛이 닿는 곳에 에이준의 차가 서 있었다. 수현은 [수상한 연인] 촬영 당시 에이준이 요란하게 끌고 다니던 람보르기니를 기억하고 있었다. 저기에 세워져 있을 줄이야.

"저 차는 뭔데 저렇게 썬팅이 짙지?"

민은 아무 생각 없이 말했다. 하지만 수현은 말문이 막혀 버렸다.

"글쎄요. 저런 차가 우리 동네에⋯⋯ 참, 어울리지도 않는데, 그렇죠?"

수현이 어색한 미소를 지어 보였다. 민은 순간 그녀의 눈에서 당혹스런 감정을 읽을 수 있었다. 그는 급히 브레이크를 밟은 뒤 차에서 내렸다.

수현은 민이 에이준의 람보르기니로 다가가는 것을 보았다. 민의 차 헤드라이트 불빛은 여전히 에이준의 차를 비추고 있었다. 수현은 가슴이 쿵쿵 뛰는 것을 느꼈다. 민은 에이준의 차를 이리저리 보더니, 자신의 차로 돌아왔다.

"셋 셀 동안 솔직히 말해. 저 차 주인이 누구지?"

그의 얼굴이 찌푸려졌다.

"⋯⋯."

"다시 한 번 물을게. 저 차 주인이 누구지?"

민은 화를 내지 않기 위해 부단히 노력하며 그녀를 보았다. 그는 수현이 자꾸만 뭔가를 감추려고 하는 것이 기분 나빴다. 오늘 하루 종일 그녀의 연락만을 기다렸던 민이었다. 혼자 안달 난 사람처럼 비쳐지는 것도 싫었지만, 저 차가 에이준의 차일 거라는 명확한 직감은 더 불쾌했다. 이런 민에게 수현은 더 이상 거짓말을 할 수 없었다.

'올해 생일 정말 제대로 버라이어티하네.'

수현은 나직이 한숨을 내쉰 뒤 그에게 말했다.

"에이준의 차예요."

"뭐?!"

"친구들이랑 같이 생일파티 해준다고 왔더라고요. 그게 처음이고 끝이에요. 정말 아무 일도 없었어요."

민은 차에서 내리더니 에이준의 차로 갔다. 그러더니 있는 힘을 다해 람보르기니를 발로 찼다.

'발 아플 텐데……'

민이 저렇게 폭주하는 모습은 처음이었다. 수현은 그의 점퍼를 끌어안은 채로 이성을 잃은 그를 보았다. 그는 이윽고 빌라 안으로 들어갔다.

수현은 잽싸게 차에서 내린 뒤 민의 뒤를 따라 빌라 안으로 들어갔다. 서른 살의 생일은 마지막까지 예측 불가능한 드라마 엔딩마냥 오르락내리락이 제대로다. 수현은 민이 에이준을 때려죽이지나 않을까 두려워졌다.

민은 3층 수현의 집 대문을 쿵쿵 두드렸다. 이윽고 눈이 반쯤 감긴 탄실이가 문을 열었다.

"어, 누구신지?"

민은 탄실에게 살짝 인사한 뒤 안으로 들어갔다. 탄실이 민의 등 뒤에 대고 말했다.

"생각났다. 저번에 수영장에서 뵀었죠? 근데 이 시각에 웬일……."

이윽고 수현이 집 안으로 들어왔다. 탄실은 작은 눈이 동그래
져서는 수현에게 말했다.

"저 사람이 그때 그 작가 맞지?"

수현은 탄실의 말에 대답을 하지 않고 신발을 벗고 안으로 들
어갔다.

"왜 대답들을 안 하는 거야……."

수현은 탄실에게 '쉿' 하는 제스처를 취한 뒤 민에게로 갔다.
하지만 민은 이미 수현의 방문을 벌컥 연 뒤였다. 그 안에는 수
현의 곰인형을 끌어안은 채 침대에서 공상, 망상 중인 에이준이
있었다. 에이준은 민과 눈이 마주쳤다. 민은 성큼성큼 에이준에
게로 다가갔다.

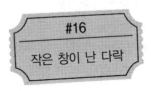

#16

작은 창이 난 다락

민은 남아도는 힘으로 침대에 있는 에이준을 끌어 내렸다. 바닥에 내동댕이쳐진 에이준은 민을 올려다봤지만, 민은 에이준을 다시금 발로 찼다. 에이준은 날벼락을 맞은 얼굴로 민을 올려다보았다. 민은 질투에 눈이 멀어 이성적인 판단이 불가능한 상태였다.

"뭡니까, 당신?"

에이준이 겨우 몸을 일으키며 민을 쏘아봤다.

"그건 내 질문인데."

민이 흡사 집안의 원수를 만난 것 같은 표정으로 에이준에게 말했다.

눈가에 졸음이 붙어 있는 탄실과 할 말을 잃은 수현은 이 광경을 뜨악하게 보고 있었다. 저쪽 방에서 정연이가 달려 나왔고, 경아는 이 와중에도 수면안대를 낀 채 세상모르고 쿨쿨 자고 있었다.

"지금 뭐 하시는 거예요?"

수현이 민을 보았다. 에이준은 잽싸게 자리에서 일어났다. 수현은 민에게로 다가왔다.

"제 방에서 나가주세요."

"뭐?"

민이 수현을 보았다. 수현은 정말이지 친구들에게 창피했고 에이준에게 더없이 미안했다. 하지만 민은 아직도 화가 가시지 않은 채였다. 마음 같아선 에이준을 몇 대 더 때려주고 싶었다. 이성을 잃은 민은 수현의 방이 얼마나 아기자기한지, 수현의 방에서 나는 향기가 얼마나 달콤한지 알아차릴 수 없었다. 그저 민에게는 다음과 같은 사실만이 중요할 뿐이었다.

1. 명수현의 방에 에이준이 있다.
2. 나도 못 들어와 본 명수현의 방에 에이준이 있다.
3. 나도 못 누워본 명수현의 방 침대 위에 에이준이 있다.

수현은 이 사태를 어떻게 수습할 것인가가 중요했다. 일단 민과 에이준을 떼어놓는 게 급선무였다. 민에게 부연설명을 해봤자 그의 귀에는 들리지 않을 것이 분명했다.

"일단 여기서 나가요. 오늘은 날이 아닌 것 같아요."

"날이 아니라니, 대체 무슨 말이지?"

민은 눈에 불을 품고 수현을 보았다. 수현은 뭔가를 얘기하려다가 그냥 참고 말았다. 오늘 있었던 일에 대해서 구구절절 이야기하고, 자신의 속마음을 탈탈 털어놓고 싶었지만 지금은 때가 아니었다. 민은 집으로 돌아가야 하고 수현은 에이준과 친구들에게 사과해야 한다.

"내일 다시 이야기할게요. 제집에 온 손님한테 대체 무슨 짓이에요?"

수현은 민에게 따끔하게 말했다. 하지만 민은 수현, 그녀를 당최 이해할 수가 없었다.

"당신은 잘나가다가 가끔 딴 길로 새는 여자지. 대체 생각이라는 게 있는 거야, 없는 거야?"

"뭐라고요?"

"지금 이 상황을 너그럽게 받아들이고 이해할 남자가 세상에 있을 것 같아?"

민이 이렇게 목소리를 높이는 모습은 처음 보았다. 수현은 순간 그가 두려워졌다.

"나가서 이야기해요."

"……."

"저기요."

에이준이 두 사람 사이에 끼어들었다.

"제가 대신 설명하자면……."

"듣고 싶지 않아."

그가 에이준을 쏘아보았다. 에이준은 민의 기세에 눌려 잠시 할 말을 잃었다. 수현은 에이준에게 더없이 미안했다. 시계는 열한 시 반을 지나고 있었다.

"오늘 수현 누나 생일이에요."

"너랑은 상관없는 일이야."

"류 작가님!"

모두의 눈이 민에게로 집중되었다. 탄실은 이제야 뭔가를 알겠다는 얼굴로 입을 열었다.

"류 작가? 류 작가? 이 사람이 그 류민 작가?"

민은 어처구니가 없었다. 그는 그저 수현을 보고 싶어 한 달음에 달려왔을 뿐이었다. 불청객이 되어버린 것 같은 자신의 꼴이 우습게 느껴졌다. 자신보다는 에이준을 걱정하는 수현이 야속하게 느껴지는 민이었다. 민은 치솟아오르는 감정을 주체하기 힘들었지만, 애써 냉정하게 상황을 보려 했다.

"일단 당신 나랑 나가자고."

수현은 민을 올려다보았다. 그의 목울대가 미세하게 떨리고 있었다. 귀까지 빨개진 민이었다. 수현은 시계를 보았다. 버라이어티한 하루가 아직도 지나가지 않았다니, 무슨 사건 25시를 찍는 기분이다.

"먼저 나가세요. 전 수습하고 나갈게요. 요 앞에 놀이터 있어요. 거기서 기다려요."

"······10분 주지."

"명령하지 마세요."

방을 나가는 민의 뒷모습을 보며 수현은 다시 한 번 가을을 떠올리지 않을 수 없었다.

현관에서 자신의 운동화에 발을 꿰어 넣던 민은 들어올 때 보지 못했던 에이준의 흰 운동화를 보았다. 민은 에이준의 운동화를 거세게 짓밟은 뒤 문을 닫고 빌라 계단을 내려갔다.

"누나, 왜 저런 남자랑 사귀어요? 한눈에 봐도 폭군인데."

에이준은 걱정스런 눈빛으로 수현을 보았다. 정연이와 탄실이 역시 수현을 안쓰러운 눈으로 보았다. 수현은 친구들에게 미안하고 부끄러웠다. 어느덧 시계는 열한 시 45분을 가리키고 있었다.

"수현아, 너 류민이랑 연애한다고 왜 우리한테 말 안 했어."

"······누나, 저 사람 방송가에 소문난 거 알죠. 안하무인에 이기적이고 고집 세기로 둘째가라면 서럽다던데요. 누나, 더 상처받기 전에 얼른 그만둬요."

"······내 일은 내가 판단해."

말은 이렇게 했지만 수현의 마음은 원양어선을 탄 초짜 어부의 속마냥 울렁대기 시작했다.

"원래 주변 사람들 눈이 정확한 법이에요. 나중에 후회하지 말고 더 깊어지기 전에 얼른 끊어내요."

"더 얘기하고 싶지 않아. 나도 오늘 힘들었거든. 나갈게. 이준아, 미안해."

"누나가 잘못한 건 없어요."

"무섭다, 류민. 얼른 나가서 얘기하고 들어와. 안 자고 기다릴게."

"……먼저 자."

모두의 걱정을 뒤로하고 수현은 밖으로 나왔다. 민은 집 앞 차 안에 있었다. 시커먼 하늘에서 비가 부슬부슬 떨어졌다. 우중충한 구름이 떠 있는 까만 밤하늘이었다. 수현은 민의 차에 타야 할지 말아야 할지 고민하고 있었다. 왠지 지금 저 차를 타면 내릴 수 없을 것 같았다.

"……어서 타."

차창 문을 내리고 민이 말했다. 머뭇거리던 수현은 조수석에 올라탔다. 민은 수현을 태우자마자 차 문을 잠근 뒤 속력을 높였다. 매서운 운전 솜씨였다. 민의 벤츠는 순식간에 수현의 동네를 빠져나와 길음 사거리로 접어들었다.

수현은 핸드폰을 열어 시간을 보았다. 열두 시 5분. 드디어 지나간 서른 번째 생일. 수현은 핸드폰을 점퍼 주머니에 넣으려던 참이었다. 민이 수현이 핸드폰을 낚아채더니 자신의 주머니에 넣었다.

"지금 뭐 하는 거예요?"

"벨트 매."

"핸드폰 주세요."

"벨트부터 매. 난 같은 말 여러 번 하는 거 좋아하지 않아."

민이 무표정으로 말했다. 그의 얼굴에는 짙은 그림자가 드리워져 있었다. 수현은 민의 다른 얼굴을 본 것만 같아 당혹스러웠다.

"이 상황이 기분 나쁜 건 충분히 이해해요. 하지만 그럴 필요까진 없었잖아요!"

"조용히 가지."

"제가 무슨 범죄자라도 돼요? 그런 식으로 말하지 마세요."

민은 운전하는 내내 말이 없었다. 이런 식의 반응은 너무하다는 생각이 드는 수현이었다. 날 얼마나 믿지 못하면 저렇게 화를 내는 걸까 싶어 속이 상하기도 했다. 그러다 이동하는 내내 그가 한마디도 하지 않자 그녀는 점점 기가 막혔다. 가을이 했던 말들이 조목조목 재생되는 것이었다.

"같은 여자로서 걱정이 돼서 그래요. 류 작가를 저만큼 감당할 만한 여자는 없어요."

"그 사람은 자기감정에 지나치게 충실하고, 가끔은 도무지 이해할 수 없는 혼자만의 세계로 빠져 들어가곤 해요."

"류 작가는 사회부적응자 같았어요. 누구랑 있어도 가까워지거나 그 사람을 진심으로 이해하거나 할 수가 없었대요."

수현은 무표정으로 운전 중인 민을 보았다. 민은 수현의 시선에도 아랑곳하지 않았다. 비가 세차게 쏟아졌고, 민은 와이퍼를 켰다. 무슨 생각을 하는지 알 수 없는 그였다. 이윽고 민의 차가 한남동 저택으로 들어섰다. 민은 주차장에 차를 세운 뒤, 거칠게 문을 열고 말했다.

"나와."

"집에 가고 싶어요."

"……얼른 나와."

수현은 그의 눈을 보았다. 그의 미간에는 힘이 들어가 있었다. 수현은 이렇게까지 화를 내는 그가 밉기도 했다. 에이준과 단둘이 있었던 것도 아니고, 친구들과 함께였던 걸 알면서 대체 왜? 수현은 자신은 잘못한 게 없다는 생각으로 민을 대하기로 했다. 아니, 생각이 아니라 사실이었다. 차에서 내린 수현은 민과 함께 집 안으로 들어갔다. 거실에 들어가자 안주인처럼 자리 잡고 있는 흰 가죽 소파가 눈에 들어왔다. 민은 점퍼를 소파에 아무렇게나 던져 둔 뒤 자리에 앉았다.

"잠깐 앉아봐."

민이 엉거주춤 선 수현에게 말했다.

"그 소파엔 안 앉을래요."

"왜 말 안 되는 고집을 부리지?"

"말이 안 되는지 되는지는 곰곰이 생각해 보시고요."

민이 일어나 수현에게로 왔다. 수현은 눈을 동그랗게 뜨고 민에게 말했다.

"우리 이십대 초반 애들 아니잖아요. 이것저것 겪었고, 삶이 힘들다는 것도 충분히 아는 나이잖아요. 일에도 지쳐 봤고, 사람에도 치여봤잖아요. 조금은 너그럽게 날 받아줄 순 없어요? 꼭 이렇게 무섭게 굴어야겠어요?"

민은 수현에게로 점점 더 가까이 다가왔다. 그러더니 그녀의 손목을 낚아챈 뒤, 2층 계단으로 올라갔다.

수현은 손목이 몹시 아팠다. 민은 2층 안쪽에 있는 문을 열었다. 문 안에 계단이 또 있었다. 수현은 미로와도 같은 집 구조에 기함하며 그에게 끌려갔다.

"이거 좀 놓을 수 없어요?"

"어린애처럼 굴지 마."

민이 수현을 데리고 들어온 곳은 한강이 훤히 내려다보이는 복층식 다락이었다. 다락은 바닥부터 천장까지 모두 목재로 되어 있었고, 한가운데에 낮고 폭신한 침대와 흑색 암체어가 놓여 있었다. 천장에서부터 줄이 매달린 나무 그네가 유독 눈에 띄었다.

"대체 이 공간의 정체성은 뭐예요?"

"머리가 복잡할 때 오는 곳."

"언제까지 그렇게 초딩 남자애처럼 굴 거예요?"

"몰랐나? 남자는 평생 어린아이라는 걸."

"제 머리가 다 복잡하네요."

수현은 암체어에 앉았다. 민에게 기가 빨린 듯한 느낌이었다. 민은 침대에 앉아 수현을 보았다. 그녀는 여러모로 지쳐 보였다. 민은 그녀에게 다정하게 대해주고 따뜻한 말을 해주고 싶었다. 생일이라는 걸 미리 알았다면 근사한 저녁과 왕방울만 한 다이아 반지도 사줄 수 있었다.

"얼마나 생각 없이 살기에 자기 생일도 못 챙기는 거지?"

하지만 입에서 나온 말은 여전히 류민표 독설.

"그러게요. 전 뇌에 주름이 별로 없나 봐요."

수현은 입을 다물고 눈을 감았다. 친구들과 먹은 음식들과 술과 오늘 하루의 여러 일들이 범벅처럼 뒤섞여 머리가 찌릿찌릿했다. 수현 역시 민을 붙들고 늘어지자면 그럴 수 있었다. 하지만 그녀는 그를 사랑하고 있었다. 민 생각만 하면 마음 한가운데에서 아이스크림이 녹아내리는 것 같은 기분이 들곤 했던 것이다. 그녀는 그에게 잘 보이고 싶었다. 좋은 여자가 되어주고 싶었다. 하지만 현실은 여전히 한 치 앞도 알 수 없는 요지경 드라마 같다.

"이리 와봐."

"그냥 여기서 눈 감고 쉬게 해줘요."

"……."

"앞으로 만나지 마, 그 자식. 전화 통화도 안 돼."

민은 일어나 다락 창문을 열었다. 비 내리는 소리가 더욱 선명하게 들렸다. 수현은 눈을 살짝 뜬 뒤, 창밖을 보는 그의 옆모습을 보았다.

"작가님."

그가 수현을 보았다. 뭔가를 갈구하는 눈빛이었다.

"전 연애를 한다고 해서 주변의 소중한 사람들을 끊어낸다거나 하진 않아요."

"소중한 사람들?"

그가 이내 눈살을 찌푸렸다.

"네. 이십대 땐 내 거 챙기느라 몰랐죠. 하지만 한 살, 두 살 먹을수록 알겠더라고요. 내 인생길에서 만난 사람들이 얼마나 소중한지를요. 전요, 사람들 속에서 살 때 행복해요. 물론 지금은 작가님이 제일 중요하지만 그렇다고 해서 주변 사람들을 소홀히 하고 싶진 않아요."

수현은 암체어에 앉은 채로 민을 보았다.

"나중에 정식으로 소개시켜 드릴게요, 제 친구들도."

수현은 진심이었다. 하지만 민은 콧방귀를 꼈다.

"순진한 척하는 건가, 아니면 진짜로 순진한 건가. 그 자식도 당신을 그렇게 생각할 것 같아? 번잡스런 연예계 생활에 지쳤는데, 당신이 여지를 주니까 자꾸만 와서 건드려 보고 두드려 보고 하는 거야. 당신 유치원생이야? 남자와 여자는 다르단 걸 진짜 모르나? 그런 사진까지 찍히고, 그 난리를 치렀으면서도 소중한 사람 운운하는 그 뇌구조를 당최 이해할 수가 없군."

민은 수현을 어린아이 보듯 보았다.

"거두절미하고, 그놈이랑 연락하지 마."

"함부로 이놈 저놈 하지 마세요."

민은 바지주머니에서 압수해 뒀던 수현의 핸드폰을 꺼냈다. 그리고는 몇 번 비밀번호를 틀린 후에 수현의 생일을 입력해 전화번호부를 열었다. 그리고는 에이준의 번호를 가뿐히 지워 버렸다.

"뭐 하시는 거예요?"

"내가 할 일을 했을 뿐이야."

수현은 더는 화를 낼 기운도 없었다. 민에게로 다가가 핸드폰을 빼앗아 든 뒤 방을 나가려고 했지만 민이 수현의 팔을 뒤에서 낚아채듯 잡았다. 그러고는 문을 잠갔다.

"여기 있어."

민은 수현의 양 뺨을 커다란 두 손으로 잡았다. 그리고 자기 눈을 똑바로 보게 했다.

"당신이 눈에 안 보이면 불안해. 그리고 당신이 나 아닌 다른 사람들이랑 나보다 더 많은 시간을 보내는 건 거슬려. 한마디로 싫어."

"사람 질리게 하지 마세요."

민은 수현의 손목을 붙들더니 그녀를 침대로 데리고 갔다. 수현은 숨이 막혔다. 열린 창으로 찬바람이 들어왔다. 민은 도라에몽이 그려진 수현의 하늘색 티셔츠를 올린 뒤 그녀를 강제로 쓰다듬었다. 수현은 얼마 전까지만 해도 더없이 따뜻하던 민의 손길이 공포스럽게 느껴져 그를 밀어내려 했다. 하지만 민은 역시나 힘이 세다. 수현은 그에게 잡혔던 오른쪽 손목이 시큰시큰하다.

수현은 이 순간에도 그에 대한 애정이 가슴속 깊이 있는 것을 느낀다. 하지만 이런 식으로는 정말이지 싫다. 한 번 이러고 나면, 훗날 갈등이 생겼을 때 또다시 이렇게 풀어 넘길까 봐 걱정이 되기도 했다. 수현은 민과 이야기를 하고 싶다. 하지만 민은 대화로 푸는 방식을 잘 모른다. 아이러니하게도 그는 그의 대본 속에서만 제대로 소통할 줄 아는 남자다.

"진짜 싫어요."

"좋게 해줄게."

"좋을 리가 없다구요!? 이것 좀 놓고 얘기하세요!"

수현이 소리를 빽, 지르자 민은 잠시 주춤한다. 하지만 망설임도 잠시, 그는 수현의 티셔츠를 벗겨낸 뒤 그녀의 베이지색 브래지어도 풀어냈다. 수현은 그의 손이 닿을 때마다 움찔움찔하는 자신을 자각했다.

민은 수현의 하얗고 봉긋한 가슴에 손가락을 댄다. 수현은 어떻게든 이 짓을 멈춰야겠다고 생각했다. 민은 그의 입술을 수현의 유두에 가져다 댔다가 잠시 멈췄다. 수현은 민의 난폭한 면을 받아들이기 힘들다. 그는 이성적이고, 합리적이고, 무엇보다도 사리분별이 명확한 남자다. 그런데 갈등을 이런 식으로 해결하려 하다니! 이건 삼류 일본만화에나 나오는 장면이다. 민의 혀가 수현을 거칠게 애무하는 순간, 수현은 그를 있는 힘껏 밀어냈다.

수현은 민을 똑바로 바라봤다. 민은 그녀의 시선에 잠시 멈칫했다. 그녀는 의외로 차분하고 정돈된 얼굴이었다.

"그만해요. 만질 때마다 점점 당신이 싫어질지 몰라요."

수현은 민을 똑바로 보고 말했다. 민은 그녀의 시선에 잠시 멈칫했다. 그사이 수현은 자신의 브래지어를 찾아서 입고 뒤집어진 티셔츠를 바로 해 입었다. 민은 그런 그녀를 보고 있을 수밖에 없었다. 두 사람 사이에 잠시 어색한 정적이 흘렀다.

"작가님은 글 밖으로 나와서 진짜 인간관계에 대해 배워야 할 필요가 있어요."

수현은 진심이었다.

"지금 날 가르치는 건가?"

"아뇨, 진심으로 충고하는 거예요."

"그런 충고 따윈 필요 없어."

"관계란 게 뭔데요, 사랑이라는 게 뭔데요? 당신처럼 일방적으로 자기주장만 하는 사람, 숨 막혀요. 난 즐겁고 편안한 게 사랑이라고 생각해요. 한 번쯤은 상대방 입장에서 생각해 주는 거, 그런 배려도 없이 관계가 이어질 것 같아요?"

민은 그녀를 제압하려는 듯 키스를 해왔다. 그의 혀가 세차게 수현의 입술을 뚫고 들어왔다. 수현은 그의 입술을 떼어내려 했지만 그는 막무가내였다. 수현과 민의 이빨이 거세게 부딪혔다.

밖에서 비가 들이쳐 수현의 눈가에 빗물이 튀었다. 그녀는 있는 힘을 다해 그를 밀어냈다. 민은 하마터면 침대 밑으로 떨어질 뻔했다.

"안 돼요, 안 돼요, 하다 돼요, 돼요 할 줄 알았어요?"

수현이 민을 쏘아봤다. 민은 자존심이 상했다. 민은 수현의 팔을 거세게 잡았다.

"적반하장이군."

"뭐라고요?"

수현은 민을 쏘아보았다. 긴 한숨을 내쉰 그녀는 그에게 말을 뱉었다.

"당신은 나한테 거리낄 게 없단 말이죠?"

"말 돌리지 마."

"웃통 벗어봐요."

"뭐라고?"

그가 어이없는 얼굴로 그녀를 보았다.

"왼팔 안쪽 보여줘 봐요!"

"뭐?!"

"왜요, 내가 에이준 포함 친구들이랑 같이 생일을 보낸 건 격노할 일이고, 내가 당신 왼팔에 있는 그걸 확인하고 싶은 건, 일종의 의부증인가요?"

빗줄기는 점점 더 거세졌고, 민은 수현에게 아무런 말도 할 수 없었다. 수현은 물증 확보를 눈앞에 둔 예리한 여형사의 시선으로 민을 보았다. 그는 수현의 말에 따를 수도, 따르지 않을 수도 없었다.

빗소리만 들리는 하염없이 허전한 새벽이었다. 수현은 핸드폰을 들고 시간을 보았다. 새벽 두 시……. 수현은 나직이 한숨을 내쉬고 창가로 가서 창문을 닫았다. 그리고 망설이다 입을 열었다.

"아까 저녁에 한가을 작가님이 삼촌 사무실에 왔었어요. 들을 얘기 못 들을 얘기 다 들었지만 난 남의 얘기로 내 사람을 판단하는 사람이 아니에요. 그래서 괴로웠지만 그냥 흘려듣고 말았어요. 하지만 그게 아직도 있다면 얘긴 달라져요."

"……."

민은 아무런 대답도 하지 못했다. 수현은 마음을 덤덤히 먹기로 했지만, 제멋대로 뛰는 심장박동까지 제어할 순 없었다.

아까 저녁, 여덟 시가 되기 직전. 수현은 휴전선을 사이에 둔 북한군과 남한군마냥 가을과 마주 앉아 있었다. 가을의 에너지는 어마어마했다. 수현 입장에선 그다지 좋은 에너지는 아니었지만 수현이 그러거나 말거나 가을은 얇은 칼 같은 입술로 수현의 가슴을 찌를 법한 이야기를 시작했다.

"전 드라마를 쓰지 않을 때는 뭐든 배워두는 스타일이에요."

'어련하시겠어요.'

수현은 가을 같은 친구가 없다는 사실에 감사하며 마주 앉은 그녀를 보았다.

"전 그 사람이랑 한창 좋을 때 타투를 배워서 그 사람 왼팔 안쪽에 직접 제 이름을 새겨넣었어요."

가을은 우위를 점령한 북한군의 표정으로 수현을 보았다.

"제 생각에는 그 사람, 그거 아직도 그대로 놔뒀을 것 같아요."

"……."

"만약에 그게 그대로 있다면, 감독님은 그 사람이랑 계속 만나실 거예요?"

수현은 순간 호흡곤란이 올 것 같았다. 가을은 다 먹은 요구르트 병을 휴지통에 버린 뒤 가방에서 물티슈를 꺼내 손을 닦았다. 그녀의 손톱이 반짝였다.

수현은 가슴 한가운데 유리 부스러기라도 박힌 듯 마음이 따끔거렸다. 그와 잠자리를 할 때 그런 것까진 확인하지 못했다. 그냥 그가 너무 좋아 스킨십에만 열중했던 수현이었다. 수현은 생각이 많아졌다. 이윽고 시계는 여덟 시를 가리켰고, 가을은 자리에서 일어났다.

"감독님, 세상은 눈 크게 뜨고, 정신 바짝 차려야 제대로 살아지는 곳이더라고요."

"……."

수현은 아무런 대꾸도 하지 않았다.

"사랑도 마찬가지예요. 감정이 앞서면 후회하게 돼요, 분명. 분석하고 생각하고 또 생각해야 후한이 없어요."

"여덟 시 넘지 않았어요? 조심히 가세요. 오늘 밤 꿈자리 조심하시구요."

가을이 지나간 자리는 태풍이 휩쓸고 간 자리마냥 황폐하기 그지없었다. 수현은 멍하니 앉아 있다가 카톡에 접속해 민의 프로필 사진을 보았다. 멋스럽게 나온 겨울이 사진이었다. 수현은 민에게 메시지를 보낼까 망설이다, 카톡 창을 닫았다.

그리고 지금 이 순간. 수현 곁의 민은 꿀이라도 훔쳐 먹은 동자승처럼 아무 말이 없었다. 난방마저 고장이 난 건지 다락은 몹시 추웠다.

그는 이곳에서 그녀와 한강을 바라보며 이야기를 나누고 마음을 풀고 하룻밤을 보낼 생각이었다. 하지만 생각지도 못한 수현의 얘기로 민은 강편치를 맞은 것 같은 심정이 되고 말았다.

"……."

"팔 보여줘요."

수현이 손을 내밀었다. 민은 자기도 모르게 몸을 뒤로 뺐다. 수현의 눈에 실망감이 다분했다. 민은 침대에서 일어났다. 수현은 가슴에서 작은 불꽃이 피어오르는 것만 같았다. 생각 같아서는 있는 힘을 다해 그의 티셔츠를 벗긴 뒤, 그의 팔에 새겨진 가을의 이름을 두 눈으로 똑똑히 확인하고 싶었다. 수현은 민의 팔을 잡았다. 두 사람의 눈이 마주쳤다.

"싫어요? 도망가고 싶어요?"

수현이 말했다.

"아니."

민이 체념한 듯 수현을 보았다. 하지만 그의 얼굴은 생각보다 덤덤했다.

"그럼 티셔츠 벗어봐요."

"……."

"왜 망설이는데요, 내가 이러는 게 징글징글해요?"

민은 잠시 머뭇거리다 입을 열었다.

"그런 건 아니야. 한 작가가 무슨 얘기를 했는지 자세히는 모르지만, 대충 짐작은 가."

"……그래서요."

"다 지난 일이야. 그때의 나랑 지금의 나는 달라."

"애매모호하게 넘어가려고 하지 말아요. 팔 걷어보라고요!"

"……당신 마음은 그 정도밖에 안 되나? 별수 없이 어린애군."

민이 수현을 보았다. 그의 눈빛은 다소 슬퍼 보였다. 수현은 순간 말문이 막혔다. 사실 그의 팔 안쪽을 확인하는 건 두려운 일이었다. 무엇보다 그가 가을의 이름을 몸에 새길 만큼 사랑했다는 사실이 수현을 견딜 수 없게 했다. 수현은 침대에서 일어났다. 창을 닫은 다락은 알프스의 산장 다락처럼 고요하고, 세상과 괴리된 느낌이었다. 누군가 날카로운 칼로 수현의 심장을 포를 뜨는 것만 같았다. 원치 않는 부록처럼 딸려온 질투가 수현의 온몸을 불길처럼 휘감았다.

"저, 갈래요."

수현은 민의 눈을 똑바로 보았다. 그는 뭔가를 잠시 생각하는 듯했지만 말로 내뱉지는 않았다.

"비가 많이 와. 자고 가."

"······우산 빌려줘요."

민은 아무 말도 하지 않았다. 수현은 그가 그 어떤 해명이라도 해주기를 바랐지만, 그녀의 기대는 보기 좋게 엇나갔다. 수현은 민이 왜 드라마의 로맨스 부분 집필에 어려움을 겪었는지 어렴풋이 알 수 있었다. 그는 일을 할 때에는 누구보다 철두철미한 사람이지만, 관계에 있어서는 수현보다 어린애였다. 그는 본능적이고 직관적이지만 자기중심적이다. 그는 사람을 달래는 법을 모른다. 그는 여자 또한 모른다.

"지금 가면 도피밖에 안 돼."

"······팔 보여주면 모든 게 해결돼요."

수현이 정곡을 찌르듯 말했다.

"그게 있건 없건 문제가 되나?"

"그건 당연한 거죠. 에이준이 친구들이랑 놀러왔다 내 방에 있는 건 문제고, 당신 팔에 옛날 여자친구 이름이 있는 건 문제가 아니란 말이에요?"

"······."

"하고 싶은 말은 많은데 그냥 접어둘래요. 나 가요."

수현이 통보하듯 말했다.

"잡아도 갈 건가?"

"……네."

"그냥 가면 잠이 오겠어?"

민이 몸을 일으켰다. 수현은 순간 긴장했다. 그는 천천히 일어나 상의를 벗었다. 그리고 수현 쪽을 보았다.

"와서 봐."

그 자리에 뿌리를 박은 듯 서 있던 수현은 정신을 차리고 민에게로 다가갔다. 그에게로 가는 한 걸음, 한 걸음이 천 리 길처럼 느껴졌다. 가슴을 진정시키며 민 앞에 선 수현이 그의 왼팔을 잡고 조심스레 팔 안쪽을 확인했다.

"……!"

수현의 눈이 휘둥그레졌다. 그의 팔을 잡은 수현은 민망함에 어쩔 줄을 몰랐다. 민의 팔에는 아무런 흔적도 없었다. 그냥 깨끗하고 잘 뻗은 남자의 팔일뿐이었다. 민은 무표정으로 수현을 보았다. 수현은 그의 시선을 피하고만 싶었다.

"……."

"당신은 날 의심했어."

민은 팔을 내리고는 아무런 일도 없었다는 듯 티셔츠를 집어 들어 입었다.

"의심이 아니라 확인일 뿐이에요."

"당신은 아직도 나에 대해서 파악하지 못했군. 난 일뿐만 아니라 사생활에서도 철두철미한 사람이지."

"……."

"한 작가가 당신한테 어떤 말을 했는지는 상관이 없어. 중요한 건 당신이 흔들렸다는 거야."

"하지만 그런 말을 듣고 흔들리지 않을 여자는 없어요."

조금은 진정된 수현이 말했다.

"남의 말에 일일이 휘둘려서는 소중한 걸 지킬 수 없게 돼. 자기중심이 확실히 서 있지 않으면 감독으로도, 여자로서도 마이너스야."

옷을 다 입은 민은 무덤덤한 얼굴로 수현을 보았다. 수현은 욱하는 마음으로 민을 보았다.

"그러니까 당신 잘못은 없고 순전히 내 잘못이라는 말이네요?"

"난 옳은 말을 했을 뿐이야."

수현은 목에 뭔가가 턱, 걸리는 것만 같았다.

"이보세요, 류 작가님. 여자들은 옳은 말 이전에 보듬어주는 말을 듣고 싶어 해요. 옳은 말은 누구나 할 수 있어요. 그건 나랑 아무 상관 없는 지나가는 아저씨도 할 수 있어요!! 하지만 당신은 아니잖아. 적어도 내가 얼마나 혼란스러웠을지에 대한 걱정이 앞서야 하는 거 아니에요?"

"무슨 말을 해야 할지 모르겠군."

그 역시 화가 난 것 같았다. 산 넘어 산이었다. 민의 팔을 확인하기 전까지는 제발 타투가 없기만을 바랐는데, 그게 없는 걸 확인하고 나니 또다시 살얼음판이다. 수현은 이 상황이 아무렇지 않게 마무리되기를 바랐다. 민이 진짜 사랑하는 건 수현뿐이라고 이야기해 준다면 가을의 말 따위, 스케치북을 뜯어내듯 잊어 줄 수 있다.

하지만 민은 여자를 달래는 법을 모른다. 그는 타인 안으로 들어가 본 적이 없는 남자다. 자기 세계가 유독 강한 민은 남이 자신의 영역에 들어오는 것 역시 의식적으로 거부하며 살아왔다. 그 습관은 오랜 연애를 하면서도 바뀌지 않았다. 민은 수현에게 최선의 사랑을 주었다고 생각한다. 하지만 여전히 수현의 입장에서 생각하는 건 쉽지 않은 민이었다.

"어떻게 해야 당신 기분이 나아질 수 있지?"

"그걸 저한테 물어보시면 어떡해요?"

"알았어. 입 다물지."

민은 목청을 높이는 수현의 모습이 익숙지 않았다. 그 역시 이 상황을 부드럽게 마무리하고 다시금 그녀와 웃으며 이야기를 나누고 싶었다. 하지만 수현은 단단히 화가 난 눈치다. 민은 지난 시간을 헤집어 추억하는 타입이 아니다. 지난 일은 그저 건너온 다리에 불과하다. 나직이 한숨을 내쉬는 민은 수현을 어떻게 달랠까 궁리했지만 그녀는 가시 돋친 선인장 같았다. 자기도 모르게 수현의 눈치를 보는 그였다.

"일단 오늘은 집에 갈래요. 가서 좀 쉬고 마음이 잠잠해지면 다시 만나요, 우리."

수현은 마음을 가다듬고 말했다. 화가 난 상태에서 말을 내뱉다 보면 감정에 휘둘릴 수 있다는 생각에서였다. 수현은 천천히 숨을 깊이 들이쉰 뒤 내쉬었다. 그러고 나니 조금 안정이 되는 듯도 했다.

민은 어떻게든 수현을 보내지 않겠다고 생각했다. 오늘 지금 이 순간 이 갈등을 풀지 못한다면 오늘 밤 민은 잠을 이루지 못할 것이다.

'가지 마.'

하지만 말은 생각과 다르게 나왔다.

"내려가서 차 데워놓을 테니 천천히 나와."

수현의 집에서는 수다꽃이 만발하고 있었다. 정연과 경아, 탄실, 에이준은 아까의 소동은 잊은 채 살아온 이야기들을 나누고 있었다. 안경을 낀 짧은 파마머리에 통통한 체격의 탄실은 연신 곁눈질로 에이준을 살피고 있었다.

'어쩜, 피부에 모공이 하나도 없냐……'

에이준은 사람들의 시선이 익숙한 편이었다. 내일 스케줄도 없으니 누님들이랑 수다나 떨다 아침에 해장하고 가야겠다는 생각이었다.

"근데 너, 아니…… 뭐라고 불러야 되지?"

"그냥 너라고 부르세요."

에이준의 꽃미소에 탄실이는 바람난 봄처녀처럼 마음이 살랑 살랑했다.

"방송에서 보니까 코끝 잡고 막 움직여 보던데, 정말 성형한 거 아니야?"

"야아, 그런 걸 물어보고 그래."

경아가 지적질을 했다.

"사실요……."

에이준이 입을 떼자 모두의 시선이 에이준의 코끝으로 집중됐다.

"전 날 때부터 피부 좋고 코도 높았어요. 근데 이건 껍데기일 뿐이에요."

"응. 껍데기 멋있다."

탄실이 말했다. 에이준은 푸근하기 그지없는 탄실의 옆모습을 보았다. 한입에 먹을 수 있는 과일이라고는 포도밖에 없을 법한 탄실의 작은 입술이 눈에 들어왔다. 눈이 마주치자 탄실이 미소를 지어 보였다.

"졸리다. 난 먼저 잔다."

아까부터 졸려 죽으려고 하던 경아는 자기 자리에 가서 다시 안대를 착용하고는 이내 잠이 들었다. 정연이 역시 잠이 고팠다. 정연이는 손으로 입을 가리며 하품을 한 다음 잘 자란 말을 남기고 방으로 들어갔다. 탄실은 잠이 오지 않았다. 하지만 에이준과 단둘이 있으려니 다소 어색하면서도 신기하기 그지없는 탄실이었다.

"방으로 들어갈래요, 누나? 경아 누나 자잖아요."

"엉. 근데 방에서…… 뭐 할 건데?"

"맥주나 마시죠, 뭐."

탄실은 에이준과 수현의 방 안으로 들어갔다. 방바닥에 앉은 두 사람은, MT라도 온 대학생들처럼 새우깡을 먹어가며 수다를 떨기 시작했다.

"있지, 넌 인생에서 다시 돌아가고 싶은 순간이 있어?"

새우깡 가루를 입 주위에 묻힌 탄실이 물었다. 에이준은 탄실에게 크리넥스 티슈를 뽑아 건넸다. 탄실은 티슈로 코를 킁, 풀고는 다시금 에이준을 보았다.

"누나, 입에."

에이준은 티슈를 뽑아 다시 탄실에게 건넸다. 탄실은 입 주변을 슥슥 닦고는 에이준을 보았다. 에이준은 그런 탄실을 보다가 미소 짓고는 그녀의 질문에 답을 했다.

"돌아가고 싶은 순간은 무궁무진하게 많죠. 근데 그 순간으로 돌아간다고 해도 저는 지금 여기 있지 않을까 싶어요. 진짜 열심히 살아왔다는 건 증명할 수 있거든요."

"어떻게?"

"연습생 때 썼던 일기장 봐도 되고, 그간 출연했던 음악프로랑 예능이랑 드라마 쫙 한 번 훑으면 되지요."

"음, 그렇군."

탄실은 조금 쓸쓸한 얼굴로 맥주를 꿀꺽꿀꺽 삼켰다.

"누나는요? 다시 돌아가고 싶은 순간이 있어요?"

"응. 너 보니까 그 순간이 생각나네."

"네?"

탄실은 새우깡을 우물우물 삼킨 뒤 말을 이었다.

"내가 이래 봬도, 대시를 받았던 때가 있었어. 어쩌면 그 순간이 내 인생 단 한 번의 기회였을 수도 있는데, 내가 보기보다 의심이 많아서 그냥 놓쳐 버리고 말았어."

탄실은 자못 심각하게 자신의 지난 봄날을 회상하는 얼굴이었다.

"궁금해요. 말해줘요."

"때는 2007년, 내가 대학교 4학년 때였어."

에이준은 방청객 알바의 리액션을 취하며 탄실이를 보았다. 탄실은 작은 눈을 반짝이며 이야기를 이어갔다.

"그때의 난 지금보다 10kg이나 더 나갔었거든. 누가 날 좋아할 거라는 생각은 해본 적이 없었어. 근데 아침마다 버스정류장에서 마주치는 미소년 고딩이 있었어. 너랑 좀 많이 비슷하게 생겼던 것 같아. 얼굴에서 아주 빛이 나는 애였는데 걔가 어느 날 고백을 해왔어. 나를 오랫동안 지켜봐 왔고, 내가 마음에 들었다나 뭐라나."

탄실은 자부심이 살아나는 얼굴로 이야기를 계속했다.

"근데 그때의 나는 걔가 나한테 장난을 치는 줄 알았지 뭐야.

머릿속으로 생각했지. 얘, 대체 무슨 꿍꿍이인 거야, 하고."

"에이."

"그래서 날 좋아하는 이유에 대한 나 나름대로의 가정을 해봤지. 첫째, 돈 많을까 봐."

"푸핫."

"둘째, 전도하려고."

"……."

"셋째, 변태 싸이코라서. 넷째, 고딩이라 담배 못 사니까 담배 셔틀 시킬려고."

"그래서요? 답이 뭐였어요?"

"내 가정은 다 꽝이었어. 걔는 정말로 날 좋아했었대. 근데 내가 의심하는 사이에 지쳐 나가떨어지고 말았던 거야. ……시간을 되돌린다면 그때로 가서 마음을 활짝 열어놓고 싶어. 저의를 의심하지 말고 말이야."

탄실은 통통한 손으로 새우깡을 집어 입안에 넣었다. 에이준은 그런 탄실을 보며 미소를 지었다. 탄실은 충분히 연하남의 대시를 받을 법한 귀여움이 있었다. 본인만이 그걸 모를 뿐이었다. 에이준은 탄실을 보다가 가방에서 자신의 핸드폰을 꺼내 들었다.

"누나, 전화번호 가르쳐 줘요."

"전화…… 번호? 내 전화번호?"

"저는 어릴 때부터 업계 사람들만 봐서 이쪽 일 안 하는 사람들이랑 교류가 필요해요. 사람이 한 동네 물만 먹다 보면 어느 순간 그 물에서 익사할 것 같은 기분이 들 때가 있거든요."

"어어어……."

"저는 좀 현실적인 공기를 마실 필요가 있어요."

탄실은 에이준의 핸드폰에 자신의 번호를 입력한 뒤 통화버튼을 눌렀다. 이윽고 거실에서 탄실의 전화 벨소리가 울렸다. '소녀의 기도'였다. 나름 소녀 마음으로 사는 탄실이었다.

에이준은 탄실과 친해지고 싶다는 생각을 했다. 탄실과 친해지면 수현과도 자주 볼 수 있고, 업계 사람들에게 털어놨다 망신당하기 십상인 속 이야기도 할 수 있을 것 같았다.

탄실은 거실로 가서 황금돼지 장식고리가 달린 핸드폰을 들고 들어왔다. 그녀는 도톰한 손가락으로 에이준의 번호를 소중하게 저장했다.

"누나, 근데 궁금한 게 있는데 누나 이름의 탄 자가 무슨 탄 자예요?"

"평탄할 탄. 우리 아버지가 여자 인생은 자고로 평탄해야 하는 법이라고 지어주셨어."

"아하. 그런 사연이."

에이준은 탄실을 보았다. 탄실은 에이준의 얼굴을 자세히 보았다. 언제 이런 기회가 있을까 싶어 보고 싶은 만큼 보았다. 에이준은 그런 탄실이 귀엽게 느껴졌다. 그때였다. 도어락 열리는 소리가 들리더니 이윽고 수현이 방문을 열고 들어왔다. 에이준은 저도 모르게 탄실과 거리를 두었다.

"너희 아직도 안 잤어?"

탄실은 야간자습 시간에 딴짓하다 걸린 학생의 눈으로 수현을 보았다. 에이준은 수현의 표정에서 그녀가 심상치 않음을 확인했다. 그는 수현을 침대에 눕게 하고, 탄실에게 말했다.

"누나, 피곤할 텐데 먼저 가서 자요."

"나 안 피곤한데."

탄실은 황금돼지가 달린 핸드폰을 손에 꼭 쥔 채 에이준을 보다 이내 고개를 떨구고 거실로 나갔다. 수현은 아무런 말도 하지 않고 천장만을 보고 있었다.

"수현 누나."

"어. 어?"

수현은 정신줄을 놓은 여자처럼 멍하니 있다 에이준을 보았다. 그녀를 보는 에이준의 마음은 씁쓸했다. 수현의 얼굴에는 먹구름이 끼어 있었다. 당장에라도 류민이라는 작자를 쫓아가 복수의 펀치를 날려주고 싶었다.

"……류 작가가 뭐래요? 막 화내고 있는 대로 성질내고 그러지 않았어요?"

"……."

"누나, 난 누나가 마음 편하게 살았으면 좋겠어요. 남자는 여자 성향에 별로 좌우 안 되는데요, 여자는 남자 상태에 따라서 많이 변하거든요. 정서가 안정적인 남자를 만나야 여자가 편해져요. 자고로 여자 인생은 평탄해야 하는 거거든요."

"……."

수현은 민을 생각하면 마음에 불이 붙고, 심장이 2배속으로 빨리 뛰는 것만 같았다. 사실 그의 과거조차도 내 것이었으면, 하고 바랐었다. 하지만 수현은 가을의 말과 민의 차갑던 표정과 서늘한 늦가을 날씨에 삼중고를 겪고 있었다.

"연애가 달콤하고 샤방샤방할 수만은 없을까?"

"달콤하고, 샤방샤방하고, 누나만 사랑해 주는 남자를 만나요."

에이준은 진심이었다. 수현은 침대에서 몸을 일으켰다.

"난 그 사람이 점점 좋아져. 근데 그 사람, 아주 두툼한 자기 세계 안에 들어가 있어. 그래서 가끔 아주 멀게 느껴지는 거 있지."

에이준은 수현의 말에 심장에 구멍이 뚫린 것처럼 마음이 허해졌다.

"누나, 우주에서 일어나는 모든 일은 누나 선택이니까요. 신중하게 결정해요."

"……."

"난 그냥 누나가 행복했으면 좋겠어요."

수현은 이내 눈을 감더니 잠이 들었다. 롤러코스터를 몇 시간 동안 탄 것만 같은 수현이었다. 에이준은 수현에게 이불을 덮어 준 뒤, 살짝 열려 있던 창문을 닫고 커튼을 쳤다. 불을 끄고 거실로 나가려던 에이준은 그러나 다시 돌아와 침대에 누운 수현을 보았다.

'누나, 화내지 마요.'

에이준은 수현의 이마에 부드러운 입술을 가져다 댔다. 그렇게 지그시 입술을 누른 뒤 조심스레 고개를 들고 다시금 수현을 보는 에이준이었다.

"이 시간에 왜 안 주무시고 술을 드십니까. 사람이 남들 자는 시간에는 자고, 깨어나는 시간에는 깨어나야 하는 거거든요."

민은 자기 집 거실 소파에 송 비서와 마주 앉아 있었다. 까치집 머리를 한 송 비서가 민에게 훈수를 두듯 말했다. 민은 대답 대신 조니워커 블루를 개봉해 연달아 마시기만 했다.

"무슨 고민 있으십니까?"

"그냥, 잠은 안 오고 생각은 많아서."

"나이 먹을수록 더 그래요. 어디 말할 데는 없고 그냥 꾹 참거나 알아서 푸는 거지요. 아무나 붙들고 얘기하고 나면 나중에 자다가 발차기 하고 그럽니다."

민이 송 비서를 보았다.

"그렇다고 제가 아무나는 아니잖아요. 심심한 조언을 하나 드리자면, 작가님은 좀 자신을 풀어놓고 편해질 필요가 있으십니다."

송 비서는 민의 잔에 얼음을 채워주었다. 민은 예의 그 긴 손가락으로 자신의 잔을 부여잡고는 차가운 술을 들이켰다.

"자는 사람 불러내 술 상대, 말 상대 시켜 미안하군."

민은 송 비서에서 술을 따라주었다. 송 비서는 술을 한 모금 마시고는 아몬드를 입에 넣고 우적우적 씹어댔다.

"다음 주 월요일 대본 연습 아니십니까. 그 명수현 감독이랑 하는 4부작요."

"응. 월요일 오후 두 시. K사."

"신인감독이니까 촬영장이랑 세트장에 작가님도 가실 거죠?"

"응, 그래야지."

"그분이 잘해낼까요?"

송 비서는 일에 대한 질문을 연달아 퍼부었다. 민은 그의 의중을 짐작조차 하지 못한 채 일일이 대답해 주었다.

"난 그 여자를 여자로 봐서 같이 작품하자고 했던 게 아냐. 명 감독한텐 뭔가가 분명히 있고, 난 이번 작품이 그걸 끄집어내는 계기가 되었으면 할 뿐이야."

"그렇군요."

"내가 사회성은 좀 떨어지지만, 재능 있는 사람을 걸러내는 눈은 정확하니까."

"……네에."

송 비서는 술을 잔에 붓고 원샷을 했다. 여러모로 속이 쓰린 그였다. 삼십대 중반이 될 때까지 그는 '재능 있다', '잘한다'는 말을 거의 들어보지 못했다. 그는 '재능'이라는 말에 어마어마한 콤플렉스를 가진 남자였다. 이런 송 비서의 속도 모르고 민은 여전히 수현만을 생각하고 있었다.

"여자들 삐친 거 풀어주려면 대체 어떻게 해야 하지?"

"네이버에 물어보세요. 연애 오래 굶은 저한테 물어보면 답이 나오겠습니까."

민의 얼굴은 퀭해 보였다. 술병을 닫고는 핸드폰을 집어 들고 네이버에 접속하는 민이었다. 송 비서는 그런 민을 전시회에 걸린 그림 보듯 바라보았다.

'한 작가는 왜 이 자식을 못 잊는 거야.'

송 비서의 눈빛이 날렵해졌지만, 민은 눈앞의 그를 투명인간 취급하며 인터넷 검색에 빠져 있었다. 송 비서는 민이 닫아둔 술병을 열어, 꽤 많은 양의 술을 따라 벌컥벌컥 마셔댔다. 민은 그런 송 비서를 아랑곳하지 않은 채 여전히 자신의 관심사에만 집중했다. 이윽고 민은 침실로 들어갔고, 송 비서는 술 마신 자리를 정리한 뒤 민의 집을 나섰다.

#18

동상이몽

　새벽녘의 한강변에는 의외로 사람이 많았다. 위아래로 흰 추리닝 차림의 송 비서는 몸을 쭉쭉 뻗어 스트레칭을 한 뒤 부지런히 달리며 외쳤다.

　"으아아아아아아아악!!"

　송 비서가 우렁차게 소리를 지르자 아침 조깅을 나온 노부부가 놀라 그를 쳐다보았다. 하지만 송 비서는 그들의 시선 따윈 아랑곳하지 않고 연이어 소리를 질렀다.

　"으아아아아아아아악!!"

　질겁한 노부부는 빠른 걸음으로 걸어갔고, 송 비서는 포효하는 한 마리의 흰 돼지처럼 연이어 고함을 질러댔다. 올해 방송사 극본 공모에 필명으로 낸 대본이 또다시 낙선했다. 공모전에 당선해 데뷔만 하면 비서고 뭐고 다 때려치울 작정이었는데.

송 비서. 류민의 수족. 류민의 그림자. 늘 사람 좋게 '허허' 웃는 얼굴이 트레이드마크인 그.

송승구. 35세. 형제 많고 가난한 집의 큰형. 한 번도 원하는 걸 가져 보지 못한 사내. 만년 작가 지망생.

송승구. 발음하기도 기억하기도 힘든 이름을 지닌 그는 누군가에게 다정하게 불리운 기억이 없다. 조실부모하고 손아래 동생들을 먹여 살리며 어렵게 커온 그는 지방 대학을 중퇴했고 벌어놓은 돈도 없었다. 연애도 거의 못해본데다 짝사랑 전문이었다. 그의 인생은 빛이 보이지 않는 지하 터널처럼 어둡고 축축하기만 했다.

작가교육원에서 가을을 만난 건 5년 전이었다. 가을에게 첫눈에 반한 그는 늘 가을의 뒷자리에 앉곤 했다. 가을은 맨 앞자리에서 수업에만 열중했다. 승구는 그녀의 등을 보는 것만으로도 행복했다.

그러던 어느 날, 가을이 뒤를 돌아보더니 먼저 말을 걸어왔다!!

"저기요, 펜 좀 빌려주세요."

그날 이후로 가을과 인사하는 사이가 되고, 뒤풀이 자리에서 대화도 나눠보고, 가을을 집까지 태워다 주기도 했다. 승구는 어떻게든 가을과의 연을 이어가기를 바랐다. 하지만 그건 승구의 바람일 뿐 가을은 승구 생각을 꿈에서조차 하지 않았다. 가을은 연애와 작가 데뷔, 두 마리 토끼를 잡기에도 바빴으니까.

교육원을 수료한 이후에도 승구는 하루도 빼먹지 않고 가을 생각을 했다. '극본 한가을'을 두 눈으로 보는 날이 오기를. 가을이 성공하기를. 가을의 드라마가 사람들의 입에 두고두고 회자되기를. 그리고 가을이 남자친구와 하루빨리 헤어지기를. 그리고 가을을 다시 한 번만 만날 수 있기를.

승구는 파울로 코엘료의 '연금술사'를 즐겨 읽었지만 그 책의 말들은 모두 개뻥이라고 생각했었다.

'간절히 원하면 온 우주가 도와준다고? 이런 개구라를 쳐서 베스트셀러를 만들다니.'

하지만 승구는 그 책을 손에서 뗄 수가 없었다. 자신의 인생 어디쯤에도 누군가 숨겨둔 보물이 있을 것 같다는 생각이 들어서였다. 30년 넘게 사막을 걸어온 그였다. 오아시스 물 한 모금이 절실했다.

그러던 어느 날, 승구는 모 유명 작가의 강연에서 가을을 다시 만났다.

"저기요, 펜 좀…… 어? 승구 아저씨?"

몇 년 만에 만난 가을은 더 예쁘고 성숙해져 있었다. 승구는 파울로 코엘료에게 마음속 깊이 사과하며, 입이 헤 벌어진 채로 가을을 보았다. 가을은 웬일로 승구에게 저녁을 같이 먹자고 말했다. 승구는 심장이 터질 것만 같았다. 가을이 사준 회정식을 부지런히 먹고 있는데 그녀가 입을 뗐다.

"아저씨, 요새도 알바하면서 글 써요?"

"뭐, 그렇지. 하하."

승구는 뿅 맞은 코알라 같은 표정으로 가을을 보았다. 가을은 잠시 생각하는 듯하더니 입을 뗐다.

"……하게 되면 돈 많이 벌 수 있는 일자리 있는데, 소개시켜 줄까요?"

"응? 그게 뭔데?"

"내 남자친구 비서 일인데, 아저씨가 좀 해줬으면 좋겠어요."

"……."

"아저씨랑 잘 맞을 것 같은 일이에요. 내 남자친구는 외출을 거의 안 하니까 가끔 운전해 주고, 시키는 일만 하면 돼요."

"……."

"싫어요?"

가을이 토끼 같은 눈으로 승구를 보았다.

"아니, 싫은 건 아닌데. 왜 그걸 나한테 부탁하는 건데?"

"요새 남자친구랑 사이가 안 좋거든요. 그 사람 하루 종일 혼자 있어서 뒤치다꺼리 해줄 사람 필요할 거거든요. 아저씨가 그 사람 비서 일 하면서 그 사람 동선을 나한테 좀 알려줘요. 일주일에 한 번씩."

"일주일에 한 번씩? 직접 만나서?"

"네. 싫어요?"

"아니……."

"부탁이에요. 내가 봤을 땐 아저씨한테도 나쁘지 않은 일일 것 같아요. 왜냐면 내 남자친구도 작가거든요. 일 돕다 보면 어깨너머로 배울 수도 있고……."

승구의 귀에는 '작가' 두 글자만이 유독 세게 들렸다.

"작가? 무슨 작가?"

"드라마 작가요. 이건 비밀인데…… 뭐, 언젠간 알게 될 일이니까. 류민이 제 남자친구예요."

승구는 순간 심장마비가 올 뻔했다. 류민, 그 류민이 가을의 남자친구라니, 이건 너무나 불공평하다. 승구는 청하를 한 병 시켜 5분 만에 술병을 비워냈다.

"왜 그래요, 아저씨? 제가 뭘 잘못했나요?"

가을이 승구의 눈치를 살폈다. 머릿속으로 몇 번이나 시나리오를 돌려보고 부탁한 가을이었다. 여자, 게다가 글 쓰는 여자의 촉은 유독 날렵하다. 가을은 대부분의 남자가 그렇듯, 승구가 자신을 좋아한다는 사실을 예전부터 알고 있었다. 일주일에 한 번씩 자신을 만날 수 있다면 승구는 돈이 별로 안 된다 해도 이 제안을 수락할 거란 사실 역시 알고 있었다.

"아니, 가을이가 잘못한 건 없어."

승구는 덤덤한 얼굴로 눈만 껌뻑거렸다. 하지만 류민의 여자친구가 가을이라는 사실은 승구를 짧은 시간 내에 수없이 속으로 울게 만들었다.

"할게. 나 그거 할게."

승구가 입을 열었다. 가을의 입가에 미소가 걸렸다.

"정말요? 히힛. 멍게랑 굴 좀 더 시킬까요?"

"으응. 근데 조건이 있어."

"무슨 조건이요?"

망설이던 승구는 배 모형 참치회 그릇에 시선을 두고는, 개미 기어가는 소리로 말했다.

"나 아저씨 아니야. 나 너랑 몇 살 차이 안 나."

"……."

"앞으로 오빠라고 불러줘. 그러면 나 그 일 할게."

"네, 오.빠."

추가 주문한 멍게와 굴이 나왔고, 가을은 접시를 승구 앞에 밀어주었다. 그날 밤, 해산물 알레르기가 있는 승구는 온몸을 벅벅 긁으며 분노와 슬픔의 눈물을 흘렸다.

3년이 지난 오늘. 승구의 인생에는 별 변화가 없다. 늘어난 뱃살과 통장잔고. 조금은 안정적인 생활. 여전히 일주일에 한 번씩 만나는 가을. 민의 동선을 파악하는 일은 승구의 일상이 되었고, 여전히 그는 가을에 대한 연정을 가슴에 품고 있었다.

'왜 안 되는 거야!!'

승구는 매년 방송 3사와 케이블 방송사에서 실시하는 드라마 공모전에 꼬박꼬박 대본을 냈다. 한 번 쓸 때마다 온 뼈마디가

쑤시고, 살아 있다는 사실이 고통스러울 만큼 괴로웠다.

'류민은 수십 회나 되는 대본을 그렇게 쉽게 쓴다니……'

승구는 '참는 자가 이긴다', '고생 끝에 낙이 온다'는 속담을 뼛속 깊이 새긴 채로 살아왔던 것이다. 하지만 고생 끝에 찾아온 것은 즐거울 낙이 아닌 떨어질 낙이다.

'잘난 것들은 계속 잘나가는 더러운 세상.'

승구는 침을 꿀꺽 삼킨 다음 한강변을 묵묵히 달렸다. 날이 밝아오면 집에 가서 잠시 눈을 붙인 뒤 가을을 만나러 갈 것이다. 민의 일주일간의 일과에 대한 보고를 하러. 사실 그녀를 두 눈에 담으러. 그 힘으로 다시 일주일을 버티러.

"그러니까 명수현 감독이랑 아주 심하게 싸운 것 같다는 말이죠?"

청담동 카페 '고센'. 환상적인 조명이 가을의 얼굴을 더욱 아름답게 만들고 있었다. 가을은 오렌지주스를 한 모금 마시고는 앞에 앉은 승구를 바라봤다.

"응. 뭐 때문인지는 모르겠는데 아주 상태가 안 좋아 보였어."

"그렇구나."

순간적으로 가을의 눈빛이 반짝였다.

"다음 주 월요일 K사에 대본 연습하러 간대. 4부작 드라마."

"기사 보니까 복합장르 무협드라마던데, 대본 좀 볼 수 있어요?"

"응. 내가 한번 노력해 볼게."

"혹시 차기작 어떤 장르로 준비 중인지도 알 수 있어요?"

"그것도 노력해 볼게."

"항상 고마워요, 오.빠."

"……."

가을은 승구를 자기 개인 비서 부리듯 부리곤 했다. 승구는 가을에게 언제나 편한 말상대요, 가을 전용 머슴과도 같았다. 가을은 그를 통해 민과 소원했던 시기부터 그와 이별 후 그가 어떻게 지내는지에 대해 꼬박꼬박 보고를 받아왔다. 더불어 민이 어떤 작품을 집필하고 있는지 역시 전해 듣고 있는 가을이었다.

그녀는 민에 대한 오랜 애정과 더불어 언젠가는 그를 뛰어넘는 작가가 되겠다는 야망을 품고 있었다. 가을은 민의 '재능'을 깊이 사랑했다. 가을의 본심은 명 프로덕션에서 수현에게 얘기한 것과는 상당히 달랐다. 가을은 아마도 민이 대작가가 아니었다면, 그를 사랑하는 일은 없었을 것이다.

민이 12년 전 드라마 공모전에 사상 최연소로 당선됐다는 사실을 알고 나서부터 그를 남자로 보기 시작했다. 민은 훤칠한 키에 잘생긴 외모를 가지고 있었지만, 그 시절 가을 주위에 그런 남자애들은 많았다. 가을은 종종 자기 아버지가 운영하던 PC방 구석에 앉아 옆도 뒤도 안 보고 글쓰기에만 몰두하던 민을 떠올리곤 했다. 류민, 언젠가는 넘어야 할 산. 같이 힘을 합치면 더 좋은 대본을 쓸 수 있을 텐데……. 가을은 '작가' 류민을 진정으로 사랑했던 것이다.

"아, 네일케어 받으러 가야 하는데."

"손톱 하는 데까지 태워다 줄게."

"아뇨, 이제 가보셔도 돼요. 저 요새 운동 삼아 걸어 다니거든요."

"으응."

"송 비서님."

"응?"

"일주일 있다 만나요."

가을은 보는 사람도 따라 웃게 되는 미소를 지어 보였다. 승구는 가슴 한 켠이 싸해지는 것을 느꼈지만 애써 무던하게 웃고 말았다. 가을이 고센을 나와 언덕 아래를 총총총 걸어 내려갔다. 승구는 가을의 뒷모습을 보며 생각했다.

'한 번쯤 뒤돌아봐 주면 좋으련만.'

하지만 가을은 승구의 마음 따위는 안중에도 없었다. 그녀에게 승구는 일주일에 한 번씩 관리받는 자기 손톱보다도 중요하지 않은 남자였으니까.

민은 자못 심각한 얼굴로 자신의 맥북 앞에 앉아 있었다. 대본에 마침표를 찍은 지는 꽤 되었다. 이제 대본 연습장에 들러 배우들의 연기를 체크하면 작가가 할 일은 공식적으로는 끝이다. 민은 업무 스케줄을 적어둔 달력을 보다, 대본을 쓸 때처럼 정성스레 네이버에 검색어를 입력했다.

　—여자친구 화 풀어주는 법.

　여자친구 화 풀어주는 법으로 집 앞으로 갑자기 찾아가 꽃 선물을 해주는 걸 권해 드리고 싶네요. 너무 화나서 말도 하기 싫어하고 연락도 계속되지 않는다면 그냥 집 앞으로 간다 하고 찾아가 보세요. 꽃 선물을 짠, 하고 내밀며 안아주면 여자친구의 화는 사그라들 것입니다. 하지만 이 방법은 꼭 집 앞에 간다고 말한 뒤에 하셔야 한다는 거 잊지 마세요.

　여자친구 화 풀어주는 다른 방법으로는 깜짝 이벤트를 해주는 것도 아주 좋은 방법이라고 할 수 있죠. 하지만 어설프게 하려면 하지 않는 게 나으니 완벽하게 깜짝 이벤트를 할 수 있다 생각되신다면, 간소하게라도 촛불 이벤트를 해주시면 좋을 듯하네요. 여자라고 해서 명품백만 좋아하는 건 아니니 직접 쓴 편지와 꽃다발을 같이 준비해도 좋겠죠.

　　　　　　이벤트, 꽃배달 전문업체 블로그—영원한 사랑

민은 지식in과 각종 연애 상담 카페에 올라온 글들을 꼼꼼히 읽었다. 그러고 보니, 얼마 전 수현의 생일이었는데 자신은 선물은커녕 그녀에게 안 좋은 추억만 남겨주고 말았다. 민은 수현을 생각하면 자신의 일부가 변화되는 느낌이었다.

그건 좀 신경 쓰이는 느낌이기도 했다. 프로로 살기 위해서는 뭇 사람들과는 다른 심장을 가져야 한다. 남들이 울컥하기 십상인 상황에서도 덤덤해야 하고, 속을 내비치지 않아야 한다. 그건 민이 수현의 재능에 높은 점수를 주기는 했지만, 아직 그녀를 진짜 감독으로 인정하지 않은 이유이기도 했다. 그녀는 조금만 기분이 상하면 얼굴에 확 티가 났고, 울컥할 법한 상황에서는 이미 울고 있었다. 하지만 그녀의 표정을 떠올리다 보면 자기도 모르게 미소 짓게 되는 것이었다.

민은 검색창을 닫은 뒤 일어나 샤워를 하고, 쥐색 엠포리오 아르마니 정장을 꺼내 입은 뒤 집을 나섰다. 수현을 불러내 근사한 이벤트를 해주고, 꽃다발과 선물도 안긴 다음 그날의 일에 대해 사과할 생각이었다. 가을이 그녀에게 무슨 말을 했는지는 알 수 없지만, 민 역시 수현에게 본의 아니게 상처를 주었다. 쿨하게 사과한 뒤 그녀에게 멋진 생일선물을 주고 싶다. 조금 늦긴 했지만, 늦은 만큼 진심을 더해서.

"왜 진짜 촛불이 아니지?"

"화재 위험이 있어서. 요새 단속 중이거든요."

"그렇군. 수고했어요."

갓 스무 살쯤 되어 보이는 호텔 직원들이 민을 보았다. 민은 지갑에서 10만 원권 수표를 몇 장 꺼내 그중 한 명에게 건넸다. 팁을 받은 호텔 직원들은 꾸벅 인사하고는 조심스레 문을 닫고 사라졌다. 민은 M호텔 스위트룸 안을 둘러보았다. 헬륨가스가 가득 든 빨강, 하양 풍선들이 천장에 달라붙어 있었고 수백 개의 LED 초가 불을 밝히고 있었다. 민의 두 배쯤 되는 크기의 테디 베어와 서른 송이의 붉은 장미꽃 그리고 핑크색 풍선들이 룸 안을 가득 채우고 있었다.

민은 손목시계를 보았다. 수현에게 전화를 걸었을 때 차가운 그녀의 목소리에 내심 놀랐었다. 연출부와 회의 중이라며 전화를 끊으려는 수현을 간신히 달래 약속을 잡았다. 이제 그녀가 도착할 시각이다.

얼마 후 노크 소리가 들리자 민은 불을 껐다. 민이 문을 열자, 포니테일 머리를 한 수현이 어정쩡하게 서 있었다.

근사한 정장을 입은 민과 아름답게 반짝이는 촛불들이 수현의 시야에 들어왔다. 수현은 순간 가슴이 설레었다. 하지만 민에 대한 서운함이 아직 풀리지 않은 채로 가슴 한가운데 박혀 있었다.

'이벤트에 홀러덩 넘어가면 안 돼.'

수현은 샐쭉하게 서 있다 룸 안으로 들어왔다. 여기는 풍선, 저기는 꽃, 곰인형 그리고 테이블 위의 반으로 접힌 흰 종이 한 장. 수현은 민이 진심으로 화해를 원한다는 것을 알 수 있었다.

"회의는 다 하고 왔나?"

"……네."

수현은 민을 보지 않고 대답했다. 민 앞에서는 언제나 어린아이가 되는 것 같은 수현이었다. 난생처음 와보는 호텔 스위트룸의 화려함보다 가을의 말이, 비가 내리던 날 밤 민의 차가움이, 그날 풀지 못한 감정이 더 진짜처럼 느껴지는 것이었다.

"왜 날 보지 않지?"

수현은 대꾸를 하지 않고 고개를 돌려 수백 개의 LED 촛불들을 보았다.

'드라마에서만 보던 이벤트네. 이거…… 예쁘다.'

하지만 수현은 여전히 민에게 시선을 주지 않았다. 뭔가 조금이라도 걸리거나 불편한 점이 있으면 상대방 얼굴을 못 보는 수현이었다.

민은 수현의 작은 얼굴을 뚫어지게 바라보았다. 50부작 대본을 쓸 때보다 왠지 더 어렵게 느껴지는 상황이다. 민은 수현이 근사한 이벤트에 감동하면 때를 봐서 그녀에게 사과한 뒤, 분위기를 잡아볼 생각이었다. 하지만 수현은 얼떨떨한 얼굴로 가만히 서 있기만 했다. 대사를 쓸 때는 고민 따위 없던 민이었다. 하지만 지금 이 순간 그는 어떤 말로 수현의 마음을 풀어줘야 할지 깊은 고민에 빠져 있었다.

"작가님."

"응?"

"곰곰이 생각해 봤는데요."

"응. 일단 앉지."

"그전에 불부터요."

민은 리모콘을 들어 불을 켜고, 테이블 앞에 있는 의자를 빼 수현을 앉혔다. 수현은 큼지막한 딸기가 잔뜩 얹혀 있는 케이크를 보더니, 이내 민에게 시선을 맞추었다. 민은 그런 그녀를 진심 어린 눈빛으로 바라보았다. 이윽고 수현이 입을 열었다.

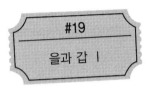

#19

을과 갑 Ⅰ

"정말 저한테 미안해요?"

"으응."

"그럼 진심으로 사과하세요. 앞으로는 안 그러겠다고, 미안하다고 얘기하면 받아줄게요. 그리고 그 순간 잊을게요."

수현은 민을 보았다. 민은 당혹스런 얼굴로 수현을 보았다. 마치 유치원생에게 '다음번에 또 그러면 때찌할 거야' 하고 말하는 듯한 수현의 태도는 심각하면서도 진지했다.

"그래, 다 내 잘못이야. 앞으로는 안 그러지."

민이 두 손을 깍지 낀 채로, 부드러운 눈빛으로 수현을 보며 말했다.

"뭘 잘못했는데요?"

수현이 묻는다.

"다."

"다 뭐요?"

"……."

"대답해 보세요. 구체적으로 뭘 어떻게 잘못했는데요?"

수현이 다시금 '때찌할 거야' 하는 말투로 민을 다그쳤다.

"……내가 다 잘못했고 앞으로는 그러지 않겠다는데 뭐가 문제지? 그냥 이쯤에서 넘어가고, 회의도 끝났는데 와인이나 한 잔……."

민이 말을 끝내지도 않았는데 수현은 별안간 의자에서 일어나더니 말했다.

"저, 그냥 집에 갈래요."

"뭐?"

민은 눈살을 찌푸렸다.

"대체 뭘 잘못했는지도 모르고 사과만 하면 다예요? 저는 이런 이벤트보다 진심 어린 말 한마디가 듣고 싶었다고요."

민은 미치고 팔짝 뛸 것 같았지만 애써 마음을 가라앉혔다. 민은 일어나 수현 쪽으로 갔다. 그리고는 나직이 한숨을 내쉰 다음 그녀를 보았다.

"명 감독, 아니, 명수현."

"……."

수현은 말없이 민을 보았다. 민은 화암동굴에서 처음 만났을

때의 수현을 떠올렸다. 지금의 수현은 그때와 묘하게 달라진 느낌이다. 눈앞의 수현은 그때보다 한결 성숙하고, 진지하고, 눈빛이 깊어져 있다. 민은 수현의 통통한 귓불을 보았다. 그녀의 얼굴은 다소 상기되어 있었다. 민은 이제까지 다른 사람의 사정이나 기분에 대해서 깊이 고민해 본 적이 없었다. 자기감정에만 충실했던 민. 그런데 이젠 수현의 마음이 어떨지 몹시 신경 쓰이는 민이다. 그는 그녀에게 나지막이 말했다.

"난 사과하는 법을 잘 몰라. 태어나서 한 번도 해본 적이 없으니까."

그녀의 얼굴에 서운함이 역력했다. 장장 10시간에 달하는 마라톤 회의를 마치고 온 수현이었다. 지친 모습의 수현이 뭔가 말하려는 찰나, 민이 어렵게 입을 뗐다.

"난 대사를 쓰는 게 직업인 놈이지만, 정작 현실에서는 언제 무슨 말을 해야 할지 모르는 덜떨어진 놈이지."

"……."

"내가 사랑하는 여자한테 어떤 말로 사과를 해야 할지도 모르고."

"……."

수현은 민이 진심으로 난처해하고 있다는 걸 느낄 수 있었다. 하지만 수현 역시 그를 더욱 질책할 수도, 모든 게 아무렇지 않다는 거짓말을 할 수도 없었다. 수현은 민을 올려다보았다.

"자기감정에 솔직할 때 드라마가 심금을 울린다고 말했죠?"

"응."

민은 여전히 수현에게 시선을 고정하고 있었다. 그는 그녀를 꽉 안아주고 싶었다. 하지만 그녀가 어떤 반응을 보일지 몰라 가만히 있는 민이었다. 수현은 잠시 머뭇거리다 입을 열었다.

"전 솔직히 질투가 났어요."

"……."

"내가 모르는 작가님의 지난 시간까지 죄다 알고 있는 한 작가님이 질투 나도록 부러웠어요. 그리고 작가님이 조금 낯설게 느껴지기도 했어요, 그날…… 밤에."

민은 수현을 보았다. 수현은 형편없는 받아쓰기 점수를 받아 온 학생 같은 얼굴로 민을 보았다. 민은 수현에게로 다가갔다. 그리고 그녀를 품에 안았다. 수현은 민의 품이 오늘따라 더 따뜻하고 그윽하다고 생각했다. 수현은 아무런 말도 할 수 없었다.

'서운한 감정들이 한 번에 씻겨 나가는 느낌이야. 근데 이렇게 받아준다면 너무 쉬운 여자가 되잖아, 명수현.'

수현은 민에게 좀 더 안겨 있고 싶었다. 그에게 안겨 있을 때면 온몸의 촉각세포들은 활기를 띠는 것만 같았다. 하지만 그녀는 애써 이성을 차리고 그에게서 떨어졌다.

민은 어떤 말로 수현의 마음을 되돌려야 할지 알 수 없었다. 그는 체벌을 기다리는 고등학생마냥 수현을 보았다. 지금 이 순간에도 그녀는 예뻤다. 수현의 하얀 살결과 붉어진 귓불이 자꾸만 눈에 들어왔다. 민은 얼른 이 시간이 지나고 그녀를 마음껏

안을 수 있기를 바랐다.

'내 드라마 속 남자주인공으로 빙의라도 하고 싶은 마음이군.'

민의 드라마 속 남자주인공들은 박력이 넘쳤고, 각종 키스 기술로 여자친구를 한 방에 사로잡곤 했다. 민은 자기가 썼던 드라마와 현실은 사뭇 다르다는 것을 온몸으로 체감했다. 그는 그녀가 입을 떼기만을 기다렸다.

'그냥 다 용서해 주고, 없었던 일로 하고, 이 사람한테 안기고 싶어.'

그러나 수현의 마음속 감성과 이성이 번갈아가며 그녀를 자극했다.

'수현아, 너 30년 동안 제대로 된 연애 해본 적 없잖아. 이제까지 어떤 남자가 네 가슴을 이렇게 뛰게 했니? 하정우? 김수현? 노노. 너, 이 남자한테 까탈스럽게 굴다 사이 더 나빠지면 너만 손해야. 너 만나면서 양다리를 걸친 것도 아닌데, 그냥 곱게 넘어가줘. 이 스위트룸을 봐, 앞으로 이런 기회가 흔할 것 같아?'

'아냐, 수현아. 지난 며칠 동안 너 얼마나 마음고생을 했니? 류민, 이제까지 제멋대로 살아온 남자야. 초장에 잡지 않으면 넌 머지않아 이 남자한테 좌지우지되면서 예스걸이 되고 말 거야. 그래도 좋아? 이번에 강하게 나가지 않으면 평생 사로잡힐 수 있어. 정신 똑바로 차려!'

'내 마음인데도, 어떤 소리를 들어야 할지 모르겠어.'

수현은 이 순간에도 콩콩 뛰는 심장박동을 느꼈다. 잠시 생각하던 그녀는 문득 자신의 녹색 후드티에서 회의실 담배 냄새가 묻어난다는 사실을 깨달았다.

'옷 갈아입고 싶네.'

수현은 위아래로 잘 빠진 쥐색 정장을 입은 민을 보았다. 그는 바로 TV 홈쇼핑 정장 광고에 나가도 될 만큼 단정한 차림이었다. 하지만 그녀는 스탭들의 담배 연기 속에서 고군분투 회의를 마친 행색이다. 민에 대한 감정의 복잡함과 이 분위기에 대한 책임감과 그에게 사랑스러운 여자로 보이고 싶은 감정들에 뒤섞이고 말았다.

'헷갈리긴 하지만 마음 가는대로 해야겠어.'

수현은 민을 보았다. 그리고 앙다물었던 입을 열었다.

"전 작가님이랑 잘 지내고 싶지만 아직도 마음 아래 미세한 앙금 같은 게 있어요. 그냥 좋은 게 좋은 거지, 하고 넘어가고 싶지 않아요. 마음이 풀릴 때까지 자연스럽게 기다릴래요."

수현은 솔직하게 말했다.

"자연스럽게 얼마나 기다려야 하지?"

"그건 저도 모르겠어요."

민은 다시금 난처한 얼굴이 되었다. 민은 여자의 세세한 감정 라인 따위는 알지 못했다. 어쩌면 세상 대부분의 남자들이 모르는 것이겠지만. 민은 머리에서 김이 날 것만 같았다.

"알았어. 당신 기분이 풀릴 때까지 기다리지. 그럼 그때까지 뭘 할까?"

"글쎄요."

"저녁은 먹었나?"

"아뇨."

"저녁을 주문하지. 뭘 먹고 싶어?"

"지금은 배고프지 않아요."

"그럼 뭘 하고 싶어?"

수현은 말없이 민을 보았다. 민은 스무고개를 하는 기분이 들었다. 그는 정장 자켓을 벗어 의자에 건 뒤, 와이셔츠 팔목을 걷어 올렸다. 그리고는 수현을 보았다.

"당신 마음이 자연스레 풀릴 때까지 날 부자연스럽게 다뤄도 좋아."

순간 수현은 민이 지금 한 말에 얼마만큼의 의미를 부여한 걸까, 생각했다. 민은 깊고 진한 눈빛으로 그녀를 보았다.

"난 평생 내 맘대로 살아왔어. 만나기 싫은 사람은 안 만났고, 학교에 가기 싫을 땐 안 갔고, 글을 쓰고 싶을 땐 썼고, 일하기 싫은 사람이랑은 말도 안 섞었지. 그렇게 살아온 게 서른두 해째야."

"……."

"근데 당신을 만난 후에 느꼈지. 이제까지 나라고 생각했던 건 내 껍데기일 뿐이었다는 걸. 난 진심으로 원해, 당신의 마음에 들기를. 당신이랑 제대로 소통하고 싶어."

수현은 그 말을 하는 민의 입술을 보았다.

'너무 섹시하잖아.'

하지만 수현은 마음의 앙금을 이대로 없애 버릴 순 없었다. 모난 민이 조금이라도 둥글어지기 전까지는 수현도 쉬이 그에게 미소를 지어 보이지 않을 것이다. 수현은 크림색 레자 소파에 앉았다. 민은 수현의 옆쪽 자리에 따라 앉자 그녀는 보조개가 들어갈 만큼 볼에 힘을 주고 민을 보았다. 그리고 이내 입을 열었다.

"정말 풀릴 때까지 내 마음대로 해요?"

"응. 우리 관계에 도움이 된다면 뭐든."

"알았어요. 그럼……."

수현의 마음속에서 잔잔한 물결이 일렁였다. 수현은 이 기회에 민과 대등한 위치에 서고 싶었다. 꼭 대작가와 초짜 감독이라서만은 아니다. 수현은 모든 면에서 늘 민보다 한 수 아래인 것만 같은 기분을 느껴왔던 것이다. 남녀 관계이면서도 일종의 주종 관계랄까. 수현은 오늘 이 순간을 놓치지 않으리라 결심했다. 그녀는 막다른 골목에서 고양이를 바라보는 되바라진 생쥐의 얼굴로 민을 보았다.

"그럼 이제부터 내가 갑짓을 좀 할게요."

"뭐?"

"당신이 참아낼 수 있다면 난 풀릴 거고, 아니면 이 방을 나갈 거예요."

민이 눈살을 찌푸렸다. 그는 수현이 금세 이렇게 세게 나올 줄 몰랐다. 살면서 민은 한 번도 을의 상황에 처해본 적이 없었다. 그에게는 글이라는 강력한 무기가 있었고, 그가 쓴 글이 돈이 되는 순간부터 주변 사람들은 늘 민에게 굽신거리거나 '작가님'으로 일관했다. 오랜 기간 연애한 가을 역시 민의 바이오리듬에 맞추어 그를 대했다. 민은 이제까지 옆 사람의 기분이라든가, 그들의 고민에 진지하게 발맞추었던 적이 거의 없었다. 그저 자신의 감정과 일만이 가장 중요했던 그였다.

"······마음대로 해."

"그러죠."

수현은 마음속으로 회심의 미소를 지었다. 수현은 민을 볼 때마다 자신이 살아 있다는 사실을 느낄 만큼 설레었다. 수현은 아장아장 걷던 어린 시절 동화책을 필두로 수많은 영화와 드라마, 소설들을 접해왔다. 그 작품들은 모두 사랑에 대해 말하고 있었다. 하지만 수현의 인생에는 이렇다 할 동화나 영화, 드라마, 소설 같은 사랑이 없었다. 때문에 수현은 세상 많은 창작자들이 뻥을 치는 게 아닐까 종종 의심해 왔던 것이다. 민을 사랑하게 된 지금, 수현은 세상의 그 수많은 작품들이 오롯이 그려온 '사랑'이 뭔지를 온몸으로 느낄 수 있었다.

하지만 사랑을 지키기 위해서는 때론 강한 양념을 칠 필요도 있다.

"류 작가님."

"응, 말해."

"오늘의 계획은 뭐였어요?"

"당신이 좋아하는 와인을 시킨 다음에, 한 잔 마시고 달콤한 시간을 보내는 거였지."

"그건 드라마에서 수천 번은 나온 클리셰네요."

그녀는 일부러 그를 자극하기 위해 강하게 말했다.

"명수현."

"네?"

"마음대로 해, 당신 기분이 풀릴 때까지."

"한 번도 누군가에게 꺾여본 적이 없죠?"

"응. 그렇다고 했잖아."

"난 솔직히 말하면……."

수현은 입을 뗀 뒤 잠시 말을 멈추었다. 민은 고집 센 아이 같은 수현을 보았다. 그녀는 이 순간을 장악하기 위해 입술에 힘을 준 뒤 부지런히 머리를 짜내고 있었다. 나비처럼 날아 벌처럼 쏘려는 투였다. 민은 이 순간에도 그녀를 쓰다듬고 싶을 만큼 그녀가 귀엽기만 했다. 하지만 애써 마음을 누른 채 그녀의 명령을 기다렸다.

"작가님이 그 두꺼운 껍데기를 벗는 걸 보고 싶어요."

"일종의 새디즘인가?"

"아뇨. 평생 갑으로 살아온 사람한테 느끼는 일종의 전투심이에요."

"전투심 좋군."

민은 다 내려놨다는 눈빛으로 수현을 보았다.

"어디 마음대로 해봐."

"그러죠."

수현은 민을 보았다. 민은 완전히 누그러진 얼굴로 수현에게 눈을 맞추었다.

"난 이제부터 작가님을 투명인간 취급할 거예요."

"투명…… 인간?"

"상황 봐서 얼음 땡 해드리죠."

"그런 짓을 해서 당신한테 대체 남는 게 뭐지?"

"글쎄요. 해보고 나면 알겠죠."

민은 수현이 대체 왜 저러는 걸까 곰곰이 생각했다. 그는 그녀에 대해 잘 알고 있다고 생각해 왔다. 그녀는 언제나 밝고, 에너지가 충만하고, 겉과 속이 다르지 않은 명쾌한 여자다. 민은 천성이 어두운 편이었다. 그가 수현에게 끌린 것은 어쩌면 자신에게는 없는 밝은 면 때문이리라. 민은 수현을 볼 때마다 자신이 만들어놓은 글 감옥 밖에서 남자로서의 행복을 누릴 수 있겠다는 생각을 해왔던 것이다. 그런데 수현, 점점 민을 식은땀이 나게 만든다. 투명인간이라니? 대체 왜 그런 어린애 같은 짓을?

하지만 민은 포커페이스를 유지할 줄 아는 남자였다. 그는 꼰 다리의 방향을 바꾸며 수현에게 말했다.

"마음대로 해."

수현은 뭔가를 생각하고 있는 것 같았다. 민은 지금 이 순간부터 그녀를 위한 순한 양이 되기로 했다.

'조금 못된 여자가 되더라도 할 수 없겠어. 이번 기회에 철저

하게 길들이고 말 거야.'

마음을 먹은 수현은 민에게 말했다.

"이제부터 제가 하고 싶은 걸 할 거니까, 작가님은 작가님 하고 싶은 걸 하세요."

민은 그녀가 너무하다고 생각했다. 하지만 수현이 어떻게 움직이는지 관찰하기로 했다. 그는 테이블 앞으로 가서 수현의 생일축하 케이크를 상자에 도로 담고는 멀찌감치 떨어진 냉장고로 가서 케이크 상자를 고이 넣어두었다.

수현은 테이블 앞에 앉아 회의록을 펼쳤다. 그녀는 30분간 아무 말도 하지 않고 오늘 회의 내용을 되새김질하며 점검했다. 민은 그런 수현을 바라보다가 조금 지친 듯 테디베어 옆에 앉아 있었다.

'머리털 나고 이런 취급은 처음이군.'

수현은 민이 신경 쓰이긴 했지만, 애써 돌아보지 않고 일을 했다. 민은 수현이 대체 무얼 하는 건지 궁금해졌다.

그는 드라마를 쓸 때 흔히 작가들이 쓰는 '신 디스크립션*'을 단 한 번도 써본 적이 없었다. 그저 생각나는 대로 일필휘지하는 것이 그의 작업 스타일이었다. 그런데 지금 민은 머릿속으로 앞으로의 상황에 대한 구성을 부지런히 하고 있었다. 지금으로부터 한 시간 뒤 눈 딱 감고 저자세로 나가며 그녀를 안는다. 그런 다음 그녀에게 생일 선물을 건네고, 그런 다음 달콤한 선물을 건네고, 그런 다음 평생 잊지 못할 멘트를……? 아, 이건 전

---

* 매 신마다 어떤 장면이 나올지 미리 구성해 두는 것.

형적인 클리셰다.

민은 수현의 어린아이 같은 뒷모습을 보았다. 그녀는 오른손을 움직이며 부지런히 무엇인가를 적고 있었다. 그는 발소리를 내지 않고 수현의 뒤쪽으로 갔다. 그때 수현의 전화 벨소리가 울렸다.

너와 나의 달콤했던 선택 그 순간 우리는 하나였지.
나 없는 너 없는 그저 우리의 따뜻한 행복한 시간이야.
달았어— 달콤했어— 닮았어. 미소가 아름다운 그녀를 보면
태어나서 가장 잘한 선택은 지금 이 순간의 바로 너야.

A2—PLUS의 [선택]이 울려 퍼지자 민은 순간 배려심이고 뭐고, 수현에게 뭐라고 한 소리 할 뻔했다. 하지만 수현은 천연덕스럽게 전화를 받으며 일어나 안쪽 룸으로 들어갔다.

민의 얼굴이 벌개졌다. 그는 수백 개의 LED 촛불들과 풍선과 각종 이벤트 장식들 그리고 묘한 표정을 짓고 있는 테디베어 사이에서 홀로 서 있고 말았다.

류민 대굴욕의 날! 하지만 민은 이 순간에도 그녀가 저쪽 방에 있다는 사실이 묘하게 감사한 기분이었다. 저도 모르는 사이 그는 수현에게 길들여지고 있었다.

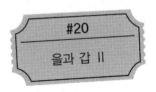

#20

을과 갑 II

수현이 회의록을 정리하고, 조연출과 통화하고, 향후 스케줄을 체크하는 동안 민은 생에 가장 긴 기다림의 시간을 보냈다. 그는 수현이 얼른 얼음 땡을 해주기를 바랐다.

'늘 생글생글 웃기만 하더니, 아주 무서운 여자군.'

하지만 수현은 민의 마음을 아는지 모르는지 입을 열 생각을 하지 않았다. 민은 월드컵 당시 축구중계와 맞붙어 최저 시청률을 받아 들었던 3년 전을 떠올렸다. 그날 이후 이렇게 얼굴이 달아오르기는 처음이었다.

수현은 이왕 이렇게 나가기로 한 거, 조금 더 민을 골려주기로 했다. 솔직히 그녀는 민의 당황하는 모습을 보는 게 재미있었다. 늘 목에 기브스라도 한 것 같은 포즈로 사람을 보던 민. 포커페이스로 무슨 생각을 하는 건지 드러내지 않던 그가 얼굴로 감정을 내보이고 있었다. 수현은 조금 더 겨울왕국 모드로 나간 뒤, 안절부절못하는 그에게 선물 같은 '땡'을 선사해 줄 생각이었다. 흡사 수능 커트라인을 확인하는 삼수생의 얼굴로 테디베어 옆에 앉아 있는 민을 보다, 그와 시선이 마주치려는 찰나 그를 지나쳐 욕실로 향했다.

'세상 대부분의 사람들은 을로 살아가잖아. 근데 저 남자, 다 가졌잖아. 한평생 갑으로 살아온 히스토리는 멋지긴 하지만, 애인 앞에서는 언제고 을이 될 수도 있다는 걸 이번 기회에 배우게 될 거야.'

수현은 후드티와 바지를 벗고, 속옷 차림으로 샤워기 쪽으로 향했다. 샤워 물줄기 아래 선 수현은 개운하게 씻고 나간 뒤 그에게 화해의 손길을 내밀기로 마음먹었다. 수현은 거울에 비친 자신의 모습을 보았다. 선홍색 속옷이 수현의 하얀 피부를 더욱 두드러져 보이게 했다. 수현이 속옷을 막 벗으려던 참이었다.

그때였다, 우렁찬 경보음이 울린 것은.

순간 불안한 기분이 들었다. 하지만 애써 그녀가 마음을 진정시키려는 찰나, 민이 급히 욕실 문을 열었다.

"얼른 나와."

"네?"

"화재 경보음이야."

민은 던지듯 말한 뒤 욕실 한 켠에 비치되어 있던 바디 타월로 수현의 몸을 신속하게 감쌌다. 수현은 순간 온몸이 떨리는 것을 느낄 수 있었다.

'대체 이게 무슨 꿈 같은 일이야? 여긴 22층인데?'

수현은 순간 정신이 혼미해졌다. 민은 수현을 이끌고 번개처럼 스위트룸을 나섰다. 그 와중에도 자신의 양복 상의는 챙기는 민이었다. 복도는 객실에서 나온 사람들로 북적였다. 다들 정신 없는 얼굴들이었다.

"이게 무슨 일이죠?"

"누가 촛불 이벤트를 하다가 불을 냈다는데요?"

"아니, 어떤 정신 나간 인간이 촛불을 켰대요?"

호텔 매니저의 안내에 따라 사람들은 엘리베이터와 비상계단으로 향했다.

"엘리베이터를 탈 수 있나요?"

"아니, 계단, 계단으로 내려가요."

"밀지 마세요."

"아, 순서 좀 지킵시다!"

사람들은 제각기 흩어져 비상계단으로 내려갔다. 바디 타월을 두른 수현은 불행 중 다행으로 민의 양복 상의를 걸쳤다. 민의 커다랗고 따뜻한 손은 내내 수현의 손을 꼭 잡고 있었다. 수현은 정신이 번쩍 들었다. 위급한 상황을 마주하자, 방금 전까지 민에게 했던 장난들이 정말이지 터무니없는 것처럼 느껴졌다.

'결혼도 안 해보고 죽을 순 없어!'

수현은 민의 손을 더욱 꽉 잡았다. 다행히 사람들은 점점 질서정연하게 계단을 내려가기 시작했고, 호텔 매니저는 불시착하는 비행기의 침착한 승무원처럼 모두를 이끌었다. 사람들 틈바구니에 낀 민과 수현. 수현은 다리에 찬 기운이 스미는 것을 느낄 수 있었다.

22층에서 7층까지 내려오는 내내 울리던 화재 경보음이 점점 줄어들더니 이윽고 잠잠해졌다. 위쪽에서 아까 민의 이벤트 준비를 도왔던 호텔 직원 중 한 명이 다급히 뛰어 내려오더니 지배인에게 뭔가를 열심히 말했다. 이윽고 지배인이 대피 중인 사람들에게 말했다.

"다시 입실하셔도 된답니다."

"네?"

"죄송합니다. 작은 화재였는데 큰 문제 없이 진압이 되었다고 합니다."

"뭐야, 지금 우리 데리고 장난하쇼?"

"죄송합니다. 뭔가 착오가 있었던 것 같습니다. 객실별로 다시 전화 넣어드리겠습니다. 정말 죄송합니다."

"특급 호텔 수준 떨어지게 이게 뭐요?"

"큰일 없었으면 됐지. 들어갑시다."

수현은 김 빠진 사이다를 마신 기분이었다. 별일 없다니 다행이지만, 다리는 여전히 덜덜 떨리고 있었다. 민의 손은 여전히 수현의 왼손을 꼬옥 잡고 있었다. 그녀는 고개를 들어 민과 눈을 마주했다. 그 어느 때보다도 따뜻한 눈빛이었다.

민은 안도하는 얼굴로 수현을 보았다. 민은 수현의 몸이 떨리는 것을 느낄 수 있었다. 맞잡은 손을 통해 그녀의 체온이 전해져 왔다. 민은 수현의 어깨를 끌어안고는, 22층으로 올라와 호텔 직원의 안내를 받으며 스위트룸의 문을 열었다.

"따뜻한 물이야, 마셔."

커다란 흰 타월 차림의 수현은 민의 양복 상의를 걸친 채로 의자에 앉았다. 민이 내미는 물잔을 든 수현의 손이 묘하게 떨렸다. 민은 저벅저벅 걸어와 수현의 물잔을 빼앗아 들었다.

"가만있어."

"……."

민은 한 손으로 수현의 목덜미를 잡고, 다른 한 손으로 유리컵을 들고는 그녀가 물을 마실 수 있도록 해주었다. 수현의 입안으로 따뜻한 물이 가득 들어왔다. 수현은 천천히 물을 삼키고는 컵을 든 민을 보았다.

"더 마시고 싶어?"

수현은 도리질을 한 뒤 작게 한숨을 내쉬었다. 그제야 제정신이 드는 것 같았다. 민은 눈앞에 있고, 여긴 M호텔 22층이고, 수현과 민에게는 아무 일도 없다. 몇십 분 전까지만 해도 '갑짓' 한번 제대로 해보려 했던 수현이었는데, 지금은 혼이 빠져나갔다가 다시 들어온 것만 같다.

"괜찮아?"

"아직 안 괜찮은 것 같아요."

"이제 투명인간 취급은 끝난 건가? 화재 경보에 감사해야겠군."

민이 눈가에 웃음을 띤 채 그녀를 보았다. 수현은 여전히 떨고 있었다. 민은 수현에게로 다가가 그녀를 뒤에서 안았다.

"당신은 물가에 내놓은 어린애 같군."

"……."

"이제 괜찮아?"

"……네."

수현은 뒤에서 자신을 안고 있는 그를 느꼈다. 온몸이 온기로 충전되는 것만 같았다.

'갑이고 을이 다 무슨 소용이야. 이렇게 따뜻한데.'

민의 양복을 걸친 수현은 그렇게 한참을 그에게 안겨 있었다.

"이제 사과를 받아주는 건가?"

"……사실 머릿속이 하얘요."

"죽는 게 무서워?"

"작가님은요?"

"글쎄, 난 두려움이 별로 없는 편이라. 하지만 당신을 더 안지 못할지도 모른다고 생각하니 두려워지더군."

"……."

수현은 뒤에서 자신을 안은 남자의 손을 꼬옥 잡았다. 갑을 관계라도, 주종 관계라도 좋다. 수현은 더는 민과 감정 낭비를 하지 말아야겠다고 생각했다.

'그래, 어린애 같은 짓은 이제 그만해야지.'

수현은 뒤를 돌아 민을 보았다. 그와 수현의 얼굴이 맞닿을 만큼 좁혀졌다.

"가까이서 보니까 더 예쁜데."

"……닭살 돋아요."

"근데 당신 지금 타월만 두른 차림이란 거, 아나?"

"……!"

수현의 양 볼이 발개졌다. 민은 수현의 얼굴을 커다란 두 손으로 잡았다. 그녀는 이러지도 저러지도 못하고 그의 손아귀에 잡혀 있었다.

'완벽한 을이 되고 말았어.'

하지만 수현은 이 순간에도 쿵쿵 뛰는 심장 소리를 오롯이 느꼈다. 저 눈을 매일 볼 수 있다면, 이 손의 온기를 365일 느낄 수만 있다면 평생 그의 '을'이 되어도 상관없을 것 같다. 수현은 자기도 모르는 사이 눈을 감았다. 민은 수현의 양 뺨을 쓰다듬은 뒤 그녀의 입술에 자신의 입을 맞추었다. 달콤하고 진한 키스였다. 마치, 긴 항해를 마친 끝에 마시는 칵테일 같은 키스였다.

"……못 참겠어."

그가 입술을 뗀 뒤 촉촉해진 눈으로 수현을 보았다.

"뭘요?"

"구체적으로 말해줘야 하나?"

"네."

"……하고 싶어."

그는 사춘기 소년 같은 표정으로 수현을 보았다.

"……샤워하려던 중이었어요."

"……욕실로 갈까?"

수현은 말없이 고개를 끄덕였다. 그녀의 몸은 민의 목소리에, 표정에, 몸짓에 묘하게 반응하고 있었다. 민은 수현의 손을 이끌고 욕실로 갔다.

인조 나무 네 그루가 심어져 있는 욕실 벽 앞에는 직사각형의 히노끼 욕조가 있었다. 민은 수현의 타월을 풀어버린 뒤 그녀의 선홍색 속옷을 한순간에 벗겨냈다. 은은한 욕실 조명이 두 사람을 비추고 있었다. 민은 예의 그 정장 차림이었다. 수현만이 알몸이었다. 그는 수현 가까이로 와 그녀의 목을 살짝 꺾듯 잡은 다음 그녀의 입안으로 거세게 혀를 밀어 넣었다.

수현은 맨몸으로 포획당한 동물처럼 그의 품 안에서 어쩌지 못하고 가만히 있었다. 그는 수현에게 키스하며 자신의 와이셔츠를 벗어 욕실 바닥에 던졌다. 수현은 넓고 탄탄한 민의 가슴에 오른손을 댔다. 민은 수현의 아담한 가슴을 자신의 손 안에 담았다. 그는 그녀를 마음껏 가지고 싶어 견딜 수가 없었다.

이윽고 실오라기 하나 걸치지 않은 채로 민은 수현을 보았다. 그의 눈빛은 기분 좋게 취한 남자의 그것이었다. 수현은 그의 눈동자에 비친 자신의 얼굴을 보았다.

'가슴이 주체 못할 정도로 뛰는걸.'

수현은 온몸이 구름 위에 떠 있는 것 같은 기분을 느꼈다. 지금 이 순간에는 아무런 현실적인 생각도 나지 않았다. 오롯이 눈앞에 있는 남자만이 수현의 전부일 뿐이었다.

민은 수현을 살짝 들어 올린 다음, 딱딱해진 자신의 그것을 그녀 안으로 들여보냈다. 수현은 눈을 감았다. 저도 모르게 눈물이 났다. 그녀는 부드러운 애무를 좋아했지만, 이것도 나쁘지 않다고 생각했다. 수현은 양손으로 민의 목덜미를 매만졌다. 그런 다음 그의 양 귓바퀴를 손으로 매만졌다.

"으음."

그가 신음 소리를 냈다. 그는 그녀가 좀 더 느낄 수 있도록 밀착해 왔다. 수현의 허리를 잡은 그가 그녀 안에 들어간 채로 물었다.

"근데 왜 울지?"

"모르겠어요. 그냥 눈물이 나는데요."

"……내가 나쁜 짓을 하는 것 같잖아."

"……이런 나쁜 짓이라면 환영이에요."

"그 말을 후회하게 될지도 몰라."

그는 그녀를 욕실 벽에 기대게 한 뒤 자신의 몸을 더욱 그녀에게 밀착했다. 욕실 거울에 벽에 기댄 채 섹스를 하는 수현과 민의 모습이 비쳤다. 수현은 민에게 안겨 있는 자신의 모습을 거울 안에서 확인했다.

'너무 자극적이잖아.'

민은 수현을 만끽하느라 정신이 없었다. 그는 그녀의 귀를, 목덜미를, 이어 쇄골 근처를 입술로 애무했다. 수현은 그의 애무에 녹아내리는 것만 같았다.

"좋아?"

숨이 찬 민이 물었다. 수현은 그의 눈을 정면으로 응시하기가 부끄러워져 대답을 하지 않았다. 민은 수현의 입술을 만지작거렸다. 마치, 대답을 하라는 듯한 손길로. 수현은 한사코 아무 말도 하지 않았다. 그녀는 민의 어깨에 손을 댔다. 그의 팔 근육은 더 단단해진 듯 보였다. 수현은 그의 팔을 잡은 채 그에게 사로잡힌 동물처럼 벽에 붙어 있었다. 이윽고 민이 수현에게 다시금 물었다.

"기분이 어때?"

'역시, 이 남자 정말 끈질겨.'

수현은 반쯤 눈을 뜬 채로 민을 보았다. 그의 머리카락 끝이 삐죽, 서 있었다. 수현은 팔을 뻗어 민의 머리카락를 가지런히 정리해 주었다. 저도 모르게 웃음이 나왔다.

"왜 웃지?"

"그냥요."

"내 질문에 대답을 안 하는 건 왜지?"

"당연한 걸 물으니까요."

수현의 몸 밖으로 나간 민은 그녀의 가슴을 애무한 뒤, 그녀를 히노끼 욕조 덮개 위에 눕혔다. 수현은 순순히 그가 시키는 대로 했다. 하지만 수현의 마음속 '갑짓'에 대한 미련이 1g가량 생겨나는 것이었다. 그는 너무나 유능한 플레이를 펼치는 선수와도 같았다. 수현은 누운 채로 그의 오똑한 콧날과 사랑스러운 눈빛, 떡 벌어진 어깨, 물기가 촉촉이 묻은 가슴 근육을 보았다. 민의 신경은 오로지 수현에게만 쏠려 있었다. 그는 이 순간을 위해 태어난 남자인 것처럼 수현의 몸에만 집중했다.

"많이 추워 보이더군."

그가 혀로 수현의 유두를 애무했다. 그녀, 수현은 민 아래에서 완벽한 을이 된 채로 그에게 사로잡혀 있었다. 민은 화장기 하나 없는 수현의 맑은 얼굴을 보았다. 그에게 있어 수현은 기쁨이고 떨림이었다. 민은 수현이 자신으로 인해 충만해지기를 원했다. 그는 하얗고 맨들맨들한 수현의 피부를 만졌다. 그녀의 목덜미와 가슴 언저리, 팔, 그리고 다리까지. 긴장은 풀렸고 마음은 행복감으로 차올랐다. 민은 다시 한 번 수현 안으로 들어갔다.

"아아아……."

수현은 나직이 신음을 내질렀다.

뿌옇게 된 거울에 욕조 덮개 위에서 정사를 벌이는 민과 수현의 모습이 희미하게 담겼다. 욕조 안에서는 뜨거운 김이 올라왔다. 두 사람의 몸에 송골송골 이슬이 맺혔다. 민은 부지런히 몸을 움직였다. 민과 맞닿은 피부에서 전기가 일어나듯 짜릿한 느낌이 들었다. 수현은 희열감을 감추지 못하고 몸을 떨었다. 이윽고 그녀의 몸 밖으로 나간 민은 그녀를 바닥으로 내려오게 한 뒤 욕조를 잡고 서게 했다. 수현은 그의 포로가 된 것만 같았다.

"꽉 잡아야 할걸."

수현은 주춤했지만 민의 말에 따랐다. 민이 뒤에서 다시 한 번 그녀 안으로 들어왔다.

"아아앗."

색다른 쾌감에 수현은 몸을 떨었다. 그는 뒤에서 수현의 가슴을 잡은 채 그녀를 압박했다. 수현은 완벽한 을이 되어버렸다. 민은 그녀를 자유자재로 다루며 그녀의 등에 키스 마크를 남겼다. 수현의 온몸에 전율이 일었다. 수현은 등 뒤에서 자신을 안고 있는 민의 손길을 느꼈다. 이윽고 민이 수현의 몸에서 빠져나가자, 수현은 뒤를 돌아 그를 보았다.

"안으로 들어가요."

"응, 이리 와."

민은 수현의 손을 잡고 히노끼 욕조 안으로 들어갔다. 물 안에서 기포가 일었다. 수현은 자리를 잡고 앉은 민의 품에 안겼다. 그의 것은 아직도 건재했다.

"정말 버라이어티한 하루군."

"그러게요. 생각해 보니 올해는 무지무지 버라이어티했어요."

민은 수현의 머리를 쓰다듬었다. 그리고는 그녀를 자신의 몸 위에 앉혔다.

수현은 민의 몸에 포개지며 그와 다시금 하나가 되었다. 전혀 아프지 않은, 자연스런 결합이었다. 그는 눈을 감은 채 수현을 안고 있었다.

"앞으로 더 버라이어티해지면 어쩌지?"

"글쎄요."

수현은 민의 온기를 느꼈다. 그의 몸은 쫀득쫀득했다. 수현은 민의 왼팔을 들어 살짝 깨물었다. 민이 미소를 지었다.

"난 당신이랑 조용하게 살고 싶어."

민이 수현의 허리에 손가락을 가져다 댔다.

"기분이 더없이 좋군."

그는 그녀를 조심스레 안았다. 수현은 그의 심장이 뛰는 것을 느낄 수 있었다. 수현은 민과 마주 보고 앉은 뒤 그에게 키스했다. 물기에 젖은 민의 입술은 달궈진 젤리처럼 달콤했다. 둘은 아무 말 하지 않고 욕조 안에서 서로를 만끽했다. 민은 수현과 함께 있으면서도 그녀를 가지고 싶어 견딜 수가 없었다. 민은 그녀의 속눈썹에 키스한 뒤 그녀의 귀를 혀로 물었다. 수현은 간지러워서 신음 소리를 냈다.

"우린 대체 왜 싸운 거지?"

민이 애틋한 눈빛으로 수현을 보았다. 수현은 엄마 미소를 띤 채 민을 보았다.

'이 남자, 묘하게 소년 같아.'

민은 수현의 마음을 꿰뚫어 보았다.

"왜 그런 시선으로 날 보지? 난 분명히 당신보다 오빠라고."

"그냥, 가끔 귀엽게 느껴질 때가 있거든요."

수현이 민의 손을 잡았다.

"그런 표현은 사양할게."

민은 수현의 손을 끌어당긴 뒤 그녀의 입술에 진하게 입을 맞췄다. 수현은 자신의 혀를 민의 입안에 넣었다. 민은 달콤한 그녀의 혀를 자신의 혀로 감고는 이빨로 살짝 깨물었다. 수현이 다시금 신음 소리를 냈다. 민은 손을 그녀의 은밀한 부위에 가져다 댔다. 뜨거운 물 안에서 그녀의 그곳은 더없이 부드러워진 채였다. 민은 조심스레 그녀의 그곳을 애무했다. 수현은 노곤해진 시선으로 민을 보았다.

'몸이 녹을 것 같아.'

하지만 수현은 민의 손길을 멈추게 하지 않았다. 욕조의 물이 식을 때까지 그의 손길을 만끽할 셈이었다. 민은 피아노를 치듯 수현의 여성을 농락했다. 수현은 점점 새로운 쾌락에 눈을 뜨는 것 같았다. 그녀는 갈구하는 눈으로 민을 보았다. 그러자 민은 입가에 웃음기를 머금은 채 수현의 몸에서 손을 뗐다. 수현은 수술 도중 깨어난 환자의 얼굴로 민을 보았다. 그는 오랜 기간 정성스레 키운 난초 잎을 쓰다듬듯 수현의 머리를 쓰다듬었다.

"지금 저한테 장난치는 거예요?"

"응, 눈치챘나?"

"너무해요."

수현은 자신이 민의 손길을 더없이 원한다는 사실을 느낄 수 있었다. 그녀는 서서히 민에게 중독되어 가고 있었다. 수현은 민 역시 자신을 열렬히 원하기를 바랐다. 그녀는 손을 뻗어 민의 남성을 손에 쥐었다.

"헉!"

민은 수현을 보았다. 수현은 작은 악마 같은 표정을 짓고 있었다. 그녀는 사용법을 모르는 장난감을 습득한 어린아이의 얼굴로 민을 마주했다. 그리고는 천천히 손을 위아래로 움직이기 시작했다. 수현은 환희에 젖어드는 민의 모습을 보며 조금 더 부지런히 손을 움직였다. 민은 눈을 감은 채 수현의 애무를 만끽했다. 그녀는 민의 표정을 보는 것이 좋았다. 작고 하얀 손으로 그의 남성을 희롱하며 미소 지었다.

"이제 그만."

민이 수현의 손목을 잡았다. 그리고 자신의 몸에서 그녀의 손을 떼어냈다.

"왜요?"

수현이 동그란 눈으로 민을 보았다.

"호텔 예약 시간은 충분히 남았어. 물도 식었고."

"……"

"아까 보니까 침대 매트리스가 꽤 튼튼해 보이더군. 이따 침대에서 나머지 숙제를 하는 걸로 하지."

민은 수현에게 키스한 뒤 일어났다. 그의 검은 몸에서 물기가 뚝뚝 떨어졌다. 수현은 아무런 말도 하지 못한 채 욕조 안에 앉아 있었다.

"먼저 나갈게. 천천히 나와도 좋아."

수현은 민이 너무한다고 생각했다.

'뭐야, 내가 너무 금세 풀어져 버린 거야?'

민은 욕실 바닥에 떨어진 자신의 옷을 챙긴 뒤, 커다란 타월로 몸을 슥슥 닦고는 욕실을 나섰다. 수현은 그의 뒷모습을 보다가 한 대 맞은 듯한 멍한 얼굴로 욕조 안에 앉아 있었다.

물기가 채 마르지 않아 곱슬곱슬해진 단발머리의 수현이 욕실에서 나왔다. 하얀 욕실가운이 수현에게는 조금 커 보였다. 수현은 넓기 그지없는 스위트룸 복도를 지나 민에게로 왔다.

어느새 다시금 정장 차림을 한 민은 근사한 생일상을 차려두고 있었다. 수현은 민과 테이블 위의 딸기케이크, 와인과 커다란 선물 상자를 보았다.

"이리 와."

민이 수현을 보며 말했다. 수현은 머뭇거리며 서 있다 테이블 쪽으로 갔다. 민은 그녀를 보며 눈을 찡긋했다.

"프런트에서 전화 왔는데, 아까 소동에 대한 사과의 의미로 객실료를 안 받겠다는군."

"잘됐네요, 꽤 비쌀 텐데."

"마음에 든다면 며칠 더 머물러도 좋아."

큼지막한 딸기케이크를 보던 수현이 민을 보았다.

"전 일해야 돼요!"

"나랑 있는 동안엔 일 생각은 잊어줘."

"작가님 얼굴을 보면 우리 대본이 자꾸 생각나요."

"……."

수현은 눈썹을 움직이는 민을 보았다. 그는 화암동굴에서 처음 봤을 때보다 한결 편안해진 모습이었다. 수현은 방금 전 자신을 뜨겁게 애무하던 그와 지금의 그가 다르다는 생각을 했다. 민은 자기 대본 속의 무수한 인물들의 얼굴을 자기 안에 가지고 있는 남자다. 수현이 민의 얼굴을 자세히 관찰하는 동안 민은 어떤 말로 수현의 생일을 축하해 줄까 궁리하고 있었다.

'이 여자는 평생 철이 안 들 것 같군.'

민은 가운 입은 토끼 같은 수현을 보았다. 수현은 케이크의 딸기 수를 세고 있었다. 민은 수현을 에스코트해 의자에 앉혔다.

"잠시만."

민은 기다란 초 세 개를 케이크에 꽂고, 불을 붙였다. 그러고는 리모콘을 들어 불을 껐다. 깜깜해진 호텔 방 안에 수백 개의 LED 초와 딸기케이크 위의 촛불이 따끈한 빛깔로 반짝이고 있었다. 수현은 마음이 일렁이는 것을 느꼈다. 민은 이윽고 수현의 맞은편에 앉았다. 케이크 촛불에 비친 그의 얼굴은 사람의 마음을 편하게 해주는 데가 있었다.

'옛날 그 류민이랑 다른 사람 같아.'

수현은 민의 정성을 온몸으로 느꼈다. 두 사람의 눈망울이 케이크를 사이에 두고 부지런히 교류하고 있었다. 수현은 민을 보며 미소를 지었다. 민은 케이크 앞에 앉아 있는 천사 같은 그녀를 보며 흐뭇한 미소로 화답했다. 둘 사이의 지난 시간들이 파노라마처럼 흘러가는 것만 같았다. 수현은 볼에 바람을 넣고 촛불 끌 준비를 했다.

"소원 빌고 꺼."

민의 말에 수현은 마음속으로 이루고 싶은 소원을 생각했다.

'앞에 앉은 남자랑 안 싸우고 행복하게 해주세요. 삼촌 빚도 얼른 다 갚게 해주세요. 드라마 대박 나게 해주세요.'

마음속으로 소원을 읊던 수현은 문득 아무것도 이루어지지 않는다고 해도 민만 곁에 있다면 행복할 것 같다는 생각을 했다. 그건 진심이었다.

수현은 볼에 바람을 가득 넣고 촛불을 껐다. 오랜만에 느껴보는 여유로움이었다. 민은 한동안 불을 켜지 않았다. 수현은 초세 개를 케이크에서 빼내고는 민을 보았다.

"작가님."

"응? 불 켤까?"

"아뇨."

"할 말 있나?"

"글쎄요. 딱히 명대사 같은 말이 생각나지는 않아요. 하지만 365일 이런 기분으로 살면 천국이겠다 싶어요."

수현이 눈에 불을 밝히고 민을 보았다. 민 역시 수현 말대로 천국에 와 있는 것 같았다. 그는 옆도, 뒤도 안 보고 컴퓨터 모니터만 보며 글과의 싸움을 지속했던 과거의 자신을 떠올렸다. 그때의 자신과 지금의 자신은 상당히 다른 사람 같다. 민은 수현으로 인해 자신의 일부가 변화되었다고 느꼈다. 그는 양팔을 테이블 위에 올린 채 수현을 주시했다. 수현과의 앞날이 어떻게 될지 그 어느 드라마의 엔딩보다도 궁금해졌다. 잠시 수현과 눈을 맞추던 그는 리모컨을 들어 불을 켰다. 주위가 밝아지며 욕실가운 차림의 수현이 더욱 도드라져 보인다.

'누군가 깃털로 심장을 간질이는 기분이군.'

민은 다시금 수현 옆으로 가 그녀를 안아주고 싶다는 기분에 사로잡혔다. 하지만 애써 자제심을 발휘하는 민이었다. 그에게는 아직 그녀를 위한 할 일이 남아 있었다.

"미리 운을 떼두지만, 나는 당신이 거적데기를 입어도 좋아. 당신 스타일에 반감을 가지고 준비한 선물은 아니라는 말이지."

"거적데기, 진짜로 입고 오면 싫어할 거잖아요?!"

수현이 받아쳤다.

"한마디도 안 지는군."

"이게 저예요."

욕실가운을 입은 그녀가 입꼬리를 올리며 말했다.

"마음에 안 들면 입지 않아도 좋아."

민은 케이크를 한 쪽으로 치우고는 리본이 달린 선물상자를 내밀었다. 수현은 그가 내민 상자를 소중하게 받아 들고는 뚜껑을 열어 내용물을 확인했다.

"와……!"

상자 안에서 하얗고 길고 나풀나풀한 흰 원피스가 나왔다. 그에 썩 어울리는 금색 마놀로 블라닉 샌들도 나왔다. 수현은 대학 졸업사진 촬영 이후 한 번도 입어보지 않은 스타일의 옷에 눈이 휘둥그레졌다. 수현은 원피스를 손에 든 채 한참을 서 있었다.

"……예뻐요."

"마음에 안 들어 할까 봐 걱정했어."

수현은 민을 보며 미소 짓고는 말했다.

"갈아입고 올게요."

"오케이."

수현은 안쪽 파우더룸으로 들어가 원피스를 입고 마놀로 블라닉을 신었다.

'옷이 날개라더니 그 말이 딱이네.'

수현은 파우더룸에 놓인 디올 립글로스를 바르고는 다시금 거울을 보았다.

'……'

수현은 잠시 그 자리에 선 채 거울 속의 자신을 보았다. 뭔가 낯설게 느껴지는 모습이었다. 사는 게 바쁘다 보니 늘 '감독 패션'을 선보여 온 그녀였다. 수현은 오랜만에 자신을 여자, 그 자체로 느꼈다. 파우더룸에서는 꽃향기가 났고, 수현은 공주가 된 기분을 만끽했다.

'드라마에서 남주들이 여주 옷 사주는 신이 괜히 나오는 게

아니구나.'

수현은 민의 안목에 감탄했다. 무릎까지 내려오는 흰 드레스는 수현을 위한 맞춤형 의상 같았다. 마놀로 블라닉 샌들이 수현의 작은 발을 아름답게 감싸주었다. 수현은 다시금 거울을 보고 미소를 지어 보였다.

'30년간 열심히 산 보람이 있네.'

수현은 뒤를 돌아 뒤태를 확인했다. 여배우들처럼 '숨 막히는 뒤태'는 아니었지만 나름 뒷모습도 예뻐 보였다. 수현은 간만에 느끼는 설렘 가득한 기분으로 민에게 갔다. 그는 커다란 테디베어 옆에 선 채로 수현의 모습을 감상했다.

"난 대본만 잘 쓰는 게 아니라 옷 고르는 안목도 있는 모양이야."

민이 으쓱하며 말했다. 수현은 뭐라고 한마디 하고 싶었지만, 그의 말에 동의할 수밖에 없었다.

"마음에 들어?"

"네."

수현은 민과 마주 서 있었다. 민은 수현의 얼굴을 뚫어져라 보았다. 핑크빛 립글로스를 바른 그녀의 입술은 생기발랄해 보였다. 민은 수현의 외모 때문에 그녀에게 끌린 것은 아니었다. 방송, 연예계에 예쁜 사람은 차고 넘쳤다. 하지만 민에게 생기를 불어넣어 준 여자는 수현뿐이었다. 향기 없는 꽃 같은 여자들 사이에서 수현은 자신만의 향기를 마음껏 뽐내는 세상에 단 한 송

이뿐인 꽃 같았다. 민은 수현의 모습을 머리끝에서 발끝까지 마음에 담아두었다. 그러다 문득 수현의 가슴께에서 시선을 멈추었다.

"왜요?"

수현이 멀뚱멀뚱 민을 보았다. 민이 수현의 가까이에 다가와, 귓가에 대해 속삭였다.

"속옷 비쳐."

"……."

수현의 귓가가 붉어졌다. 민은 그녀의 귓가에 가볍게 키스하고는 유치원 첫 등원을 앞둔 어린아이를 챙기는 아버지의 손길로 수현의 원피스를 매만졌다.

"다음에 입을 때는 꼭 흰 속옷을 입도록."

수현은 완패했다고 생각했다. 민은 언제나 '상황 주도자'인 것이다. 가슴이 다시금 뛰는 것을 느꼈다. 수현은 민에게서 나는 이름 모를 향수 냄새를 들이마시고 있었다. 수현의 흰 원피스 사이로 선홍색 속옷이 야릇하게 비쳤다. 민은 수현을 뒤로 돌려 안았다. 그리고 그녀에게 준비한 핑크 다이아몬드 목걸이를 걸어주었다.

"생일 축하해. 이제까지 사느라 수고했어."

"……."

민은 수현을 압박하듯이 안았다. 그리고는 그녀에게 마음에 담아두었던 말을 하기 시작했다.

"지금까진 나 없는 30년을 살았으니, 앞으로는 계속 같이 가 도록 해."

"……느끼해요."

"계속 느끼할 거야."

수현은 그에게 안긴 채로 가만히 그의 체온을 느꼈다. 민은 두 팔에 힘을 준채로 말을 이었다.

"명수현."

"네?"

수현이 고개를 돌리자 민이 수현에게 키스를 했다. 그 어느 때보다 진지하고 진심이 담긴 키스였다. 수현은 그의 부드럽고 따뜻한 입술과 마주하다 뒤돌아 그에게 안긴 채 키스를 이어갔 다.

'힐을 신고 안겨도 한참 크구나, 이 남자.'

수현은 팔을 뻗어 민의 목덜미를 감싸 안았다. 민은 고개를 숙인 뒤 수현의 입술을 부드럽게 빨아들였다. 수현은 민과 키스 를 할 때마다, 귓가에서 나비들이 살랑살랑 날아다니는 것만 같 은 기분을 느꼈다. 민 역시 마찬가지였다. 그는 오른손을 뻗어 수현의 드레스 안으로 집어넣었다. 그때였다. 수현의 전화벨 소 리가 울렸다.

너와 나의 달콤했던 선택 그 순간 우리는 하나였지~

'빠직!'

민의 머리 뚜껑이 열리려는 찰나, 수현이 몸을 비틀었다.

'일 전화면 받아야 되는데……'

하지만 민의 마수에 걸린 수현은 옴짝달싹할 수가 없었다. 민은 수현이 제발 벨소리를 바꾸기를 바랐다. [선택]은 스위트룸 안에 우렁차게 울려 퍼졌고, 민과 수현은 한 몸이 된 채로 [선택]을 배경 음악 삼아 키스를 이어갔다.

"잠시만요."

민에게서 떨어져 나온 수현이 핸드폰을 찾아 들고는 전화를 받았다. 드라마 관련 통화를 하는 수현을 보며 민은 못내 아쉬운 얼굴이 되었다. 그녀는 이윽고 민에게로 왔다.

"우리 드라마 춘희 역할이요, 김다영 대신 오유리로 바꾸기로 했어요."

"오유리? 오유리가 누구야?"

"요즘 대세인 걸그룹 파스텔팝 있잖아요, 거기 리드보컬."

민의 눈썹이 일그러졌다.

"파스텔팝? 듣도 보도 못한 그룹이군. 인지도 앞세워 개나 고양이나 연기한다고 나오는 거 볼썽사나워. 원래대로 김다영으로 가지."

"건강검진하러 갔다가 자궁근종이 발견되어서 수술 들어가야 된대요. 저는 오유리도 좋아요. 예쁘고, 감성 풍부하고, 발음도 좋고. 오유리가 작가님 드라마 출연한다면 화제성 면에서는 먹고 들어가는 거거든요."

민의 눈썹이 다시 한 번 일그러졌다.

"오유리는 안 돼! 당신 전작에서도 아이돌 썼다가 망했었다는 걸 명심해. 그리고 말 나온 김에 말하는 건데 벨소리 좀 바꿨으면 좋겠어. 이왕이면 통화연결음도 같이."

일 이야기가 나오자 독설 민으로 돌아온 그였다.

'방금 전까지 따뜻하고 달콤하고 더없이 친절하던 그 남자는 어딜 간 거야?'

수현은 화암동굴에서 처음 봤던 민을 떠올렸다. 남자 류민이 아니라 작가 류민으로 그새 돌아오다니, 에잇! 수현은 눈살을 찌푸리고 있는 민의 미간을 손가락으로 펴주었다. 그리고 확인도장을 찍듯 말했다.

"아쉽지만 오유리로 갈 거예요. 작가님이 아무리 대작가라고 해도 캐스팅 권한은 감독한테 있어요. 발연기 소리 안 나게 잘 지도할 테니까 영역 침범하지 말아주세요."

"……."

민은 할 말이 없어졌다. 대본을 넘긴 이상 감독의 의견을 존중할 필요가 있다. 게다가 수현은 그 어느 때보다 자신만만한 얼굴이었다. 민은 대본 연습장에서 오유리를 특별 트레이닝 시켜야겠다고 마음먹으며 수현을 보았다.

"왜 오유리 얘기만 하지? 벨소리, 통화연결음."

"알았어요. 안 그래도 바꾸려고 했어요. 에이준 솔로곡으로."

"장난이지?"

"진심인데요?"

수현이 혀를 낼름 내밀었다. 민은 키스 모드에서 톰과 제리 모드로 돌아온 것에 한숨을 내쉬며 눈앞의 그녀를 보았다. 민을 보며 웃던 수현은 문득 테이블 위의 흰 종이에 시선이 갔다. 수현은 테이블로 가서 종이를 집어 들었다.

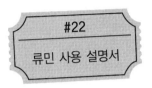

#22
류민 사용 설명서

복종

한용운

남들은 자유를 사랑한다 하지마는,
나는 복종을 좋아하여요.
자유를 모르는 것은 아니지만,
당신에게는 복종만 하고 싶어요.

복종하고 싶은데 복종하는 것은
아름다운 자유보다도 달콤합니다.
그것이 나의 행복입니다.

그러나 당신이 나더러 다른 사람을 복종하라고 하면

그것만은 복종할 수가 없습니다.

다른 사람을 복종하려면,

당신에게는 복종할 수가 없는 까닭입니다.

"이게 대체 뭐예요?"

수현은 민이 끼적인 듯한 시를 보았다. 오글거리기 그지없었다. 민은 머쓱하게 서 있었다.

"이래 봬도 시를 좋아해."

"문학가 아버지를 둔 대작가답네요."

"……."

수현은 시를 다시 읽어보았다. '사랑한다는 생각마저 잊는 것입니다'라는 글귀가 눈에 들어왔다. 시구를 음미하고 있는데 민이 오더니 말했다.

"메인은 뒷장이라구."

수현은 두 장 겹쳐진 종이 중 뒷장을 펼쳤다. 같은 필체로 '류민 사용설명서'가 적혀 있었다.

"세탁기도, 압력밥솥도 아니고……."

수현은 반찬을 먹을 때도 맛있는 건 맨 마지막에 먹곤 했다. 내용이 무척 궁금했지만 읽기 전 잠시 심호흡을 하고 마음을 가다듬었다. 민은 어떤 심정으로 이 글을 썼을까? 잠시 생각하던 수현은, 종이를 가까이 들고 눈으로 읽어보았다.

류민 사용설명서

1. 시간

명수현은 류민의 영원한 갑으로,

24시간, 365일 언제든 원하는 때 원하는 만큼 사용할 수 있다.

2. 공간

마트, 백화점, 놀이공원 등 인파로 북적이는 곳을 선호하지 않음.

단, 명수현이 원할 경우 한 달에 한 번 내외로 방문 가능함.

3. 거짓말

예민한 A형으로 거짓말에 민감함.

잘못도 용서해 줄 아량 넓은 남자이니 솔직함을 고수해 준다면
고맙겠음.

4. 침대와 식탁

키스와 섹스의 경우 다양한 테크닉과 체위에 대한 가능성이 열
려 있는 남자임.

음식의 경우 혐오 식품만 아니면 가리지 않음.

단, 명수현의 요리라면 혐오 식품도 맛볼 의향이 있음.

5. 말

말과 글에 민감한 남자이나 다소 이기적이고 자기 세계가 강하므로 가끔은 죽비 내리치듯 잔소리를 해줘도 괜찮음.

단, 육두문자와 흥분해서 하는 말은 삼가주길 바람.

6. 약속

한 번 입 밖에 나온 약속은 무슨 일이 있어도 지켜야 한다는 생각.

말만 뱉어 놓고 지키지 못하는 인간들을 혐오함.

단, 명수현이 약속을 지키지 못했을 경우 타당한 이유가 있다면 한 번쯤은 고려해 주겠음.

7. 과거와 미래

과거의 자신을 설명하는 것도, 오지 않은 미래에 대한 장담을 하는 것도 불편해하는 경향이 있음.

지금 이 순간 외에는 아무것도 없다는 것을 잘 알고 있음.

순간순간 행복해지를 바라는 바이니 지나간 얘기나 미래 얘기는 하지 않았으면 함.

8. 기타

사용 방법이 궁금하면 언제든, 어느 때든 전화해 주길 바람.

밤 열 시 넘어 전화하는 인간을 말만 뱉어 놓고 지키지 못하는

인간만큼 혐오하지만,

　명수현의 전화라면 자다 일어나서도 반갑게 받을 용의 있음.

　사용하는 도중 궁금한 사항이 생기면 언제든 문의 바람.

2013년 11월 8일

류민.

　수현은 정갈한 글씨로 적힌 사용설명서를 모두 읽고는 민에게 말했다.

　"반품하고 싶어지지 않게 잘해요!"

　민이 눈살을 찌푸렸다.

　"반품이라니. 이래 봬도 32년간 주문 폭주한 남자라구."

　설명서를 깨알같이 적고 있었을 민을 상상하니 절로 웃음이 나왔다.

　"설명서 참조해서 마르고 닳을 때까지 잘 써볼게요."

　수현의 말에 민이 그녀의 코끝을 만지작거렸다.

　"개인적으로 4번을 잘 인지해 주면 고맙겠어."

　민은 다시금 사용설명서를 보는 수현의 턱을 잡았다. 수현은 그의 손길을 느끼며 고개를 들었다. 민은 예의 그 커다란 손으로 수현의 뺨과 귓가를 쓰다듬었다.

　"배가 고픈가?"

"아뇨."

"나도 출출하진 않아."

"그럼 이제부터 뭘 할까요?"

"저녁 대신 당신을 제대로 맛볼까 하는데."

수현은 고개를 들고 민을 보았다. LED 초들과 헬륨가스가 든 풍선들 그리고 테디베어 사이에 선 민과 수현.

'아까 욕실에서의 그건…… 에피타이저였던 거야?'

수현은 잠시 망설이고 서 있다 민을 보았다.

"저는 4번보다 1번에 더 눈이 가는걸요."

그녀의 말에 민은 다시금 설명서를 보았다.

"영원한 갑이 되고 싶은가?"

"영원한 갑은 모르겠고, 이왕 스위트룸에서 묵게 된 거 오늘 밤만은 갑이 돼볼까 해요."

수현이 앙증맞은 미소를 띤 채 말했다.

"알았어. 시키는 대로 하지."

민은 테이블 의자에 앉았다. 수현은 바닥에서 굴러다니고 있는 헬륨가스 풍선들을 보다 그중 하나를 집어 들었다. 풍선의 매듭을 푼 뒤 사약을 든 사악한 상궁마마의 얼굴로 민을 보는 수현이었다.

"이거 마시고 시 읽어줘요."

"뭐?!"

"시키는 대로 한다면서요?"

"이런 걸 해서 당신한테 남는 게 뭐가 있나? 와인이나 한잔 마시고 우리……."

"내 안에 새디스트 본성이 있나 봐요. 난 작가님이 풀어지는 걸 보고 싶어요."

수현이 '사약 먹으면 사탕 줄게' 하는 표정으로 민을 보았다.

"나 류민이야."

"전 명수현이에요."

"……."

"얼른요!"

앙탈부리는 수현에 민은 눈을 질끈 감고 사약을 들이켜듯, 헬륨가스를 들이마셨다. 그리고는 시를 읽는 민.

"복종하고 싶은데 복종하는 것은 아름다운 자유보다도 달콤합니다. 그것이 나의 행복입니다."

조잡스런 외계인의 것 같은 목소리가 말끔한 그의 차림과 상반돼 웃음을 자아냈다. 민은 최선을 다해 끝까지 시를 낭송했고, 수현은 그런 그를 보며 새디스트 본능을 만끽했다.

"이제 만족해?"

"푸핫. 네, 만족해요!"

수현은 어느새 원래대로 돌아온 민의 목소리에 웃음을 거두었다. 그녀는 허리를 숙여 테이블에 앉은 민에게 키스했다.

'하면 할수록 더 하고 싶어져.'

수현은 민에게 중독된 게 아닐까 우려스러웠다.

'그 사람이 중독되어 있는 대상을 보면 그 사람을 알 수 있다고 누군가가 그랬는데. 이제 난 류민으로 설명되는 걸까?'

수현은 생각했다.

민은 수현의 깊고 진한 키스를 받아들이며 한 손으로 케이크 크림을 찍어 수현의 뺨에 발랐다.

놀란 수현이 동그란 눈을 떴다. 민은 장난기를 머금은 표정으로 그녀를 보았다.

"이런 걸 복수라고 하지."

수현이 뺨에 묻은 크림을 손등으로 닦아냈다.

"아, 정말, 갑짓 좀 해보겠다는데 이러시기예욧?"

수현의 말에 민이 그녀를 번쩍 안아 들었다.

"당신 같은 갑만 있으면 평생 노예가 되겠어."

"그런 대사 드라마에 쓰면 백만 안티가 양성될걸요."

"드라마에는 안 쓰고 당신한테만 쓰는 걸로 할게."

민은 수현의 치마 속으로 손을 넣었다. 그리고는 능숙한 손길로 그녀의 팬티를 벗겨냈다. 그리고는 케이크 위의 딸기를 집어 수현의 입에 넣어주었다.

"읍!"

민은 수현을 안은 채 침대로 갔다.

"갑자기 이러기예요?"

딸기를 손으로 집어 들고, 수현이 말했다.

"인생은 원래 갑작스러운 일들의 연속이지."

말을 마친 민은 수현이 손에 든 딸기를 베어 먹었다. 민은 수현을 침대에 내려놓은 뒤 그녀의 흰 드레스를 조심스레 벗겨냈다. 선홍색 브래지어와 팬티를 입은 수현이 금색 마놀로 블라닉을 신은 다리를 움츠리며 침대 위에 누워 있다. 민은 미인도를 감상하듯 수현을 보았다. 즉각적으로 다이돌핀이 솟아나는 듯했다. 민은 테이블에 놓여 있던 케이크를 가지고 와서 딸기를 집은 뒤 수현의 입에 넣었다.

"푸핫."

사로잡힌 어린 양 같은 모습에 민은 웃음이 터지고 말았다.

'봐도 또 봐도 질리지 않는군.'

민은 딸기를 먹고 난 뒤 침대에 누워 있는 수현을 보았다. 수현은 민과 시선을 마주하고는 어쩔 수 없다는 표정을 지어 보였다. 이윽고 옷을 벗어버린 민이 수현의 왼편에 몸을 뉘었다. 새디스트 본능이 발동한 수현은 마놀로 블라닉으로 민의 남성을 건드렸다.

"아앗."

수현은 민의 몸 위로 올라왔다. 민은 자신의 위에 올라앉은 수현을 보고는 색다른 기분을 느꼈다.

"24시간 365일 내 맘대로 해도 된다 했죠?"

"그랬지."

수현은 케이크를 가지고 와서 크림을 입술에 묻힌 뒤 민에게 키스했다. 그러고는 달콤한 입술로 민의 가슴을 애무했다. 수현의 아래에 누운 민은 사로잡힌 슈퍼맨처럼 그녀의 애무에 몸을 맡긴 채 낮은 신음 소리를 냈다.

"가만히 있을게, 계속 해줘."

수현은 민의 얼굴을 잠깐잠깐 확인하며 그의 쇄골에 키스를 했다. 이윽고 천천히 아래로 내려와 민의 남성을 마주하는 수현. 그녀는 손으로 민의 그것을 잡고 생크림을 발랐다. 민은 도발적인 수현의 행동에 놀랐지만 그녀에게 포획된 채 머물기로 했다. 그는 그녀의 작고 야무진 손을 보았다. 이윽고 수현은 자신의 입술을 민의 남성에 갖다 댔다.

"으으으으으음."

민은 온몸에 전율이 일었다. 수현은 민의 반응에 세상에서 가장 소중한 것에 키스하듯 다시금 그의 것에 키스했다.

'점점 스킬이 늘어가는군.'

수현은 민의 리액션을 보며 부드럽고 도톰한 혀로 그의 남성을 차분히 음미했다. 넓고 조용한 스위트룸에서 이들을 보는 이는 테디베어뿐이었다. 침대 위, 하얀 몸의 발가벗은 수현이 마놀로 블라닉만을 신은 채, 탄탄한 몸의 민을 부지런히 자극하고 있었다.

"기분이 어때요?"

촉촉해진 눈으로 수현이 물었다.

"……계속 해줘."

민의 말에 그녀는 다시금 목구멍 깊숙이 그의 것을 밀어 넣은

채 자신의 혀를 부지런히 움직였다. 민은 사정하고 싶은 마음을
꾹 참은 채 그녀에게 몸을 맡겼다. 수현의 애무가 깊고 짙어질
무렵 민은 참지 못하고 일어나 거세게 수현을 눕혔다.

민은 수현을 눕힌 뒤 그녀의 몸 안으로 들어가 부지런히 움직
였다. 그녀의 몸은 세상에 존재하는 모든 것 중에서 가장 따뜻하
고 촉촉했다. 민은 눈을 감은 채 수현의 다리를 들어 자신의 어
깨 위로 올렸다. 수현은 색다른 쾌감에 몸을 떨었다. 민은 그녀
의 가슴을 애무하며 그녀의 얼굴을 보았다. 수현의 달아오른 얼
굴을 본 민은 더 이상 참지 못하고 욕구를 분출해 냈다.

"……너무 좋아."

수현은 별안간 그가 어떤 피임도구도 사용하지 않았다는 사
실을 깨달았다. 민은 아무런 자각도 없는 듯 그녀의 몸 위에 한
참을 누워 있었다.

"작가님."

"응?"

"방금 무슨 짓을 한 건지 알아요?"

"으응."

"……."

"걱정 마. 난 좋은 아빠가 될 거야."

수현은 민의 따끈한 목소리에 살짝 마음이 놓이긴 했지만, 덜
컥 아기가 생길까 걱정이 되기도 했다. 수현의 이런 마음을 아는
지 모르는지 민은 위로 올라와 그녀에게 키스한 뒤 수건을 가지

고 와서 그녀의 그곳을 부드럽게 닦아주었다.

"나를 걱정하는 거야?"

"……미니시리즈 몇 편은 하고 결혼할 거예요."

"인생은 계획대로 되지 않지."

"제 인생은 제 계획대로 살 거라고요!"

수현은 몸을 일으켰다. 그는 오만 가지 감정에 휩싸인 수현을 꼭 안아준 뒤 나직이 말했다.

"사랑해."

수현은 고개를 들어 민을 보았다. 민은 수현에게 키스했다. 수현은 그의 입술을 받아들이며, 그를 꼭 안았다. 하얗고 넓은 침대 위의 수현과 민은 그렇게 경계 없는 하나였다. 수현의 금빛 마놀로 블라닉은 여전히 수현의 발에 꼭 달라붙은 채로 반짝이고 있었다.

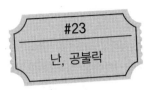

#23

난, 공불락

대본 연습장으로 향하는 민의 벤츠 CLS63 AMG. 뒷좌석의
민은 스마트폰으로 드라마 기사를 검색하고 있었다.

—드라마의 제왕 류민, 초보 감독과 랑데부

—류민의 어깨 위에서 본격 4부작 데뷔하는 명수현 PD

—최악의 시청률과 스캔들 딛고 재기하는 화제의 신인감독

—A모 그룹 A군과의 열애설의 주인공 명수현 감독

'빠직!'

민은 번잡스러운 연예계 기사를 클릭해 보다 결국 핸드폰 종
료버튼을 눌렀다. 운전석의 승구는 차 안 백미러로 민의 눈치를

살폈다.

'컴퓨터에 비밀번호를 걸어놔서 차기작 정보를 찾을 수가 없 더구만.'

승구는 마음이 초조해졌다. 이번 주에 가을을 만나면 무슨 이 야기를 할 것인가……. 가을은 승구를 닦달할 테고 그렇다면 또 다시 한밤중에 민의 작업실에 들어가는 모험을 해야 한다. 승구 는 겉보기와 달리 민감한 체질에 심장도 약했다. 그는 가을이 언 제까지 자신을 스파이 삼아 민의 작품에 대한 사전정보를 빼갈 지 짐작할 수 없었다. 가을에 대한 연정을 놓을 수도, 이 짓을 그 만둘 수도 없는 승구였다. 하지만 민의 얼굴을 볼 때마다 마음에 짊어진 짐의 무게가 점점 늘어나는 것만 같았다.

"안녕하세요, B&B입니다!"

K방송국 로비. 인형같이 생긴 여자 아이돌 그룹이 오가는 사 람들에게 90도 인사를 하고 있었다. 면대면 얼굴 도장을 찍는 홍보 작전이다. 방송국 로비, 이곳은 청담동 일대와 더불어 연예 인에 무심한 사람들로 가득한 곳이다. PD, 작가, 제작사 사람들 과 방송판의 녹을 먹고 사는 수많은 사람들로 북적이는 이곳. 여 기선 연예인들도 그저 직장인일 뿐이다. 로비 일각의 소파 자리 에는 수현과 날카로운 인상의 에이준 소속사 대표가 앉아 있었 다.

"감독님, 간만이십니다."

에이준의 소속사 대표가 수현에게 키위주스를 건넸다. 수현은 키위주스를 마셔가며 그와 이야기를 나눴다.

　　"지난번 일은 잊어주시고요, 이번 작품 대박 나시기를 바랍니다. 하하."

　　"에이준은 잘 지내나요?"

　　"지금 유럽 공연 갔어요. 감독님께 안부 전해달랍니다."

　　"네. 고맙다고 전해주세요."

　　수현의 핸드폰 카톡 메시지가 울렸다. 열어보니 에이준이었다. 수현은 양반 못 되는 에이준의 타이밍에 감탄하며 메시지를 주고받았다. 공연 준비하느라 눈코 뜰 새 없고, 서울 와서 만나자는 내용이었다. 수현은 에이준에게 파이팅 스티커를 날렸다.

　　〈누나, 근데 탄실이 누나 요새 전활 안 받던데 무슨 일 있어요?〉

　　〈탄실이는 왜?〉

　　〈그냥요, 가끔 잠 안 올 때 통화했었는데 요새 연락이 안 돼서요.〉

　　수현은 갸우뚱하며 답톡을 했고, 에이준 소속사 대표는 방송국 고위 간부들이 지나갈 때마다 잽싸게 일어나 인사를 했다. 수현은 핸드폰을 주머니에 넣은 뒤 일어나려던 참이었다.

　　방송국 로비에 민이 들어왔다. 승구는 민의 그림자처럼 그의 옆에 있었다. 수현은 류민 사용설명서 2번 조항을 기억해 냈다.

'인파로 북적이는 곳이라서 힘들겠네.'

수현은 베이지색 바지와 녹색 폴로 티셔츠를 입은 민을 보았다. 뿔테 안경을 쓴 그는 오늘따라 더욱 지적인 남자로 보였다. 덤덤한 얼굴의 민이 입가에 옅은 미소를 띤 채 수현을 보고 있었다. 수현은 저도 모르게 사람들을 의식했다.

'누구 남사친군지 참 살생겼구면.'

입가에 미소를 띤 수현은 에이준 소속사 대표에게 인사를 한 뒤, 키위주스를 들고 대본 연습실이 있는 2층으로 올라갔다. 민과 살짝 거리를 둬가면서, 더불어 승구와 함께.

—[초원의 초원] 대본 연습실.

오후 1시~6시, 관계자 외 출입을 삼가주시기 바랍니다.

대본 연습실 안에는 수현과 민을 필두로 한 연기자들이 줄지어 앉아 있었다. 민의 자리에는 연기자들이 올려둔 별다방 커피와 망고세븐 오랑우탄 쉐이크, 각종 브랜드의 스무디와 기타 주전부리가 놓여 있었다. 수현 앞에는 별다방 커피가 단출하게 놓여 있었다.

수현은 [수상한 연인]의 참패를 씻어줄, [초원의 초원] 대본을 들고 연기자들에게 인사했다. 스탭진과 배우들이 인사를 나눈 뒤 본격적인 대본 연습에 들어갔다. 1, 2부 대본 위주로 합을 맞춰보는 자리였다. 새초롬한 미모의 소유자, 파스텔팝의 리드보

컬 오유리가 대사를 읊었다.

"밤낮으로 생각해 보았지만 난, 공불락이야!"

민의 눈살이 찌푸려졌다. 수현은 옆에 앉은 민에게서 어둠의
기운이 뿜어져 나오는 것을 느낄 수 있었다.

"오유리 씨, 이거 프린트가 잘못된 건데 난공불락이라고 붙여
서 읽어야 돼요."

수현의 말에 오유리가 고개를 갸우뚱했다.

"난공불락이 무슨 뜻이에요, 감독님?"

"……!"

오유리의 말에, 대본 연습장은 찬물 끼얹은 분위기가 되었다.
수현은 식은땀이 났다. 하지만 이내 정신줄을 잡은 뒤 오유리에
게 말했다.

"음, 공격하기 어려워서 쉽사리 함락되지 않는다는 뜻이에
요."

"아하."

오유리는 핑크색 솜털이 달린 볼펜으로 대본에 메모했다. 그
러더니 다시 수현을 쳐다보며 말했다.

"제 잘못이 아니라 대본 프린트가 잘못된 탓이죠. 그리고 사
극이다 보니까 어려운 말이 많은데 사람이 모르는 게 잘못은 아
니잖아요? 감독님?"

수현은 어이가 없었지만 딱히 뭐라고 할 말도 없었다.

"모르는 걸 모른다고 말하기 창피해서 그냥 묻어두는 게 잘못

이죠. 파팝!"

닭똥집 같은 입술로 말하던 오유리가 다시금 대본을 읽어 내려갔다. 민은 아무 말도 하지 않은 채 대작가의 포스를 풍기며 배우들의 연기를 민첩하게 관찰했다. 그는 중간중간 배우들을 제지해 가며 작의와 인물 캐릭터에 대해 설명하곤 했다. 수현은 민의 신사다움과 프로 의식에 새삼 놀랐다.

'역시, 방송가에 떠도는 어이없는 소문들은 그냥 소문일 뿐이었어.'

수현은 커피를 마셔가며 대본 연습을 이어갔고, 저녁 시간이 되자 얼추 2부까지 정리정돈이 되었다. 다들 말을 많이 해 지친 모습들이었다.

"작가님, 괜찮으시면 저녁을 대접할까 하는데요. 이 근방에 한우 잘하는 집이 있어요."

코 수술이 잘못돼 얼굴이 보기 거북스러운 중년 탤런트가 민에게 말했다.

"괜찮습니다. 저는 선약이 있어서요."

"에이, 작가님, 그러지 마시고 같이 가요."

"아뇨, 가봐야 해서요. 그럼 저녁 맛있게 드세요."

민은 꾸벅 인사한 뒤 대본 연습실을 나섰다. 모두의 시선은 암암리에 민에게로 집중되어 있었다. 방송가 화제의 인물이자 시청률 제조기, 방송판 술자리의 단골 안줏거리인 그이기에 어느 주연배우보다 스포트라이트를 받을 수밖에 없었던 것이다.

민은 수현에게 눈짓을 했다. 수현은 나가려는 민을 붙들고 나지막이 말했다.

"저는 한우 먹으러 가고 싶은데요?"

민은 수현에게 나오라는 제스처를 취했다. 수현은 조연출 경호에게 법인카드를 건네고는 민을 따라 복도 구석진 곳으로 갔다.

"한우, 내가 사줄게."

"아, 정말 작가님! 다 같이 모여서 먹으면 좀 좋아요? 굳이 꼭 그렇게 대놓고 거절을 해야 했어요?"

"연기자들이랑 같이 밥 먹으면 무슨 소리가 제일 먼저 나오는 줄 알아? 작가님 대본 너무 잘 봤고요, 대사 이런저런 부분은 좀 다르게 해주시면 안 될까요. 다음 작품에 꼭 불러주세요, 운운. 난 부담을 반찬 삼아 저녁을 먹고 싶진 않아서."

민은 수현을 보며 눈을 찡긋했다.

"아, 그럼 먼저 가세요. 전 경호 씨랑 배우들이랑 같이 인사도 나눌 겸 저녁 먹고 갈래요."

"그래? 그럼 난 송 비서랑 컵라면이나 먹어야겠군."

"정말 이러시기예요?"

저쪽에서 건들거리며 걸어오던 한 남자의 눈에 민이 포착됐다. 그는 저질 기사로 악명이 높은 세러데이 성민우 기자였다. 그는 먹잇감을 발견한 사냥꾼의 눈빛으로 부지런히 걸어, 민과 수현에게 다가왔다.

수현은 인기척에 놀라 뒤를 돌아보았다. 성 기자는 민을 위아래로 보더니 얇은 입술을 열고 이내 말을 꺼냈다.

"류민 작가님이시죠?"

민은 탐탁지 않은 얼굴로 그를 보았다. 한눈에 봐도 연예계 승냥이 기질이 다분한 분위기였다. 그를 보던 민은 천천히 입을 열었다.

"무슨 일이고 누구시죠?"

"세러데이 성민우 기잡니다. 말로만 듣던 분을 영접하게 되니까 아주 반갑습니다."

성민우 기자의 입꼬리가 올라갔다. 특종을 앞둔 승냥이의 표정이었다. 민은 그의 지저분한 눈빛을 보며 이 자리를 떠야겠다고 생각했다. 그러나 이어 민을 멈칫하게 만드는 그의 말.

"이번에 이상문학상 수상하신 류중환 작가님께 수상 축하 말씀 부탁드릴까 하는데요."

잠시 그 자리에 멈춰 선 민은 성민우 기자를 예리하게 바라보며 말을 했다.

"일단 난 수상 축하 말씀 따윈 준비해 둔 게 없고, 할 생각도 없습니다. 기사를 쓰든지 말든지 맘대로 해요. 명예훼손으로 고소를 당하든지 말든지. 아, 그건 당신의 선택이 아니겠군."

민의 얼굴에는 불쾌함이 역력했다. 성민우 기자는 이런 취급을 당하는 게 일상인 사람이었다. 그는 민의 면전에 대고 말했다.

"작가님, 작가님은 공인이나 다를 바 없는 분이십니다. 작가님의 사생활은 소위 말해 돈이 되거든요. 요새는 드라마뿐만이 아니라 연예기사에도 스토리가 필요합니다. 저희는 일종의 스토리 창작 집단이구요."

하얗고 창백한 얼굴의 성 기자는 지치지 않고 말을 이어갔다.

"웬만하면 협조해 주세요. 우리나라 최고의 소설가와 최고의 드라마 작가가 알고 보니 부자 사이라니, 이건 웬만한 드라마 출생의 비밀 코드보다 더 흥미진진한 얘기거든요. 입장 바꿔 작가님이 기자라고 해도 이런 얘기를 안 쓰시지는 않을 겁니다."

성민우 기자는 받을 돈을 받으러 온 것뿐이라고 말하는 빚쟁이처럼 말했다. 민의 주먹이 움찔했다. 그는 성민우 기자를 한 대 쥐어 패고 싶었지만 애써 참았다.

'미친 하이에나한테는 몽둥이가 약이라는 생각이 들지만, 여기선 참도록 하지.'

민은 마음을 입 밖으로 내지 않았다. 성민우 기자는 민의 기세에 다소 눌리는 듯했지만 물러서지는 않았다. 민은 그저 일을 하러 왔을 뿐인데 왜 이런 불나방이 달려드는 건지 골치가 아팠다.

"기자님, 여기 외부인 출입금지인 거 아시죠?"

수현이 성 기자에게 여기서 그만하라는 운을 띄웠다.

"같은 업계에 계신 감독님이 이러시면 섭섭합니다."

"섭섭할 걸로 섭섭하셔야죠."

수현은 그에게 가볍게 따귀를 날리듯 말한 뒤 민과 함께 엘리베이터를 타고 로비로 내려왔다. 밖으로 나오려는데 한 무리의 기자들이 기다렸다는 듯 몰려왔다.

"류민 작가님이시죠?"

"저는 아이스타저널 김광수 기잡니다. 류중환 작가님 수상 축하 말씀 한마디 부탁드립니다."

"부자 사이라는 게 이제야 알려졌는데 그간 숨기신 이유가 있습니까?"

"은둔 생활을 즐기신다는데, 대인공포증이 있으신 건 아닌가요?"

"작가님, 작가님!"

성민우 기자는 시작에 불과했던 걸까? 민은 자신을 취재하기 위해 몰려온 기자들을 물리치며 수현과 함께 송 비서, 승구가 대놓은 차에 올랐다. 몇몇 기자들은 자신의 차에 올라 민을 쫓아왔지만, 승구는 운전 솜씨가 꽤 좋았다. 순식간에 취재차량들을 따돌린 승구는 안도의 한숨을 내쉬었다. 뒷좌석의 민은 얼굴이 굳은 채로 앉아 있었고, 이를 보는 수현은 마음이 편치 않았다. 그에게 말을 걸어보았지만, 여전히 민은 자기 세계에서 나오지 않은 채 입을 다물고 있었다.

'내 사랑이 이 사람을 변화시킬 수 있을까? 애초에 변화를 바라는 게 무리였을까?'

수현은 민을 바라보다 고개를 돌렸다. 그때였다, 민이 수현의 왼손을 잡은 것은.

"당분간 일에 집중하고, 끝나면 여행을 가지."

"여행요?"

"응. 늘 작업실 아니면 집이었으니 답답할 만도 하잖아."

"……기분은 괜찮으세요?"

"내 기분?"

"네."

"일희일비하면 이 생활을 할 수가 없어. 남들이 나에 대해 얘기하는 건 그리 오래가지 않을 거고, 어쨌든 간에 다 지나가는 걸 테니까."

민은 특유의 저음으로 덤덤하게 말했다. 수현은 민을 보다가 차 안 백미러로 시선을 돌렸다. 거울 안에서 승구와 시선이 마주쳤다. 승구는 재빠르게 수현의 시선을 피했다. 거의 동시에 승구의 핸드폰 진동이 울렸다. 손을 들어 전화를 확인한 승구는 발신인이 가을이라는 사실을 확인하고는 핸드폰 진동 소리를 껐다.

"누구 전환데 안 받지?"

민이 물었다.

"아뇨. 모르는 번호라, 하핫."

승구는 대수롭지 않다는 듯 대답했고, 이윽고 차가 이태원을 지날 즈음이었다.

"내려서 밥 먹고 갈까? 뭘 먹고 싶지?"

민이 물었다.

"고기 먹으러 가요."

수현이 말했다.

이윽고 차가 이태원 고기집 '투뿔등심' 앞에 섰고, 차에서 내린 수현은 민의 에스코트를 받으며 식당 안으로 들어갔다. 차에서 내린 승구는 수현과 민이 식당 안으로 들어가는 것을 확인하고는 가을에게 전화를 걸었다.

"가을, 운전 중이었어."

〈말했던 류 작가 차기작이요, 어떤 작품인지 알 수 있어요?〉

가을의 목소리는 스트레스에 젖어 있었다. 지난번 미니시리즈를 히트시킨 뒤 부담감에 잠을 이루지 못하는 가을이었다. 승구는 가을의 목소리에 마음이 동했다. 어떻게든 민의 차기작 아이템을 찾아내 그가 쓰기 전에 가을에게 귀띔해 주어야겠다는 생각이었다.

"가을, 너무 걱정하지 마. 이 오빠가 어떻게든 찾아내서 너한테 토스할게. 류민이 요새 연애하느라 정신없는 것 같은데. 이번 작품 촬영 끝나면 명수현 감독이랑 여행 간다고 하더라고."

〈여행지는요?〉

"글쎄, 그거까지는 잘 모르겠어. 아무튼 지난번 작품 대박 났으니까 그 기운 이어서 이번 작품도 잘될 거야. 잠 잘 자고 밥 잘 먹어. 건강한 몸에서 건강한 대본 나온다, 알지?"

가을은 아무런 대답이 없었다. 승구는 고기고 뭐고, 당장 가을에게로 달려가 그녀를 위로해 주고 싶은 마음뿐이었다.

"가을, 내가 생각하기에 너는 류 작가보다 나은 면이 많아. 너무 신경 쓰지 말고 너 자신에게 자신감을 가지라고. 류민 그 자식, 아직 아버지한테서 벗어나지 못한 유약한 놈이라고. 류민의 시대가 끝나고 곧 한가을의 시대가 올 거야. 저녁 챙겨 먹고, 이 오빠가 전화할게."

승구는 전화를 끊었다. 식당 입구로 들어가려던 그는 순간 귀신이라도 본 것처럼 소스라치게 놀랐다.

"헉!"

차에 놓고 내린 스케줄표를 가지러 왔던 수현은 승구의 통화 내용을 고스란히 듣고 말았다. 승구와 가을이 친밀한 사이라는 데 한 번, 승구가 민을 감쪽같이 속이고 있었다는 데 또 한 번 놀란 수현은 할 말을 찾지 못한 채 그 자리에 멍하니 서 있었다.

"……명 감독님."

승구는 순식간에 하얗게 질린 죄수의 얼굴로 수현을 보았다. 수현은 등심이고 뭐고 민이 이 사실을 알게 된다면 얼마나 상심할까 하는 생각에 마음이 몹시 아파왔다. 그렇게 각기 다른 생각을 하며 선 승구와 수현이었다.

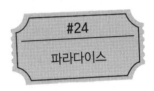

#24
파라다이스

모리셔스 롱비치 리조트는 그림처럼 아름다웠다. 드라마 촬
영을 끝내고 민과 함께 여행을 온 수현은 난생처음 접하는 판타
스틱한 풍경에 입을 다물 줄 몰랐다. 에메랄드빛 바다를 보며 해
변을 거닐던 수현은 순간 지금 누리고 있는 이 모든 게 꿈이 아
닐까 하는 의심이 들기도 했다. 귤색 비치웨어 차림의 수현은 순
간 오른손을 들어 민의 뺨을 꼬집었다.

"아파요?"

"당연한 걸 묻나?"

민이 눈썹을 살짝 찌푸리며 수현을 보았다. 수현은 그를 보며
빙그레 미소를 지었다. 검은 피부의 민은 야자나무가 그려진 하
늘색 반바지 차림이었다. 수현은 민이 지금의 차림과 썩 잘 어울

린다는 생각을 하며 입을 열었다.

"올해 초까지만 해도 제가 여기 와 있을 줄은 몰랐어요. 인생은 살아볼 만한 것 같아요."

"마음에 들어?"

민이 수현의 손을 잡은 채 그녀에게 물었다. 민은 수현의 어린아이 같은 얼굴을 보았다. 수현의 얼굴은 액션 장면이 난무하는 4부작 드라마를 찍은 감독의 얼굴처럼 보이지 않았다. 그녀는 말랑말랑한 찹쌀떡 같고, 잠시라도 손을 놓으면 저 멀리 달아나 버릴 것 같은 사춘기 여고생 같기도 했다. 민은 수현이 마음의 짐을 다 내려놓고 지금 이 순간 행복하기를 바랐다. 수현의 행복은 민의 행복이고, 민의 행복은 둘의 행복이었다. 그는 수현의 이마에 내려온 갈색 머리카락을 귀 뒤로 쓸어 올려주었다.

"이런 덴 백 번이라도 데려올 수 있어."

"……그럼 이제 아흔아홉 번 남은 거예요?"

"뭐?"

민은 수현을 보았고, 수현은 민의 긴 팔을 잡아당겨 바짝 그의 곁으로 갔다. 한국에 놓고 온 마음의 짐과 현실의 무게는 지금 이 순간 떠올리지 않기로 마음먹는 수현이다. 하지만 승구의 배신과 민의 상처 그리고 민의 사생활에 관한 떠들썩한 기사들은 여전히 두 사람의 마음 깊숙이 아픔으로 남아 있었다.

승구가 하얗게 질린 죄인의 얼굴로 수현과 마주하던 날. 수현은 민에게 사실을 이야기했고, 민은 믿을 수 없다는 표정을 지었다. 세 사람은 돌이라도 된 듯 얼어붙어 있었고, 민은 승구를 단칼에 내치고 말았다.

승구가 가을이 심어놓은 스파이 같은 존재였다는 사실은 민을 더욱 자기 안으로 파고들게 만들었다. 수현은 민이 정신적으로 너는 상처받지 않기를 바랐다. 하지만 민은 강원도 별장에서 얼마간 두문불출했고, 수현은 그런 그를 기다릴 수밖에 없었다. 수현은 민이 더욱 어두워지는 건 아닐까 걱정이 되었다. 하지만 며칠 뒤 그는 아무렇지 않은 얼굴로 수현의 집 앞으로 와서 모리셔스행 비행기 티켓을 내밀었다. 수현은 모리셔스 티켓보다 민이 말짱한 얼굴이라는 게 더 기뻤다.

"근데 모리셔스가 어디 붙어 있는 데에요?"

"……아프리카 남부, 인도양에 있는 섬이야."

"어떤 분위기예요? 하와이 같은?"

"개인적으로는 훨씬 좋았어. 명 감독도 가보면 알겠지."

"……괜찮아요?"

수현은 자동적으로 민의 눈치를 보았다.

"괜찮다면 냉혈한일 테고, 괜찮지 않다면 그것도 문제겠지. 다녀와서 다시 생각하고 싶어."

"송 비서님, 무슨 사정이 있을 거란 생각도 들어요."

"마음의 앙금이 좀 가라앉고 나면 불러서 물어볼까 해. 들어보고 납득이 가면 못 챙겨준 퇴직금도 줘야지."

민은 다소 누그러진 모습이었다.

★　　★　　★

수현은 한국 드라마판의 치열함에서 벗어나 시간에 대한 압박도, 사람에 대한 스트레스도 없는 이곳의 정취를 만끽하고 있었다. 보드라운 미풍이 불었고, 신혼부부로 보이는 커플들이 이곳저곳에서 서로의 사진을 찍어주고 있었다. 수현은 민의 손을 더욱 꼭 잡았다.

'따뜻해.'

수현은 훨훨 짐을 던져 버린 얼굴로 그와 나란히 걸었다.

민 역시 수현의 온기를 느꼈다. 그녀는 이곳 풍경과 제법 잘 어울렸다. 입가의 보조개는 어린아이의 그것처럼 천진난만했고, 민을 걱정하는 마음이 오롯이 느껴져 얼굴을 볼수록 사랑스러웠다. 민은 한국으로 돌아가면, 수현의 삼촌을 찾아뵙고 인사드려야겠다고 마음먹었다.

그런 민의 생각을 아는지 모르는지 수현은 콧노래를 흥얼거리고 있었다. 민은 수현이 흥얼거리는 콧노래가 A2—PLUS의 곡이 아니기만을 바랐다.

"……그 녀석은 잘 지내나?"

민은 겸연쩍은 표정으로 그녀를 보며 툭 던지듯이 말했다.

"그 녀석요? 아, 에이준이요?"

"으응."

"모르겠어요. 유럽 공연갔다고 연락 왔었는데 그 이후로는 연락을 안 해봐서. 뭐, 잘살고 있겠죠."

수현이 아무렇지 않게 대답했다.

"연락하지 마."

"……?"

"하지 말라고."

"질투하시는 거예요?"

"그렇다고 해두지."

민은 저벅저벅 걸어 리조트 쪽으로 갔다. 수현은 민의 뒷모습을 보다 미소를 지었다. 수현은 빠른 걸음으로 민에게 다가가 그의 팔짱을 꼈다.

"작가님."

"응?"

"밥 먹고 우리 드라마 봐요."

"여기서도 한국 드라마를 볼 수 있나?"

"아뇨, 여긴 외국 방송만 나와요. 핸드폰으로 봐야죠."

"응. 룸서비스를 좀 시키지."

룸서비스로 과일과 조각 케이크가 들어왔고, 수현은 파인애플과 패션푸르츠를 먹으며, 민과 [초원의 초원] 방송을 보았다. 작은 화면이었지만 오히려 더 집중할 수 있었다. 수현은 [수상한 연인]의 실패 이후 방구석에서 눈물 젖은 휴지를 친구 삼아 하루

하루를 보내던 시간들을 떠올렸다.

'그땐 정말 지옥 같았는데, 지옥이 지나가니까 천국이 왔네. 하핫.'

수현은 무공을 선보이는 드라마 속 오유리를 보다, 매의 눈으로 모니터를 하는 민에게로 시선을 돌렸다. 수현은 파인애플을 먹어 달콤 끈적해진 입술로 민의 뺨에 키스했다.

"다 보고 이야기해 줘요."

민은 수현의 머리를 쓰다듬은 뒤 다시금 화면을 보았다. 수현의 연출은 그녀의 성격과 많이 닮아 있었다. 민은 이 작품을 통해 수현이 진짜 프로로 거듭나기를 바랐다.

'작품으로는 거짓말을 못한다더니, 솔직하고 담백하게 찍어 냈군.'

오유리의 난공불락 신이 지나가고 드라마는 끝이 났다. 4부작의 마지막 신에 이어 엔딩 스크롤이 올라가며 수현과 민은 비로소 한숨을 놨다. 카톡 소리가 연이어 울리고 수현은 핸드폰을 찾아 들었다. 카톡 창을 열어보니 수많은 축하 메시지들이 와 있었고, 수현은 뿌듯함에 입을 다물 수 없었다.

"여기저기서들 문자 오고 그러나?"

"그럼요, 제대로 된 입봉 축하한다고."

"그래, 축하해. 수고했어."

민은 설렘 가득한 토끼 같은 얼굴의 그녀를 보았다. 수현은 지인들에게 카톡 답장을 보낸 뒤 다른 채널을 검색하고 있었다.

"여기까지 와서 그것만 들여다보고 있을 거야?"

민이 말했다.

"하핫. 근데 여기 오니까 한국 방송이 그립고 그래요. 저 애국 자인가 봐요."

"있는 촌티는 다 내는군."

수현은 채널을 돌려 [성 기자의 성긴 연예뉴스]를 틀었다. 방송국에서 마주쳤던 성민우 기자가 연예가 화제 소식을 전하고 있었다. 수현은 별생각 없이 채널을 고정했다. 별로 보고 싶은 얼굴은 아니었지만 혹시 수현의 드라마 이야기가 나오지 않을까 싶어서였다.

"네 다음은 최근 잇따른 연애설로 곤욕을 치르고 있는 A그룹 A군 소식인데요."

수현과 민의 귀가 동시에 쫑긋했다. 이건 누가 들어도 에이준 얘기인 것이었다. 수현과 민은 얼굴을 맞대고 손바닥보다 작은 수현의 스마트폰 화면을 보았다. 성민우 기자는 리포팅을 이어 갔다.

"A군은 최근 모 드라마 여자 PD와도 열애설이 났었는데요, 이번 에는 평범한 일반인이라고 하죠."

화면에 에이준의 사진과 얼굴이 모자이크 된 열애설 상대의 사진이 나왔다. 수현은 고개를 갸우뚱했다.

"뭔가 되게 친숙하지 않아요?"

"으응."

민 역시 화면을 자세히 보았다. 분명 모자이크 된 얼굴이지만 어디서 많이 본 것 같은 실루엣이었다. 민과 수현은 동시에 서로를 보았다.

"……!"

화면 속, 에이준과 손을 잡고 한강 데이트를 하고 있는 여성은 바로 탄실이었다. 수현은 탄실이 즐겨 입는 캐릭터 티셔츠와 황금돼지 장식고리가 달린 핸드폰으로 그녀임을 직감했다. 얼굴이 모자이크된 탄실과 에이준은 가로수길, 청담동 일대, 미사리 등지를 돌아다니며 부지런히도 데이트를 했던 것이다.

"……."

"하하하하하하하."

수현이 민을 보았다. 그는 이제까지 수현이 봤던 어느 모습보다 밝아 보였다. 민은 골치 아픈 치통을 한 방에 해결한 사람마냥 환한 얼굴이었다. 수현은 에이준과 탄실이 저 모르는 사이에 만나고 있었다는 사실에 내심 놀라긴 했지만, 마음 한 켠에 아쉬움이 든다거나 하지는 않았다. 에이준이, 탄실이가 수현 자신만큼이나 행복해졌으면 하고 바랐다.

"하하하하하하하."

민은 배꼽이 빠져라 웃어댔다. 수현은 민의 입에 파인애플을 넣었다.

"으윽!"

"그렇게 좋아요?"

민이 파인애플을 입에 문 채 고개를 끄덕였다.

"에이준은 당신을 좋아한 게 아니라 기댈 수 있는 연상녀를 찾았던 거였군."

"그러게요."

수현은 아무렇지 않다는 얼굴로 민을 보았다. 민은 수현의 얼굴에 손을 대고 그녀의 입에 키스를 했다. 달콤한 파인애플이 그의 입에서 수현의 입안으로 넘어왔다.

눈을 뜬 수현은 코앞의 민을 보았다. 그는 눈을 감은 채 키스에 열중하고 있었다. 민의 커다란 손이 수현의 끈 나시 비치웨어 안으로 들어왔다. 수현은 자기도 모르게 몸을 눕히려던 참이었다. 그때였다, 민의 휴대폰 벨이 울린 것은. 하지만 민은 전화 따위는 신경 쓰지 않은 채 수현을 만지작거렸다.

"받아요."

"안 받아도 돼. 보나마나 방송국일 거야."

"그래도요."

"난 휴가 중이라구."

"받아서 휴가 끝나고 전화드린다고 얘기해요."

수현은 민을 살짝 밀쳐 냈다. 민은 아쉬운 얼굴로 일어나 휴대폰 쪽으로 갔다. 수현은 순간, 민의 표정에 미세한 변화가 일어나는 것을 느낄 수 있었다.

'누구 전화인 거지, 대체?'

수현은 순간 가을이나 송 비서가 아닐까 짐작했다.

'한가을 작가는 정말로 류 작가를 사랑했던 걸까? 류 작가는? 송 비서는 또 왜 그런 일을 했던 거고?'

순식간에 수현의 머릿속이 복잡해졌다. 민은 벨소리가 이어지는 전화를 손에 쥔 채, 잠시 멍하니 서 있다 수현을 보고 말했다.

"잠깐 나가서 받고 올게."

"……네."

민은 핸드폰을 들고 룸 밖으로 나갔고, 수현은 그런 그를 보다 입안에 남아 있는 파인애플의 달큼 쌉싸래한 맛을 느꼈다.

'정말 쉽지 않은 남자야.'

수현은 리조트 밖으로 보이는 에메랄드색 바다와 하얀 파도를 보았다. 얼른 민이 들어와 사랑을 나눈 뒤 함께 바닷가로 나가고 싶어졌다. 수현은 침대에 앉아 파인애플을 집어 먹었다.

잠시 후 민이 들어왔다. 수현은 침대에 앉은 채로 민을 보았다. 그는 다소 상기된 얼굴이었다.

"누구 전화였어요?"

그녀가 물었다.

"응. 아버지 전화였어."

민은 핸드폰을 탁자에 내려놓으며, 애써 별일 아니라는 듯 대답했다.

"드라마 잘 봤다고, 내 작품 중에 제일 괜찮았다고 한마디 하고 끊으시더군."

그는 침대로 올라왔다.

"기분은 어때요?"

수현이 물었다.

"글쎄."

"아버님이 모니터링하고 계셨나 봐요."

"으응. 집엔 TV가 없는데 어떻게 보셨을까?"

"아버님 댁에 TV 한 대 놔드려야겠어요."

수현이 장난기 어린 얼굴로 말했다.

"……한국 가면 인사드리러 가자."

민은 진지한 얼굴로 수현을 보았다.

"나도 몇 년간 뵙질 못해서 면목이 없지만, 당신을 만나면서 계속 생각이 났어. 나도 언젠간 아버지가 될 테고, 영영 이렇게 지낼 순 없겠지."

민은 수현을 보지 않고 말했다. 그의 말에서 진심이 느껴졌다.

"그래요, 한국 가면 인사드리러 가요. 저 사실, 류중환 작가님 소설 다 읽었어요."

"……부지런한 여자군."

"작가님 작품만큼이나, 좋았어요."

수현은 민의 손을 꼭 잡았다. 그는 수현을 보다가 천천히 웃는 얼굴이 되었다. 수현은 민이 예전보다 많이 밝아졌다는 생각을 하며 그의 손을 꼬옥 잡았다.

"아까 하던 거 다시 해줘요, 이제."

"당연하지."

민은 눈을 감고 수현에게 키스를 했다. 길고 진한 키스였다. 연두색 침대 위의 두 사람은 신혼부부마냥 서로를 꼭 안은 채였고, 창밖에서 불어 들어온 미풍에 하얀 커튼이 나풀거렸다. 수현은 민의 따뜻한 숨결을 느끼며, 그의 손길에 몸을 맡기고 있었다.

'평생, 충성해야겠어.'

수현은 민에 대한 사랑에 가슴이 바닷물처럼 찰랑이는 기분을 만끽했다. 그렇게 민과 하나가 된 채로 행복감에 젖어 있는 수현이었다.

The End

작가 후기

출간을 앞두고, 교정 작업을 마치고 나니 감사한 분들이 생각납니다.

'STORY훈' 이훈영 작가님과 기획부터 함께해 주신 이주현 실장님,
그리고 청어람의 손수화 팀장님께 고마움을 전하고 싶네요.

생에 가장 힘든 시간을 버티게 해준 민과 수현.
이들과 함께한 2013년 늦여름부터
겨울까지의 날들을 잊지 못할 것 같습니다.

이 책을 읽는 동안 잠시나마 행복하셨다면, 더 바랄 것이 없습니다.
더욱더 달콤하고 사랑스러운 이야기로 돌아오겠습니다.

감사합니다.

2014년 5월 27일 변정완

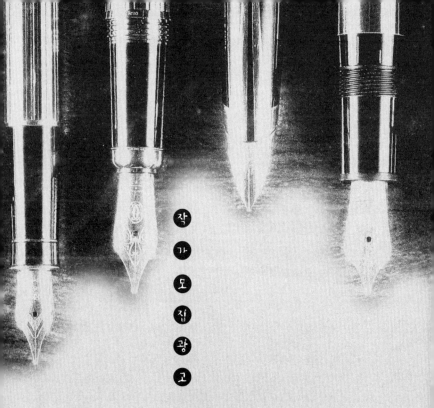

작
가
모
집
광
고

도서출판 청어람의 문은 항상 열려 있습니다.
실력있는 작가 분들의 많은 관심 부탁드립니다.

TEL:032-656-4452 • FAX:032-656-4453
http://www.chungeoram.com
e-mail:chungeorambook@daum.net